あんなに冷たくされたのに今さら番だとか意味が分かりません

Annani tsumetakusaretanoni imasara Tsugaidatoka imigawakarimasen

那由多 芹

Illustrator m/g

eR eロマンス ロイヤル

Characters

セイナ・アイリソン

セントラル学院に通う、魔力持ちの平民の『人間』。義母と義妹にいじめられており、愛人として金持ちに売り飛ばされそうになったところを学院に入学することで事なきを得た。優秀すぎる同級生ルディに密かにライバル心を燃やす。クールで勤勉だけど、実は軍服男子好き。

ルディ・オーソン

セイナの同級生の『獣人』。眉目秀麗・頭脳明晰・将来有望な次期公爵。神がかった美貌で男女問わず『人間』を惹きつけてきたため、人間嫌いに陥っている。無口で不愛想だが『人間』の中で初めて対等に接してきたセイナに何かを感じているようで……？

キーライ・ウィンソン

ルディの幼馴染み兼お目付け役の子爵令息。『獣人』。寡黙な雰囲気で冷静沈着。よく他二人のブレーキ役を担っている。

ベンガル・タイル

ルディの幼馴染み兼お目付け役の伯爵令息。『獣人』。ルディと違い、いつも笑顔で来るもの拒まずなプレイボーイ。若干チャラい。

コートニー・アイリソン

セイナより二つ年下の義妹。ナルシストで、自分の思い通りにならないと許せない我が儘娘。

ノバ・アイリソン

セイナの父の再婚相手。美人だが浪費家で、セイナの父亡き後は遺産をほとんど食いつぶしてしまった。

マリー・モールトン

セイナと寮の部屋が隣同士の同級生。平民出の心優しい『人間』。実家は果実園を営んでいて、商魂はたくましい。

Contents

Annanitsumetakusaretanoni
imasara Tsugaidatoka imigawakarimasen

プロローグ

藍色の獣

どうしてこんなことになったのだろう……。

朦朧《もうろう》とした意識の中で私は自分を組み敷《し》く男を見上げた。

いつもは後ろで纏《まと》めて結ばれている藍色の艶《つや》やかな髪が酷く乱れ、男の顔全部を覆《おお》い、下にいる私の顔に降り注いでくる。

髪の間から見える顔は苦しそうにも見える。

私はこの男が嫌いだ。

そしてこの男も私を嫌っている。

なのに……何故こんなことになってしまったのか……。

第一章　出会い

この世界には『人間』と『獣人』が存在している。

獣人とはいえ、見た目は人間と何ら変わりがない。

昔は獣のような耳や尻尾《しっぽ》が生えていたらしいが何十年、何百年と人間と交《まじ》わるうちにその姿は人間そのものに変化していったのだという。

異《こと》なるのは、その身体能力と魔力。そして自分の『番《つがい》』を感じ取れるということ。

人間にも半分くらいの確率で魔力が備《そな》わっている者がいるが、それはマッチ程度の火を出せたり、そよ風を吹かせて少し涼しく出来たり、花にあげる水を出せたりする程度。それに比べ、獣人は全員魔力を持ち、その魔力量も威力も人間の何倍もあるのだとか。

稀《まれ》に人間にも多めの魔力を持って生まれる者がおり、魔力の強い者達は十六歳になると二年間、国の定《さだ》めた学院へ通うことになる。

つまり学院には、この国の同じ歳の獣人全員と、一定数以上の魔力を持った人間が集められるということだ。

私――セイナ・アイリソンは幸運にも人間ながら魔力量が多いと分かり、国の定めた学院『セントラル学院』へ通う事になった。今日はその入学式だ。

「ちょっと緊張するねー、セイナ」

入学生全員が集められた講堂で、隣からそう声をかけてくれたのはマリー・モールトン。フワフワした赤髪がよく似合う、ブラウンの目がくりっとした小柄で可愛《かわい》い女の子だ。

寮の部屋が隣で、挨拶《あいさつ》に行った時に故郷が近い事を知って仲良くなった。お互い平民で田舎《いなか》から出てきた者同士、親近感を覚え友達になれそうだと思っている。

何よりニコニコ笑って話してくれるマリーを、私はすぐに好きになった。

マリーの温かみのある色彩とは対照的に、私は母親譲りの少し珍しいアメジスト色の髪を持っている。瞳は薄いブルーでこれは父親譲り。全体的に色素が薄く冷たい印象を持たれるのかもしれない。笑顔もあまり得意ではなく、故郷の町ではあまり友達が出来なかった。

だから、マリーが親しげに話しかけてくれて本当はとっても嬉《うれ》しいのだ。

「ねえ、知ってる？　今年の獣人様はとっても当たりなのよ！」

「え？　当たり？」

「タイル伯爵家《はくしゃくけ》のご子息ベンガル様とウィンソン子爵家《ししゃくけ》のキーライ様！　そしてあのオーソン公《こう》爵家《しゃくけ》のルディ様がいらっしゃるのよ！」

マリーが興奮気味に話してくれるけれど、私は首をかしげる。はて？　誰それ？

「ごめん、マリー、私知らなくて。三人は有名な方なの？」

「セイナったら、若い女性ならほとんど知ってる方達だと思うのだけど……あっ噂《うわさ》をすれば！　セイナ見て、あそこ！」

マリーが指差す先には背の高い三人組の男性。

周りでは『人間』が、遠巻きながらも熱い視線を送っているのが分かる。男女問わず皆彼らを見ているようだ。

ふむ。確かに三人ともイケメンっぽい。

スラリと引き締まった体は、周囲と比べても一際《ひときわ》目立つ。人を魅了する不思議《ふしぎ》なオーラを纏《まと》ってるみたい。

獣人って初めて会うけど、恵まれた体格をしているんだなぁーとまじまじと見ていると、ふと、そのうちの一人――藍色の髪の美男子と目が合った……気がした。

金色の瞳が僅《わず》かに驚いたようにほんの一瞬こちらを見た気がする。

「？」

知り合いじゃないよね。見たことないし、気のせいだよね。そう思いながらマリーに尋ねる。

「マリー、あの藍色の髪の人って……」

「あの方はルディ様よ！　公爵家ということもあるけど、あの神がかった精悍《せいかん》なお顔で一番人気なのよ！」

興奮した様子でマリーはそう答える。

「そして隣の金髪で一番背が高くて優しい笑顔を振りまいていらっしゃる甘いマスクの方がベンガル様。もう一人の緑色の短髪でキリっとした美男子がキーライ様よ」

へー、私とは縁《えん》のない立派な家柄のイケメン達……。そんな方達と同じ学院で学べるなんて不思議な事だなぁと思う。

「あのお三方は幼い頃からのご友人で仲良しなんですって。獣人の方は同族が少ない分、繋がりも

濃いみたいよ」

「そうなんだぁー、マリー詳《くわ》しいね」

「セイナが疎《うと》いだけだと思うわ。あの獣人お三方は物凄い人気なんだから。色々な女性がお近づきになりたいと虎視眈々《こしたんたん》と狙ってるはずよ！」

「マリーもそうなの？」

「やだ！　私はそんなこと考えてないわよー。住む世界が違うもの。近づいたって相手にされないでしょうしね。遠くから眺《なが》めるくらいが丁度いいわよね！」

確かに、住む世界が違うというのは分かるような気がする。

彼らは人を寄せ付けない独特の雰囲気を纏い、令嬢から話しかけられようとクスリともしない。特にあの藍色の人。ちょっと感じ悪そう……。

今も、凄い美女から話しかけられてるのに無視してる。しかも、なんか嫌な顔してる！　綺麗な顔してる分、冷たく見えるのかもしれないけど、ないわーあれは。

「皆、もしかしたら『番』に選ばれるんじゃないかと期待してるのだと思うわ」

「つがい？」

「そう。獣人は生涯《しょうがい》にただ一人しか愛さないんだって。その相手が『番』」

「へぇー、なんかちょっと素敵だね。そのシステム」

人は次々に恋をして時には寄り添う相手も変わるのに、獣人は真面目なんだなぁとちょっと尊敬。

あの冷たい人も『番』には優しく微笑《ほほえ》んだりするんだろうか……。

なんて、彼について考えている自分が何だかおかしくなった。

高位貴族のイケメンエリートと平民で何の取り柄《とえ》もない自分とでは住む世界が違いすぎる。

「私には全く関係のない事だわ」と呟《つぶや》き、私達は彼らが通りすぎるのを見守った。


入学して六ヵ月。私は必死で勉強した。魔法の実技も死ぬ気で頑張《がんば》っている。

私には、何としてでも一人で生きていけるほどの生活力を身に付けなければならない、切実な事情があるのだ。お給料が沢山貰えて安定した職場へ就職する必要がある。

その為にはこの学院を首席で卒業してやる！　と並々ならぬ意欲で入学したのだ。

……なのに、どんなに頑張ってもまだどのテストでも一位にはなれていない。ずっと二位。

あの藍色の髪の獣人、ルディ・オーソンが常に首位を陣取っているのだ。

「今回もまた二位か……」

返却された結果用紙を握りしめ、ため息をつく。

今回はいけると思ったのに！

予習、復習は何回もしたし、テストに向けて徹夜も何日もした。それでもルディ・オーソンに敵わない。

二列隣、二つ前の窓側の席に座るライバルにチラリと視線をやる。

彼はテスト結果などどうでもいいかのように、頬杖《ほおづえ》をついて窓の外を眺めている。

ライバルだなんて、私が勝手に思っているだけで向こうは何とも思ってないんだろうなぁ。

この半年、どうしても目につく彼を観察してしまうのだけれど、驚くほど隙《すき》がない。

頭脳明晰《ずのうめいせき》、容姿端麗《ようしたんれい》、文武両道《ぶんぶりょうどう》とはこういう人を言うのだと圧倒《あっとう》される。おまけに公爵家の跡取りで次期当主。必然的にお金持ち。

世の中不公平すぎる……。ため息しか出ないわ。

あ、でも一つ残念な、とても残念な所をあげるとすれば、彼の性格だ。

彼はあまり『人間』が好きではないのだろう。最低限の事しか喋らず、常に周囲に壁を作っている気がする。

彼とお近づきになりたいと企《たくら》む令嬢は多く、同学年だけではなく年上のご令嬢も話しかけに来るのだが、その度に氷のような一瞥《いちべつ》をくれるだけで、ろくに返事もせず視線も合わせず、大抵の女子は半泣きで帰ってしまう。

……かくいう私も、彼に辛辣《しんらつ》な態度を取られて傷ついた事がある。

学院が始まって間もない頃、魔法理論の授業で成績順にペアになりディスカッションをする事になったのだが……このオーソンという男！　あー、思い出しても腹が立つ!!

初めて喋る時、正直少し楽しみにしていた。

優秀な人の考えが知れるチャンスだし、学べる所が沢山あるだろうと期待していた。

勿論《もちろん》授業だし、成績評価に関わるし、真面目にディスカッションしようと色々考えを述べたのだが——彼は問いかけにろくに返事もしなかった。

隣に座っているのに目も合わせない。こちらを一度も向かない。

相手の方が身分も上だし、失礼な態度を取ってはいけないのは分かっているけれども、あまりに冷たすぎる態度に、途中で我慢が出来なくなってしまった。

相手が会話する気がないなら、もう話すまいとディスカッション時間終了まで無言で過ごした。

そして終了時間が来て、「貴方《あなた》には、ガッカリです」と呟くと、「……それはどうも」と返事。

ちょっと泣きそうになったけれども、腹が立つのと悔しさと、相手にされなかった惨《みじ》めさとかが色々ぐるぐるして、負けたくない！　と闘志にふつふつと火がついたのだった。

そうして勝手にライバル認定したけれども、一向に勝てない。それが今の状況だ。

そんなイライラを抑えながら昼食を終えて、マリーとの待ち合わせ場所に向かっている時だった。

「あーら！　失礼」

と後ろから聞こえるや否や、肩にドンッと衝撃が走り、前につんのめって転んでしまった。持っていた教科書も手から離れ、散らばってしまう。

「ごめんなさいねぇー。前をよく見ていませんでしたわ」

クスクスと笑いながら三人組の令嬢がこちらを見下ろしている。

いや、ぶつかる前に声が聞こえましたけど？

そのまま歩き去る三人組は無視して、教科書を拾い集める。

「……はぁー……」

ため息。

そう。私は今、一部の女子から嫌がらせを受けている。

「セイナ！　大丈夫？」

パタパタとマリーが駆け付けて一緒に教科書を拾ってくれる。

「マリーありがとう」

「またあの人達ね！　全く子供じみた嫌がらせを毎日毎日……」

「まぁ、可愛い嫌がらせだけどねぇ」

聞こえるように悪口を言われたり、わざと肩にぶつかって来られたり、教科書が無くなったりといった分かりやすい嫌がらせだ。

「こんなの、ただの僻《ひが》みじゃない！　本当に腹が立つわ！」

「僻みなのかなー？　そんなにあの人とペアになることが羨《うらや》ましいのかしら？」

最初は自分の何が彼女達の怒りを買ったのか理解できなかったのだけれど、マリーが言うには、彼女達は私が授業でたまにあの獣人とペアになる事に嫉妬《しっと》しているのだという。

「そりゃそうでしょ。ルディ様は女の人を全く寄せ付けないから。授業とはいえペアになれる貴女が羨ましくて仕方ないのよ！」

「理解出来ない……。羨むポイントがどこにあるのか教えて欲しいくらいだわ！　あんなまともに会話も出来ない人のペアになんて、私もなりたくなかったのに」

基本的に授業のペアは成績順の為、あれから何度か組まされるも相手の対応が軟化することはなく、相変わらずの塩対応で毎回煮え湯を飲まされている。

……まぁ、最初に暴言吐いちゃったからね。

ちょっと反省して、毎回一応「宜しくお願いします」と声がけはするけれど、思いっきりスルーされ、最低限のやり取りでペアミッションをこなしている。相手が優秀ですぐ終わるからいいのだけれど。

最近では先生が、「ではペアになって――……」と言い出す度に胃痛がしてくる。

「そんなこと言うのはセイナくらいだよ」

「皆、ドMなのね。冷たくされるのが羨ましいってちょっとどうなのかと思うわ。あの対応を味わいたいのならば、死ぬ気で勉強してペアになれるよう努力をしたらいいのに」

「あははっ！　そりゃあそうなんだろうけど、無理無理。セイナは二位だけどさ、本来ならぶっちぎりで一位でもおかしくない成績なんだよ？　ルディ様が異常なだけで。だからセイナを抜いて成績二位の座を手に入れるのは並大抵のお嬢様じゃ無理だよ！」

「そう言ってもらえると救われるわ……」

マリーはいつも優しい。教科書を拾い終わり、二人で次の教室へと歩き始める。

「それに、彼女達がセイナに嫉妬してるのはきっと成績だけじゃないわよ」

「？」

平民の私に彼女達が羨む何かが他にありましたっけ？

「セイナが綺麗で、ルディ様ととてもお似合いだから周りが嫉妬してしまうのよ」

「私が綺麗？」

ぷっと吹き出してしまう。

「やだもう、マリーったら！　そんなお世辞《せじ》言わないでよ」

「お世辞じゃな――」

「お気遣い頂き、ありがとっ」

マリーは優しい。こんな冗談を言って慰《なぐさ》めて褒めてくれようとしてる。

でも分かってる。私は決して『綺麗』ではない。

この白すぎる肌は気持ちが悪いし、アメジスト色の髪は不吉だし、薄いブルーの瞳も目付きが悪い。『可哀想な器量《きりょう》』なのだ。

——義理の母親から、毎日言われた言葉だ。

「本当に綺麗なのに……」

なおも呟くマリーに、苦笑いをするしかなかった。

ハプニングのせいで遅れてしまったと、二人で少し急ぎながら次の教室へ向かう。

「ちょっと……お昼食べすぎてこんなに早く歩くと、横っ腹が痛くなりそう……」

「分かるわ！　でもセイナ、一応私達貴族マナーも習ってるじゃない？　横っ腹って言うのはお控《ひか》えになった方が良くてよ」

「えっ駄目なの？　貴族は横っ腹って言わないの？　てかマリー、後半お上品！」

「セイナ様。『てか』もレディーにはふさわしくない言葉だわ。お控えになった方が宜しくてよ」

「やだ！　貴族マナー講師のミス・マクレーンにそっくり！」

マリーの意外な特技にお腹を抱えつつ歩いていると、廊下を曲がった所でボフッと何かに顔を突っ込んでしまった。

「ぶぶっ」

話をしていていきなり鼻と口が塞《ふさ》がれたものだから、レディーらしからぬ声が飛び出てしまう。

「あっ、ごめんね。ぶつかっちゃったね」

目の前の壁を見上げると、背の高い金髪の美丈夫がいた。

どこかで見たことある顔だ。

「いえ、こちらこそすみません。思いっきり胸元に突っ込んでしまいまして、汚れませんでしたか」

失礼をしてしまったと、慌てて美丈夫の胸元を手でパタパタと払う。

「大丈夫、大丈夫——って、あっ⁉」

突然叫ばれて、ビクッと肩を上げてしまう。

「このアメジスト色の髪。君、セイナ・アイリソンだよね？　ルディのペアの」

美丈夫が凄いテンションで喋りかけてくる。ちょっと引きながら、そうですと答える前に言われた言葉に固まった。

「僕はベンガル・タイル。獣人でルディの幼馴染《おさななじ》み」

そういえば目立つ三人組の中に居たような気がする。

「君と話してみたかったんだよね」

「私と？　何故ですか？」

理由がさっぱり分からず、怪訝《けげん》な顔で尋ねると、金髪の美丈夫は嬉しそうに笑みを深めた。

「うん。こういう感じがね。珍しいなぁと思って」

「？」

何を言っているのかますます分からない。

次の授業に遅れてしまうので、もう失礼しようと思った矢先。

「あっ！　いいところに。おーいルディ！」

と、ベンガル様はブンブン手を振りながら廊下の反対側にいるルディ・オーソンを呼び始めた。

「ひぇっ！」

思わず声が出てしまう。

何故呼ぶ！　やめてっ呼ばないでっ！

心の叫びも空《むな》しく、ルディ・オーソンが仏頂面《ぶっちょうづら》でこちらへやって来た。

そんな顔するくらいなら来なくていいのに！

「今、ルディのペアのセイナちゃんに挨拶してたんだ」

ルディ・オーソンの渋い顔をものともせず、嬉しそうに話しかけるベンガル様に驚く。

「……お前は女性に馴れ馴れしすぎる」

「あはは。ルディはお堅いな。もしかして勝手にセイナちゃんと仲良くなったから怒ってんの？」

「ああっ⁉」

ルディ・オーソンが鬼の形相《ぎょうそう》で睨《にら》み付けるも、ベンガル様は動じない。

凄いわ。鋼《はがね》のメンタルね、この人。というか、仲良くなった覚えはないのですが。

それにしても、ルディ・オーソンはベンガル様には普通に話をしている。『人間』嫌いだが、『獣人』にはやはり心を許すのだろうか。

「ごめんね、こいつこんなに態度悪くて。セイナちゃんに迷惑かけてない？」

「えっ？　いや、その……」

その通りです。大変迷惑被《こうむ》っています、とは本人目の前にして普通言えませんよね？

返答に困っていると、ベンガル様がクスクスと笑い出した。

「それがもう答えだよね。セイナちゃんは正直だなあ」

愉快《ゆかい》そうに笑うベンガル様の隣にいるルディ・オーソンから、ますます不機嫌になっているオーラが漂《ただよ》ってくる。

恐る恐るルディ・オーソンを見ると、少し拗《す》ねたような表情をしており、彼が初めて見せた少年っぽさに少し驚いた。

ベンガル様といる彼はいつもより怖くないかも……。

とはいえ、この張り詰めた空気にはもう耐えられない。

慌ててマリーの手を摑《つか》み、「次の授業がありますのでっ！」と早足でその場を後にした。

あの心底嫌がっているような冷たい目で見られるのは、覚悟を決めたペア授業だけで十分です！

◇◇◇

可愛いお嬢さん達を手を振って見送り、背後で機嫌を損《そこ》ねている気難しい藍色の友人に向き直る。

「あーあ、逃げちゃった。もうちょっと話したかったのにー」

「……お前は何がしたいんだ？」

「だってさ、あの子ルディを負かそうと頑張ってるんでしょ。凄いじゃん！　それに、獣人に媚《こ》びない人間って珍しいし」

「……」

「ルディの氷のような態度にも挫《くじ》けず頑張ってるの、噂になってるからね。どんな子か話してみたかったんだよね。すぐ逃げられちゃったけど」

「……」

この無愛想《ぶあいそ》な友人は長年の付き合いながら何を考えているか分からない。昔はそれなりに明るさもあったのに最近はずっと仏頂面だ。

恐ろしく綺麗な顔のせいか、黙っているだけで他人を寄せ付けない冷気が出ている……気がする。

この学院に入学させられたのが気にくわないのかもしれない。彼はずっと拒《こば》んでいたのだから。

獣人は必ずこの学院に通わなければならない。例外は許されず、国内屈指《くっし》の公爵家嫡男《ちゃくなん》である彼の要望も却下された。

そもそも強制であるのは、獣人の力の把握《はあく》をしておきたいという国の狙いだろう。

そうしてもう一つの狙いは、獣人の出生率を高める為だ。

獣人は『番』とでないと子を成せない。『番』とでもなかなか授《さず》からない。

だから年々、獣人の数が減りつつあるという。

獣人はそもそも男しか生まれない。『番』は魔力を持っている人間の女性から選ばれる事が多いという。例年、多くの『番』がこの学院で誕生しているそうなのだが……。

「……ベンガル、彼女は何か『匂った』か？」

無愛想な彼が珍しく質問してきた。

「ん？　匂い？」

僕達は嗅覚が優《すぐ》れている為、女性が香水でもつけてようものなら、それがどれだけいい香りでも不愉快なくらい匂ってしまう。

「いや、彼女はそこら辺のご令嬢とは違って何もつけてないから――……」

と言いかけて気付く。

『匂い』ってあれ？『番』の『匂い』のこと？」

金色の瞳はそうだと言わんばかりにこちらを見つめてくる。

くそぅ、綺麗な顔だなぁ！　同じ獣人でも惚れ惚れする顔だ！

「いや、それは何も匂わなかったよ。僕が興味を持ったのは『匂った』からじゃない」

「……そうか」

「それに、それはまだ早いだろう？　僕達はまだ十八歳になっていない。もし『番』が居てもまだ分からないさ」

「そうだな……」

え？　何？　僕が女の子に興味を持ったのは『番』かもしれないから、寂しかったとか？

勝手な解釈で上機嫌になり、ルディの肩に手をかける。

「ま、たとえ『番』が見つかっても僕達の友情は変わらないからな！」

藍色の友人は「はぁ？」と冷たい視線を寄越すが見えないふりをして肩を抱き歩き出す。

この冷たい視線も慣れれば、たまらなく癖《くせ》になるものなのだ。

◇◇◇

季節は移り、一年生の終わりが近づいてきた。

今日は『女神の祝福の日』だ。

この日は赤色のプレゼントと共に大切な人に気持ちを伝えるという習わしがある。お世話になった人への感謝や片想いの相手への好意、愛し合っている相手への愛情でも、何でもいい。

私も赤い糸で刺繍《ししゅう》した薔薇《ばら》をあしらった、白いハンカチを用意した。親友のマリーの為に、夜な夜な想いを籠《こ》めて少しずつ作り上げたものだ。

「喜んでくれるといいのだけれど」

学院に着くと教室の前に人だかりがあった。

「えっ？　何事？」

いつもとは違う光景に狼狽《うろた》えてしまう。

よく見るとご令嬢達がプレゼントを抱えて教室内の一点を目指しているようだ。

あの先は……。

「おはようセイナ」

後ろからポンッとマリーに肩を叩かれる。

「マリー、おはよう」

「なになに？　この人だかりは何かあったの？」

問いかけるマリーに無言でルディ・オーソンの席を指差すと、察したようで苦笑いをした。

「なるほど。今日は『女神の祝福の日』だもんね。この日にかけてたんだね」

「皆、相変わらずのドMだわ」

今日という日だけは、贈り物を断るのは許されていない。だから皆チャンスとばかりに押しかけたんだろう。

異性にそこまで想いを募《つの》らせるなんて、どんな感じなのだろうと羨ましい気持ちにもなる。

相手があのルディ・オーソンという点だけは理解できないけれども。

「……ねぇ、マリー。皆はあの獣人様の『番』に選ばれたいから頑張っている、という事なの？」

「うーん、どうなのかしら。ベンガル様に聞いたんだけど、『番』っていうのは選ぶんじゃなくて初めから決まっているものらしいわ」

「初めから決まっている？　ん？　いや、それより今ベンガル様って言わなかった？」

ベンガル様は、廊下でぶつかって以来ちょこちょこ話しかけてくるのだけれど、あまり関わりたくないので私は極力避《さ》けて過ごしている。

「マリー、いつの間に……」

あのチャラめの獣人と仲良くなっているのかとショックを受ける。するとマリーは、

「変な事考えてない？　あれからたまに話しかけてくださって、ちょこっと話すようになっただけだよ。結構気さくで話しやすい人だよ。ルディ様とはタイプが真逆って感じの」

と言った。なるほど。真逆なら確かに話しやすそう。

「ベンガル様もモテるだろうから、今日は大変だろうねー」

「えっ？　僕がモテるって話？」

突然背後の頭上から声が聞こえて、ビクっと肩を跳ねさせる。

見上げるとベンガル様が沢山のプレゼントが入った段ボールを抱えてニコニコしていた。

うっ！　爽やかなイケメン……。ルディ・オーソンとは違って人懐《ひとなつ》こい笑顔が眩《まぶ》しい。

「やっぱり凄い沢山のプレゼント！　ベンガル様もモテモテですね」

「そうだねー。今日ばかりは断れないし、困っちゃうよね」

マリーの賛辞《さんじ》に、ポリポリ頭を掻《か》いて困った表情を見せる。それを見てこの人は悪い人ではないのだろうなぁと思った。

「僕より、ルディがどうなってるか気になってさ。さすがのあいつも今日ばかりは断ったりしないだろうけど、あまりにも人だかりが凄い事になってるからキレちゃわないかと心配になってね」

やっぱりいい人だ。そう思って見上げていると、ふと彼は遠い目になる。

「あの容貌だから、昔から色々大変な目に遭ってきたんだよ。だから基本、女性は苦手だし。それに、僕達は嗅覚が『人間』より何倍も優れてるから、あんなにご令嬢に囲まれると香水の匂いで気持ち悪くなってしまうと思うんだよね」

女性が苦手？　だからあんなに無愛想な態度を取っているのだろうか。マリーも同じ事を思ったようで質問する。

「女性が苦手だとは知りませんでした。ルディ様の女性を寄せ付けない感じはそのせいなのですか？」

「まぁ、多分そうだね。あいつはハッキリとは言わないけれど。昔から『人間』とは距離を置いてるよ」

「『女性』ではなく『人間』とですか？」

マリーの問いかけに、ベンガル様が苦笑いをする。

「マリーちゃんは鋭《するど》い突っ込みをするね。あんまり喋ると、後からあいつに殴られそうなんだけど……」

言葉を濁《にご》すベンガル様をマリーはじっと見つめる。

その目には知りたい知りたいと書かれてあるようだ。マリーったら好奇心旺盛《おうせい》。

じりじりと距離を詰めるマリーに降参したのか、ベンガル様はふーっとため息をつき、

「ま、いいか。君達になら話しても大丈夫かな」

と言い出した。いや、別に私は知りたくないのですけど。

少し離れた人気の少ない階段の踊り場に移動すると、ベンガル様が話し出す。

「あいつはほら、超絶綺麗でしょ？　今でこそ身長も伸びて体格が良くなって威圧感もあるけれど、幼い時はもう天使かっ！　ってくらいめちゃくちゃ可愛かったんだよ」

何故か得意気に話すベンガル様。

確かに、あの容姿の幼少期を想像してみると、天使並みに可愛くて当然かも。

「おまけに公爵家の跡取りで、お家柄も申し分なし。そうなると、良からぬ人達が集まってくるんだよね……」

「よ、良からぬ人達……」

マリーがごくりと唾《つば》を呑み込む。ベンガル様は少し小声になった。

「最初は六歳の時だったかなぁ。学校に通い始めた頃、同じ年頃の女の子達が何人もストーカーみたいになっちゃって。ほら、あの年頃ってまだ自制心利かないじゃない？　皆であいつを取り合って授業にならないっていう。で、入学早々に別の男子校へ編入したんだよね」

六歳の女の子をストーカーにしてしまう可愛さって、どれだけなんだろう。

「僕とキーライは幼馴染みで、あいつのお目付け役でもあるから一緒に編入させられたんだけどね。

女の子の居ない男子校なんて最悪だったよ」

悪態《あくたい》をついてるけれど、ベンガル様の顔が優しい。きっと彼を護る為に共にしたことは嫌ではなかったのだろう。

「で、男子校へ通い始めて安心かと思ったらそうでもなくて、色目を使ってくる教師だったり、やたら体を触ってくる同級生や先輩だったり、男女問わずあいつに群がるようになってきてさ」

サラッと男女問わずって言ったよね。『人間』が苦手ってそういうことだったのか。

「屋敷で雇った使用人が、あまりの可愛さにあいつを誘拐しかけたこともあったっけ」

またとんでもない事をサラッと言っていて、目を見開く。

ゆっ、誘拐って犯罪ですけど！　ちょっとひいてる私とマリーの表情に気付いたのか、ベンガル様が慌てて弁明する。

「あっ、誤解のないよう言っておくけど、幼くて可愛い天使だけれども僕達獣人は子供でも大人の『人間』よりは力が強いから暴力を受けるとか、無理矢理どうこうっていう被害はなかったからね」

マリーはホッとしたように頷《うなず》く。私も胸を撫《な》でおろす。

幼い天使が酷い目に遭ってなくて良かった。もはや幼い天使は私の中で今のルディ・オーソンとは別人だ。

「極めつけは、あれかな」

「これ以上あるんですか!?」

「うん。あいつが十歳くらいの時に雇われた女性の家庭教師が居てね、彼女はオーソン家が懇意《こんい》にしていた伯爵家の奥様で昔からルディの母親とも顔見知りだったみたい。優秀な人だったから、家庭教師に選ばれたのだけれど……その家庭教師が、あいつを誘惑したんだよね」

思わず眉間《みけん》を押さえてしまう。予想は出来たけれども、大人の女性が十歳の子供を、となるといたたまれない。そもそもこんなにプライベートなことを聞いてしまっていいのだろうか。

「あいつの母親は昔から体が弱くて、母親代わりとまではいかないけど彼女に懐いてたんだ。それを彼女は勘違いしてしまったんだろうね。抱きしめられたり頬にキスされたり、愛を囁《ささや》かれたり……初めは親愛の意味だと思ってたあいつも段々おかしいと気付き始めて。だけど母親の友人だから、なかなか周りに言い出せず苦しんだと思う。僕も当時、近くに居たのに気付いてやれなかった」

ベンガル様は悔しそうに唇を噛《か》む。

「結局、あの女が夫と離縁すると言い出して異変に気付いたんだ」

私とマリーは呆気《あっけ》にとられる。

母親のように慕っていた女性に誘惑されたってこと？

しかも離縁って！　離縁して十歳の少年と一緒になりたかったという事なのだろうか。あんまりな言動に怒りさえ覚える。

「あの女はルディと愛し合っていると言い張ったんだよ。愚《おろ》かだよね、そんな訳ないのに。勿論、ルディの親も僕も信じなかったよ。獣人ならそんなことはあり得ない」

それは彼女が『番』ではなかったということなのだろうか。私が不思議そうな顔をしたのをベンガル様は察したようで、そうだよと言わんばかりに頷いた。

「僕達獣人は『番』しか愛せないからね。正直『番』以外の女性には何の感情も湧かないんだよ。愛するなんてとんでもない」

「……それは絶対なのですか？」

「うん。絶対。僕は今まで女の子を好きになったことはないよ。なれる気もしないんだ。『興味』は持てるけどね」

少し寂しそうにベンガル様は微笑む。

「その女は解雇されて、夫にも離縁されてどこかの修道院へ送られたみたいだけど、この一件でルディは物凄くショックを受けてね……」

「それはそうですよね。信じてた人に裏切られたのだから……」

慮《おもんぱか》って呟くと、ベンガル様は優しく微笑む。

「うーん、ちょっと違うかな。ルディがショックを受けたのはね、『人間』が簡単に人生の伴侶《はんりょ》と決めた……僕達で言う『番』を裏切ったって事なんだよ」

「自分が裏切られた事じゃなくて？」

「うん。僕達は『番』が絶対的な存在で他に気持ちが移るなんてあり得ないからね。ルディは人の心変わりにショックを受けたのと、自分のせいでこうなってしまったんだと、当時は酷く自分を責めたんだ」

ベンガル様の話を聞いて私は『人間』が恥ずかしくなった。

確かに『人間』は心変わりなんてしょっちゅうだ。浮気だの、不貞だのが当たり前のように世の中に蔓延《まんえん》している。

「だからね、あいつのあの態度は仕方ないのかなって、思うんだよね」

ベンガル様が私に向けて、申し訳なさそうに軽くウィンクする。

そっか、ペア授業の時にいつも私が素っ気《そけ》なくされているのを気にかけてくれていたんだ。

マリーを見ると、こちらも申し訳なさそうな顔をしていた。

「興味本位で聞いていいお話じゃなかったですよね。申し訳ありませんでした」

マリーの謝罪に、慌てて私も頭を下げる。

「いやいや！　いいんだよ。って僕が言う事じゃないけれど、少しでもあいつの事を誰かに分かってほしかったんだ」

もしかしたら私も、ルディ・オーソンの事をよく知らなかっただけなのかも？

「ごめんね、長いこと話し込んじゃって。そろそろあいつを救出しに行ってくるよ」

じゃあ、とベンガル様は群がるご令嬢達を掻き分け、ルディ・オーソンの元へと向かった。ペコリと一礼をして、マリーと私は無言のまま自分の席につく。

何だか重い話を聞いてしまった……。

マリーに刺繍入りのハンカチをプレゼントしたかったのだけれど、今はそんな気分にはなれない。気持ちを落ち着かせてから、お昼休みにでも渡そう。

ふと、離れた席に居る藍色の獣人へと目をやる。

一時間目が迫り、ベンガル様の捌《さば》きもあってどうにかご令嬢達の群れは解散したようだ。

いつにもまして不機嫌そうな顔をしているのだけれど、あんな話を聞いた後のせいか少し同情してしまう。深い話を勝手に聞いてしまった罪悪感もあり、複雑な心境になる。

ただ傲慢《ごうまん》で性格の悪い人だと思ってた。

でも、どんな理由であれ、あの態度はどうなのかしらとも思う。

自分の中で悶々《もんもん》と思案《しあん》を巡らせていると、一時間目の先生が入ってきて開口一番に「今日はペアで新しい魔法の開発研究に取り組む話し合いをします」と言った。

嘘《うそ》、なんで今日！　今から⁉　まだ感情の整理が出来てないのにタイミング悪すぎじゃない⁉

席を移動し、いつものように「宜しくお願い致します」と挨拶するも、ルディ・オーソンはこちらを一切見ようとはしない。

うん。まあ、そうだよね。今日は特に不機嫌だものね。

いつもならイラッとするのだけれど、今日の私はちょっと違う。

心の中のモヤモヤを整理してよく考えてみる。

彼の態度は『人間』を寄せ付けない為。『人間』は彼にどうしようもなく惹《ひ》かれ、その事が彼を苦しめてきた。彼は自分の振る舞いが『人間』に誤解を与えるのを恐れている……。

なるほど！　そうか！

正解かは分からないけれど、私が彼にかけるべき言葉が分かった。

「あっ、あのっぉっ!!」

あ、ちょっと声が裏返ってしまった。周囲の令嬢の視線が刺さるが、彼は全くそれに動じてないのが、逆に恥ずかしい。

コホンと気を取り直して、再度声をかける。

「あの、すみません。ベンガル様にちょっと……プライベートな事をお聞きしてしまって……」

彼の筆を持つ手がピクッと震える。それで、と言わんばかりに手が止まったまま無言が続く。

お、怒ってるのかしら……。だとしてもここまで言い出したら後には引けない！

「貴方《あなた》がこのような冷たい態度を取るのは、優しくしたり親しくなったりして女性に勘違いをさせない為なんだと分かりました。……ちょっと自意識過剰なんじゃない？　と思わないでもないですが、その容姿と周りの反応から見て、そうなるのも理解できます」

少し嫌みを混ぜてみたが、彼は眉間にしわを寄せたまま黙っている。

「それでですね、私からの提案なのですけど……」

クラスメイトに聞こえないように声をひそめて、宣言する。

「私は貴方に絶対惹かれたりしません。絶対、好きになったりもしません。勘違いなんてしないと誓います。だから安心してもう少し私と対話が出来るようになって頂けませんか？」

私は別に仲良くなりたい訳じゃない。せめてまともに会話ができるようになりたい。今後もペアになる可能性が高いのだからいつまでも胃痛を抱えてやっていくのは嫌なのだ。

しかし言い終わった途端、バッとルディ・オーソンがこちらを見た。

初めてこの至近距離で目が合ったように思う。

長めの藍色の前髪から覗く金色の瞳はとても美しくて、言った側から思わずドキッとしてしまった。

彼は一瞬、驚いたような、怒ったような、何とも言えない顔をした、ように見えた。

いい提案だと思ったのに何か気に障《さわ》ってしまったのだろうかと思ったけれど、次の瞬間にはいつものクールフェイスに戻っていた。気のせいだったのかな。

唇に手を当てて何か考えている彼の返事を待つ。

ふーっと一息ついて彼がやっと口を開いた。

「……分かった。これからは君との会話はちゃんとするように心掛ける」

いっつっ、いやったぁー！

これで少しは胃痛から解放されるっ！　と私は心の中でガッツポーズをした。

◇◇◇

お昼休みになり、セイナとランチを持って中庭へ移動する。

今日の私のランチは、クリームチーズとサーモンのサンドウィッチとベーコンのサラダ。セイナはチーズとチキンのベーグルとポテトサラダを選んだ。

隣り合ってベンチに座りそれぞれのランチを広げる。

心なしか珍しくセイナがウキウキしているように見える。

「セイナご機嫌ね。何かいいことあったの？」

と聞いてみた。

「うん。このベーグル大好きだから、今日はいい日だなって」

あぁ、にこにこベーグルを頬張る友人がとても可愛いわ。たまらなく可愛いわっ！

優等生の彼女は、何故か周りからは物静かで冷たいイメージで見られているのよね。美人すぎて近寄り難《がた》いのもあるのかもしれないけれど、皆、勿体《もったい》ないわ。

この笑顔を見ながら食べるサンドウィッチの美味しさに幸せを噛みしめる。

「マリー、あのね……」

ベーグルを横へ置き、セイナがこちらへ向きを直す。

「どうしたの？」

改まった感じに少しドキッとする。セイナはポケットから赤い包みを取り出すと私に差し出した。

「これ、『女神の祝福の日』のプレゼントなの。マリーに渡したくて……。受け取ってくれる？」

恥じらいながらの上目遣い！　それは反則よセイナっ！

あまりの可愛さに目眩《めまい》を覚えながら、セイナから包みを受け取る。

包みを開けると真っ白なハンカチ。片隅には赤い薔薇の刺繍が施《ほどこ》されている。

「とっても素敵！　これ、セイナが刺繍してくれたの？」

「うん。人にプレゼントするの初めてなんだけど、頑張って作ったから貰ってくれると嬉しい」

「勿論よ、ありがとう。とっても、とーっても嬉しいわ！」

貰ったハンカチを胸元にギュッと抱きしめる。彼女が私の事を考えながら作り上げてくれたのだと思うととても嬉しい。

「あのね、私もあるの。プレゼント」

私もポケットから赤い包みを取り出す。

「えっ！」と驚くセイナに手渡すと、戸惑ったように「開けてもいい？」と聞いてくる。勿論、と私はブンブンと首を上下に振る。

私がプレゼントしたのは赤いリボンだ。金色の細かな刺繍が施された上品なデザインで、セイナの淡いアメジストの髪色にとても似合うと思う。

「わぁ、嬉しい！　ありがとう」

セイナがキラキラした目でリボンを見つめる。

「本当に綺麗……私なんかには勿体ないくらい」

その言葉を聞いて私は悲しくなった。謙遜《けんそん》でも何でもなく、当たり前のように自分を卑下《ひげ》するセイナが悲しい。

透き通るような白い肌を持ったこの儚《はかな》げな容姿の超絶美少女は、自分の評価がとても低い。

私のふわふわした赤毛とは全く違ったアメジストのサラサラの髪の毛は、綺麗で彼女の神秘的な雰囲気に似合っているのに。

その理由は彼女の生い立ちにあるのだろうか……。

セイナはあまり自分の事を語りたがらない。

寮の室内は質素で最低限のものしか持ち込んでおらず、家族からの連絡も私が知る限りではない。

以前一度だけ、セイナは「自分の髪色は不吉な色だから」とポロッとこぼした。そんな事ない！と言ったけれど苦笑いをするだけで信じてくれていないのだと悟った。

あまり踏《ふ》み込んではいけない事なのかもしれないけれど、もう我慢できない！

私は両手でガッとセイナの肩を掴み、真《ま》っ直《す》ぐ瞳を見つめる。

「セイナ、私はセイナが大好きよ！　親友だと思ってるわ！　だから私は嘘やお世辞なんて絶対言わない」

「うっ？　……うん？」

戸惑うセイナに遠慮せず捲《まく》し立てる。

「あのね、何度も言うけどセイナはめちゃくちゃ美人なのよ！　シミ一つない白く透き通った肌に、これでもかってくらい長い睫毛に大きな瞳！　鼻筋も通ってるし唇なんて憎たらしいくらいプルプルでピンクだし！　何よりその淡いアメジストの髪の毛は、神々しいくらい！　本当に綺麗なの！　似合いすぎていて尊すぎるの！　神なの!!」

セイナが呆気にとられぽかんとしている。伝わって欲しくてちょっとおかしな事言っちゃったかも。

「とにかく、誰に何を言われたのか分からないけれど、ちゃんと本当の事を分かって欲しいの」

必死に訴える。

驚いてまん丸だった薄いブルーの瞳はしばらく見つめ合った後、ゆっくり閉じられた。「……うん」と噛みしめるように呟くと目を細めて「うん。ありがとう」と微笑んでくれた。

それからセイナはポツリ、ポツリと自分の事を話してくれた。

◇◇◇

「お前の白すぎる肌は気持ちが悪いわ。死人が歩いているよう」

「その不吉な髪色は見たくもない。人前に出る時は隠してちょうだい、恥ずかしい」

「お前は可哀想《かわいそう》な容姿をしているのを忘れてはいけないよ。自分が恥をかくからね」

四歳の時に、母が亡くなってすぐに義母となった人に、毎日毎日言われ続けた言葉だ。

その言葉は呪いのように私の中に入り込み、私を蝕《むしば》んでいったのだと思う。母親譲りのこの髪色が大好きだったのに、いつしか『不吉な色』なのだと信じてしまった。あの悪意の籠《こも》った言葉に打ち勝てなかった事が悔しい。

義母は連れて来た義妹ばかりを可愛がった。義妹は、義母を見て私を軽んじていいものとし、我《わ》が儘《まま》に振る舞った。

私が失敗した時や義母に歯向かう時、そして義母の機嫌が悪い時など『しつけ』と称して私を鞭《むち》打った。幸い痕《あと》は残らずに済んだが、一時は裂けた皮膚《ひふ》の痛みで夜も眠れなくなっていた。

口では蔑《さげす》まれ自尊心を奪われ、肉体は鞭打たれ、私は徐々に義母と義妹に抵抗する気力を失っていった。

父はそんな私達を見て見ぬふりをした。

実家は貿易を生業《なりわい》としていた為、普通の家よりは裕福だったが、父が二年前に亡くなり働き手を失うと一気に貧しくなった。

すると義母は、私をどこかの年寄り貴族の愛人として売ろうとしたのだ。

かなり話が進んでいて、危うく売り出されそうになった時——偶然私が魔力持ちだと判明した。

魔力持ちの人間は貴重なので、無償でセントラル学院に通うことを義務付けられる。

何よりこの学院で優秀な成績を収めれば、平民でも稼げる仕事に就ける確率がぐっと上がる。そう義母を説得し、逃げるように私はセントラル学院へ入学した。

でも入学してからも、ずっと義母の言葉は脳裏《のうり》に焼き付いていた。今でも心から笑えないのは、義母や義妹に蔑まれてきた事が大きい。

それが最近になってやっと、ほどけつつあるのだ。

「……という訳で本当にラッキーだったの」

そう締めくくると、マリーは真っ赤になって怒った。私が愛人として売られなくて良かったと涙を浮かべる彼女の表情を見て、微笑んでしまう。

「そんな訳でね、私はここを卒業して安定した仕事に就くのが目標なの！　その為には首席で卒業した方が箔《はく》がつくかと思って頑張ってたんだけどね。今はもはや、意地になってるだけかもしれないわ」

「そうだったのね。セイナが頑張ってる理由が分かってスッキリしたわ。ストイックすぎてちょっと怖い時があったもの」

「そうなの？　なんかごめん」

謝ると、二人で顔を見合わせて笑ってしまった。

「卒業するまでに一回でもルディ・オーソンに勝ちたいんだけどなぁ」

諦《あきら》めていないけれど、あそこまで完璧だと勝てる気がしなくなってきている。

そこで、マリーに報告しようと思っていた出来事を思い出す。

「マリー聞いて。私、自分のストレス軽減策に成功したの！　たぶん」

「ストレス軽減策？」

私はルディ・オーソンに提案した事柄をマリーに話した。

提案を受けてあのルディ・オーソンがまともに会話してくれ、その後のペア作業が今までにないくらいスムーズに進んだ事を。

「まともに会話っていっても最低限で、私語なんてないのだけれどね、それでも今までとちょっと違うの。次回に持ち越しの宿題があってそれぞれに分担を決めて最後に『では、宜しくお願いします』って言ったの。そうしたら『分かった』って返ってきたのよ。凄くない？　『分かった』って返事をしたのよ！」

私はこれがどれだけ素晴らしい進歩か理解して欲しかったのだけれど、私の話を聞いてマリーが物凄くしょっぱい顔をしている。あれ？　この凄さ伝わってない？

「セイナごめんね。私、ルディ様とお話しする機会がなかったから、今まであなたがどんなレベルで苦労していたのか、全然分かってなかったみたい」

同情するような彼女の声色に、とりあえず「分かってもらえて嬉しいわ」と返した。

「でも……獣人達の『番』制度って正直ちょっと羨ましいな」

パリパリとサラダを食べながら呟く。

「セイナは獣人の『番』になりたいの？」

マリーの質問に苦笑する。

「そういう訳じゃなくて、私の父は母が亡くなってすぐに新しい伴侶を迎えて……理解が出来なかったし、凄く悲しかったから」

「……人も獣人のように、自分の選んだ伴侶と一生添《そ》い遂《と》げる強さがあったらいいのにね」

「本当にそうね……」

『番』に出会うまでは愛を知る事が出来ない獣人。

その事はもしかしたら彼らにとって、とても辛く苦しい事なのかもしれない。

でも生涯で、唯一無二の愛を知り得るかもしれない彼らが羨ましいと、本気でそう思った。

第二章　衝突

入学して一年が経《た》ち、新しい学年が始まった。

クラス分けは成績順なのだけれど、顔ぶれはそんなに変わっていない。

上位クラスになればなるほど、順位の変更はあまりない。私も頑張《がんば》っているのだけれど残念ながら二位という順位に変更はない。

なので当然、ルディ・オーソンとは同じクラスのままだし、ペアも彼のまま。

一年もペアをしていれば少しは仲良くなるのが普通なのだろうけれど、それを彼が望んでいないのだと理解してからは、気持ち的に楽になり、許せる事が多くなった気がする。

それに、まともにペアを組むようになってからの彼は、やはり勉学面で尊敬できる相手だった。ディベートの考え方も切り口も斬新《ざんしん》で、世の中をよく見ている。

そもそも平民である私と貴族の彼の着眼点が違うのは当然だけど、それでも圧倒《あっとう》的な知識量からくる推察や提案は感嘆《かんたん》するものばかりだ。将来彼が統治する地の領民は、きっと幸せになるだろう。

苦手だった藍色の獣人に関してはほんの少しストレスが無くなり喜んだのだけれど――それと比例するかのように増えた、ご令嬢達からの嫌がらせに頭を悩ますようになっていた。

嫌がらせに対してムキになったり怒ったり、反抗してはいけない。何をされても反応しない。反抗は逆効果で、相手を逆上させ、もっと酷い事になる。貴族対平民なら尚更だ。

それが一番早く事態を収める事ができる、と私は実家で学んだのだけれど……間違っていたのかしら？

「……また教科書が無くなってる」

移動教室から戻ってきたら、机の中の教科書がごっそり無くなっていた。

教科書は学院から無料配布されるので懐《ふところ》は痛まないのだけれど、毎回毎回「教科書を無くしました」と申告して貰いに行かなければならない。

「もう、何度目よ！」

先生達も最初はしっかり管理するよう注意してきていたのだけれど、あまりにも頻繁《ひんぱん》に行くものだから、薄々事情を察して何も言わずすんなりくれるようになってきた。

またあの生ぬるい同情の目で見られるのかぁ。

卒業まであと一年。平穏に過ごしたいのに、どうして彼女達は私を放っておいてくれないのだろうと恨めしく思ってしまう。

彼女達は私がルディ・オーソンのペアという立場に居続ける事が煩《わずら》わしいのだろうけど、嫌がらせで心が折れれば成績が下がるとでも思っているのだろうか。

「地味に傷つくんだけどなぁ、仕方ない。授業が始まる前に貰いに行かないと！」

私は教室を後にして職員室へと向かった。

職員室は別棟にある為、一旦一階へ降りて中庭を通る必要がある。

今日は雨なので、中庭の真ん中を通っている屋根のついた小道を渡って向かうことにする。

中庭は様々な植物が植わっており綺麗に手入れされている。雨に濡れた植物が醸《かも》し出す匂いが大好きな私は外に出ると立ち止まり、その匂いを堪能《たんのう》する。

「いい匂いだわ」

逆立った心を鎮《しず》めようと何度か大きく深呼吸をする。

ふぅっと大きくため息をし、気持ちを切り替えて歩き出そうとしたその時、背中をドンッと強く押され前につんのめり、膝をついて倒れてしまった。

「……ッ！」

雨で少し濡れた小道は冷たいし、レンガは硬くて膝に痛みが走る。

後ろを振り返ると、やはりお馴染《なじ》みのご令嬢三人が横並びでニヤニヤとこちらを見下ろしていた。

またこのパターン⁉　くそぅ！　油断した自分が情けない！

起き上がろうとした時、令嬢の一人が見覚えのあるリボンを持っているのに気付いた。今日はハーフアップにしてきたはずの自分の髪の毛がパラリとほどけて顔にかかってくる。

——マリーから貰った大切なリボンで結んでいたはずなのに。

瞬時に理解して、すっくと立ち上がり手を前に出す。

「返してください」

私の反応が期待通りだったのか、リボンを持った令嬢は愉快《ゆかい》そうに笑い出した。

彼女は、確か子爵《ししゃく》家の令嬢レニーナ・モノリスだったかしら。長引く嫌がらせで、嫌でも名前を覚えてしまった。

「嫌だわ。こんな安っぽいリボン一つでそんな怖いお顔なさって」

「最近ずっと付けてらっしゃるもの。よほどお気に入りのリボンなのかしら」

「庶民の方は大変ね。こんな小汚いリボンを繰り返し愛用なさるなんて」

まるで汚いものを触るかのようにリボンを親指と人差し指でつまみ、クスクスと笑い合う。

彼女達の嫌味などどうでもいい。

「それは大切なリボンなんです。返してください！」

自分でも驚くくらい、低く冷たい声が出る。怒りを籠《こ》めて彼女達を見据《みす》えながらじりじりと迫る。

嘲笑《あざわら》っていた彼女達も、私が本気で怒り反抗しているのを初めて目の当たりにして驚いたのか、

「なっ、何よっ！　近づかないでちょうだい！」

と動揺しながらじりじりと後ろへ下がる。

「早く返しなさい！　レニーナ！」

強く叱責《しっせき》するとビクッと怯《おび》えたレニーナは、ぷるぷると肩を震わせ、

「かっ、返すわよっ！」

と力一杯小道の脇に放り投げた。

宙《ちゅう》に舞うリボンを必死で受け止めようとしたけれど間に合わず、無情にも雨でぬかるんだ土にできた水溜まりに落ちてしまった。

慌てて水溜まりから拾い上げる。泥水を含んだリボンは茶色く汚れ、ポタポタと雫《しずく》が垂れる。

「たっ、たかがリボンでそんなにムキになって！　馬鹿じゃないの！」

捨て台詞を吐いて去って行こうとする三人の前に素早く立ち塞《ふさ》がる。

このまま行かせる事はできない。

相手は貴族で、問題を起こすと厄介《やっかい》な事になると頭では分かっている。手を出したらここでの生活が全て終わってしまうかもしれない。

分かっているのだけれど、マリーから貰った宝物をごみのように扱われて、私の中で何かがキレてしまった。

レニーナの肩を両手で掴《つか》み、思いっきり頭を振りかぶり力一杯振り下ろす。

ゴンッッ！　と鈍い音がしてレニーナが仰向《あおむ》けに倒れた。他二人が悲鳴を上げる。

私は昔から石頭には自信があるのだ。『手』は出していないからセーフでしょ！

そのあとすぐに教師がやって来て、貴族と平民の揉め事という事で、学院が間に入り聞き取りが行われた。

私に一方的に暴力を振るわれたと彼女達は訴えたが、中庭での出来事は沢山の人に目撃されており、見た人達は最初に三人が私を突き飛ばした事を証言してくれた。

日頃から嫌がらせをされているのには周囲が気付いていたし、先生達も教科書などの件から、はっきりとは言わないが分かってくれていたのだと思う。

加えて私は成績が良く、真面目に過ごしている優等生という事で、厳重注意はされたものの、今回の一件は痛み分けということで収拾がつく――かと思われた。

ところがレニーナが親に泣きついて訴えた事により、風向きが非常にまずい方向に変わり始めてしまった。

平民が貴族に手を上げる事は許されない。

学院の外ならとても重い罪になる所を、お咎《とが》めなしだったのを、彼女のプライドが許さなかったのだろう。子爵家当主であるレニーナの父親から私の処罰を強く求められ、学院としても無罪放免を容認しづらくなってきているらしい。

「やっぱり退学処分……かなぁ」

ベッドの上でクッションを抱え、呟く。寮の自室での謹慎を言い渡され、三日目になる。

自分の行動に後悔はないけれど、ああなる前にもっと上手く立ち回れたのではないかと考えてしまう。

夕方になり、そろそろかなと思った時、コンコンとノックの音が響いた。

「セイナ？　気分はどう？」

マリーが夕飯のトレイを持って部屋に来てくれた。

「毎日ごめんね」

「ううん、顔が見れて嬉《うれ》しいわ」

今日はソーセージのシチューと枝豆のパンだ。好きなメニューだけれど、食欲があまり湧かない。

マリーが必死で情報を集め、私の退学を回避するべく先生や学院長に掛け合ってくれている事を知っている。迷惑をかけている事が本当に申し訳なくなる。

マリーに紅茶とクッキーを出して、私は夕食を食べる。

マリーは私を元気付けようと、今日あった出来事を面白おかしく話してくれる。

「それにしても、セイナって怒ると怖いのね」

「え？　そう？」

「まさかあの人達に手を出すとは思っていなかったわ」

「手は出してないよ。頭だし」

「頭突きの方が怖いわ」

ふふっと呆《あき》れた顔で笑いながら、

「でも、今までセイナの件で腹が立ってたから、やり返してくれてスッキリした」

と言ってくれた。

マリーには私が怒った理由を言ってない。優しいマリーはきっと罪悪感を覚えてしまうに違いないから。

マリーは私が退学になっても仲良くしてくれるだろうか。そんなことを考えながらパンをちぎって口に入れる。

その横で、マリーは私がプレゼントしたハンカチを握りしめ、何かを考えこんでいた。


翌日のお昼に学院長から呼び出された私は、今回の一件は当初の通り痛み分けで、私は無罪放免になった、という報告を受けた。

てっきり退学の宣告を受けると思っていた私は、驚きと嬉しさで呆然自失《ぼうぜんじしつ》状態になってしまった。

どうしてこうなったか分からないまま、手放しで喜んでもいいものだろうか？

とりあえず謹慎は解除され、午後の授業からは復帰してもいいとお許しが出たので、すぐさま教室に向かう。

クラスメイトの注目を浴びながら、いの一番にマリーに報告すると、飛び上がって喜んでくれた。

「良かった。本当に良かったわ！」

ギュッと強く抱きしめ合い、二人で喜びを分かち合う。

「ありがとうマリー。心配かけて本当にごめんなさい」

「本当よ！　もう頭突きなんてしちゃ駄目よ！」

分かってるわ。今度こんな事があってもすぐさま行動に出したりしない。私の頭脳を駆使《くし》して相手を精神的に追い込む方法を取るわ。平民だからという理由で不利にならないよう、完璧に証拠も残さずやってやる、と心の中で呟く。

「セイナ？　なんか悪い顔してるけど」

「やだ、顔に出ちゃった？」

マリーは私が優しい人間だと思っているのかもしれない。私は今まで色々諦《あきら》めて期待しないように生きてきた。期待しなければ裏切られる事もないし、その辛さを味わう事もないから。

嫌がらせに反抗しなかったのも気弱で優しい人間だからではない。相手の事など眼中になかったから相手にしなかっただけ。それは相手からしたら、酷く侮辱的《ぶじょくてき》で憎しみを募《つの》らせる原因になったのかもしれない。

私は冷たい人間なのだと思う。

でも、実家から解放されこの学院での生活を手に入れ、心から信頼出来る友人に出会ってから、私は少しずつ変わり始めた。

努力すれば報われ、正当な扱いを受け、評価もしてもらえる。それに、尊敬できるライバルも出来た。

私はもう昔の私には戻りたくない。

その為には、強くなる必要があるのだと学んだ。

「それにしても、てっきり退学処分を言い渡されると思ったのだけれど……急に無罪放免だなんてどうしたのかしら。理由を聞いてもはぐらかされるし、素直に喜んでいいのか正直分からないの」

それを聞いたマリーは、少し言いにくそうに下を向いた。

「あの……ね、実はね、今朝ベンガル様の所へ行ってお願いしたの」

「えっ？　ベンガル様に？　何をお願いしたの？」

「……セイナを助けてくださいって」

マリーの告白に目を丸くしてしまう。確かに、ベンガル様は伯爵家《はくしゃくけ》だから格下の子爵家に物言う力はあるかもしれない。

でも、どうして彼は私を助けてくれたのだろう。

「じゃあ、ベンガル様が助けてくれたの？」

「そうだと思うわ。お願いした時に『やってみるよ』って言ってくださったから」

ベンガル様が掛け合ってくれたなら、この急転直下の結果にも納得がいく。

「セイナ、勝手な事してごめんね」

「マリーが謝る事なんてないわ！　むしろマリーの機転がなければ絶対退学になってたもの！」

この方法以外で退学を回避できたとは思えない。直接助けてくれたのはベンガル様かもしれないけれど、きっかけはマリーだ。

だとしても、彼にはお礼を言わないと、と放課後ベンガル様のクラスを訪ねるとご令嬢の人だかりがあった。うん。あそこの中心にいらっしゃるわね。

ルディ・オーソンとは違って人当たりのいい性格のベンガル様は、常に女性に囲まれているように思う。あれで他人を好きになった事がないなんて、本当なのかしら。

お礼を言いたいけれど、大勢の人の前で言える事ではないし、ベンガル様は一人にはなりそうにないし、どうしたものかと考えていると、ベンガル様と目が合った。

察してくれたのか、ベンガル様は窓の外に目をやり、くいっと顎を上げた。窓の外は中庭だ。

……中庭に来いって事かしら？

とりあえず、そう解釈して中庭で待つことにした。

中庭の一角にあるガゼボでしばらく待っていると、ベンガル様が「待たせてごめんね」と爽《さわ》やかな笑顔と共に現れた。夕日が金色の髪を照らしてとても神々しい。

くっ！　やはりモテるだけあるわっ！

私なんかがこんなに素敵な人を呼び出してしまった事に恐縮してしまう。私なんかが、って言ったらまたマリーに叱られてしまうかもしれないけれど、これは仕方ないと思う。

心の中で言い訳しながら、早く用件を終わらせようと早速本題に取りかかる。

「お時間頂きまして、ありがとうございます」

「いいよいいよ。それにしてもセイナちゃん、大変だったね」

「あの、その事で、マリーから聞いたのですがベンガル様が助けてくださったんですよね。本当にありがとうございます！」

深々と頭を下げる。

するとベンガル様が困ったように口ごもる。

「うーん、まぁ、そうだね、僕が助けたというか……何というか……」

何か言いにくい事でもあるのだろうか？　小首をかしげていると、ベンガル様が「まあいいか」と言って微笑《ほほえ》む。

「誰にも言うなって言われているんだけどね、実は子爵家に物申したのはルディなんだよ」

「ふぁ!?」

意外な名前が出て、変な声が出てしまった。

「マリーちゃんからお願いされて、最初は僕が動こうかと思ったんだけどね、あの令嬢より爵位が上とはいえ、すんなり事を収めるのは難しいかなって思ったんだよ。——だから、有無《うむ》を言わさず命令を聞かせられるくらい、高い身分の奴が動く方が簡単じゃないかってね」

いや、そうだけど！　それで公爵家《こうしやくけ》を動かしちゃ駄目じゃない？　貴族でもごく少数の獣人の、しかも最高位の公爵家にそんなことさせちゃ駄目じゃない？

「どどどど、どうしよう……」

私なんかの為に、大変な方に迷惑をかけてしまったんじゃないかと青ざめる。そんな私とは対照的にベンガル様はニコニコ笑っている。

「大丈夫大丈夫、ルディが意見書を出したらすぐに向こうも納得したから、気にしなくていいよ」

「それは納得というよりか、納得せざるを得なかったというか……！　オーソン公爵家は無関係なのに私を助けてくださったなんて、どうやってご恩を返せばいいか……」

「いや、無関係じゃないよ？　今回の件はルディの取り巻きがセイナちゃんに嫉妬《しっと》して嫌がらせしてたのが発端でしょ？　だから元を正せばルディのせいだよね」

確かに彼女達はルディ・オーソンの取り巻きだけれど、私が頭突きをしてしまったのは彼のせいではない。

「いえ、それは違います。オーソン様は関係ないです。私の対応が間違っていたからです」

ベンガル様が首をかしげる。

「私が彼女達を相手にせず、ずっと無視し続けてきてしまったんです。その事が彼女達を付け上がらせてしまいました。もっと早くに毅然《きぜん》とした対応をするべきだったのです」

貴族が相手とはいえ、嫌がらせをやめさせる方法はいくつもあったと思う。

『人間』の中では私の魔力はトップクラスだし、頭脳においても彼女達に負ける点は何もない。

彼女達が見下していたのは、私の『内面』なのだと思う。

自分の不甲斐《ふがい》なさに悔しさを滲《にじ》ませる私を見て、ベンガル様が楽しそうに言う。

「セイナちゃんは大人しそうに見えて、実は気が強いよね」

「大人しそう……ですか？　そんなこと言われたのは初めてです。肌が青白くて病人のようだから、そう見えるのかもしれないですが、私は元気ですし、気が強いかと問われれば確かに、そうだと思います」

でもそう言われれば、負けず嫌いだし、気に入らない人は相手にしないし、実は私ってばめちゃくちゃ気が強いのかも。

「いやいや、言い方が正しくないなぁ。青白くて病人だなんて誰かに言われたの？」

また私ったら、あんなにマリーが言ってくれたのに嫌な言い方をしてしまった。

分かってるのだけれど、長年染み付いた自分自身の認識は書き換えるのに時間がかかってしまう。

言い淀《よど》んでいるとベンガル様は私の髪を一房摑んだ。

「君の肌は白く透き通って雪みたいに綺麗だよ」

そう囁《ささや》くと、真っ直《まっす》ぐ私の目を見て髪に口づけした。

近いんですけど！　すっごいこっち見てくるんですけど！

彼の真意を図《はか》りかねて固まっていると「あははは っ！」とベンガル様が笑い出した。

「セイナちゃん、何その顔！　僕、女性に甘い言葉かけてそんな目で見られたの初めてだよ！」

何その顔とは？　そんなに変な顔してました？　それにちょっと笑いすぎですけど！

「人の顔見てそんなに笑うのは失礼だと思います！　ベンガル様が心の籠《こも》らないセリフみたいな言葉を仰《おっしゃ》るから、どうしたものかと固まってしまっただけです。からかわないでください」

ちょっとムカッとしたので言ってやった。正当な抗議でしょ！

「ごめんごめん！　からかうつもりなんてなかったんだけど、セイナちゃんの反応があまりに新鮮で……。でも、そっか、セイナちゃんには心の籠らないセリフみたいに聞こえたんだ……」

何故か嬉しそうに話すベンガル様だったが、次の言葉に「ん？」と私は顔をしかめる。

「大抵の女性はね、僕が甘い言葉をかけるとすぐに僕の事を好きになってくれるんだよね。『好きな人』や『お付き合いしてる人』が居ても、僕に体を開いてくれるんだ」

何か、とんでもないクズ発言が聞こえた気がする。からだをひらく？　聞き間違いかしら？

「セイナちゃんには通用しなかったね」

よく分からないけれど、やっぱりからかわれたという事なのかな。

助けてくれた事には心から感謝してるし、いい人だと思っていたけど、やっぱりこの人はチャラいと確信した。何故かベンガル様は満足そうだけど。

それにしても、親友に頼まれたとはいえ、ルディ・オーソンが私の為に動いてくれたというのは意外だった。それだけ取り巻きの行いが気に入らなかったということなのか。

それとも少しは、私のことが眼中に入るようになったのだろうか。

帰り際に、ルディ・オーソンにどんなお礼をしたらいいか尋ねたら必死に止められた。

「ダメだよ、お礼したらバレるじゃん！　ルディが君を助けたって事は絶対言うなってあいつから言われてるから！　前、僕がルディの幼少期の事とか話したのめちゃくちゃ怒られてさぁ。超怖かったんだよ！　あいつ怒ると超怖いんだよっ！」

超怖いって二回言った。

恩人に迷惑はかけたくないので、そこは固く約束してその場を後にした。


頭突き騒動からひと月。新緑《しんりょく》の月も後半にさしかかった頃、教室で奇妙な光景を目にすることが多くなった。

月初め頃から、一日に一人、二人くらいの女の子がルディ・オーソンの元を訪れてはそっと近づいて、側でしばらくじっとしていたり、勇気のある子は話しかけに行ったりしている。見事に無視されているけど。

取り巻きのご令嬢だけでなく、違うクラスのご令嬢や、今まで遠巻きに見ていた平民の女の子もやって来る。

そして皆決まって、頬《ほお》を赤らめてやって来たかと思えば残念そうに帰る、という行動をしているのだ。一度だけでなく、二、三日続けて来る場合もある。

全く意味が分からない。

この奇妙な光景をどう思うか、とお昼休みにランチを食べながらマリーに話した所、びっくりされてしまった。

「えっ！　セイナ知らないの？」

「なっ何を？　グッ……ゴホッゴホッ！」

マリーの反応に動揺してハムサンドが喉に引っ掛かった。

「セイナは勉強ばっかりしすぎだわ。もっと周りのゴシップ情報に耳を傾けないと。大丈夫？」

マリーが優しく背中をさすってくれる。

かたじけない。勉強しすぎなのは認める。

でも前回のテストでもルディ・オーソンを抜けなかった……。ていうか、オール満点なんて取られたらどうやって抜いたらいいのよ。

完膚《かんぷ》なきまでに打ちのめされてちょっとへこんでいるのだ。

「ルディ様が、新緑の月の初めに十八歳になられたからよ」

「そうなの？　それが女の子の奇行とどう関係あるの？」

お茶を飲んで喉を潤《うるお》す。ふう、苦しかった。

「奇行ねぇ……。確かに、何も知らない人が見たら奇妙な行動に見えるわよね。まぁ、知らないのはセイナくらいだろうけど」

「えっ皆知ってるの？　私そんなに勉強に没頭《ぼっとう》しすぎて、周りから取り残されてたの？」

焦る私にマリーは首を縦に振る。

「私、その話したことあったと思うけど、セイナはもうテストの事で頭一杯で心ここにあらずって感じだったものね」

クスクスとマリーが笑う。

確かにその頃ならそうかもしれない。徹夜のしすぎで意識飛んじゃってる時とかあったかも。

「あのね、獣人は十八歳になると『番《つがい》』が分かるようになるんですって」

「えっそうなんだ！」

獣人の『番』について知識はあったけれど、明確に感じ取れる時期があるとは知らなかった。だってテストには出ないんだもの。

「じゃあ、女の子達は自分が『番』かもしれないと確認してもらいに来てた、という事？」

「そういう事」

なるほど、それなら女の子達の行動に納得がいく。

普段、遠くから見ていた令嬢も平民の子も一縷《いちる》の望みをかけて会いに来ていたのね。ガッカリして帰っていくのは、ルディ・オーソンの反応がなく『番』ではなかったから。二、三日続けて会いに来る子も居たのは諦めきれなかったから……という感じかな。

心の中で謎を解いていくも、あれ？　と一つ引っ掛かる。

「女の子達が一日に数人なのはどうして？　誕生日当日に大勢が一気に押し寄せてきてもおかしくないのに」

ああ、それはね、とマリーが得意気に話し出す。

「獣人が『番』を認識できるようになるのは色々条件があるらしくてね、まずは自分が十八歳になる事。そして相手の『番』も十八歳になる事。さらに『番』っていうのは獣人側が生まれた後に誕生する事がほとんどらしくて、年下である事が多いんだって」

「そういう事！　ルディ・オーソンの誕生日以降に誕生日を迎えた女子がやって来てたって事ね」

全ての謎が解けてスッキリした。マリーも伝え終えてなんだか満足そう。

謎解きに夢中ですっかり食事の手が止まっていたので、ちょっとペースを上げてハムサンドを食べる。

するとマリーが「どうやら今の所、お三方皆『番』は見つかってないみたいよ」と教えてくれる。

お三方？　あぁ、あのキラキラ獣人トリオの事か。

マリーはもう食べ終わって紅茶をゆっくりと飲んでいる。同じ平民だけれど、マリーはどこと無く気品があるし食べ方も話し方も綺麗。きっと裕福な家庭で愛されて育ってきたんだろうな。

「じゃあ、これから見つかるのかもしれないね」

私もやっと食べ終えてようやく紅茶を飲む。

完全に他人事だけど、見つかるといいね、とちょっと思う。ベンガル様はあのまま放置してはいけない気がするし、ルディ・オーソンも闇落ちしすぎで気の毒になる。

「……これから十八歳になる女性ってことは……もしかしたら私達がその『番』になる可能性もあ

るって事よね」

思わぬマリーの言葉にゴクン！　と一気に紅茶を飲み込んでしまう。

確かに、これから十八歳になる私達は条件に当てはまる。

私が『番』……？

マリーとお互いをじっと見つめ合う。

どちらともなく「……ぷっ！」と吹き出せば、そこから二人してケラケラと笑い出す。

「ないないない！　あり得ない～」

「そうよね。そんなおとぎ話みたいな事あり得ないわよね」

平民の私達が貴族の獣人に『番』として見初《みそ》められるなんて、夢物語だ。

そんなこと分かっているのに、一瞬、頭の中に藍色の獣人が浮かんだのはどうしてだろう。


マリーに真相を教えてもらった後も、毎日毎日、どこかのクラスから女の子がやって来てはガックリと肩を落として帰っていくという光景が続いている。

これはもう卒業までずっと続くんだろうなぁ。

マリーの情報によると、諦めきれないご令嬢はどうにか婚約者になれないかと、両親や親戚などのコネを使って奔走《ほんそう》し始めているらしい。

『番』を見つけるまででもいい。『番』が見つかったら妾《めかけ》でもいい。

必死に条件をつけて交渉するも公爵家からの返事は『NO』だとか。

私に対してちょっと柔和《にゅうわ》になりつつあった――と思っているんだけど――ルディ・オーソンは、

ここ最近の自身の周りの騒《さわ》がしさのせいか、また無愛想《ぶあいそ》な不機嫌モードに逆戻りしてしまった。

いやまあ、気持ちは分からないでもないけど、とばっちりだわ。

ベンガル様からのお願いもあって、本人にはお礼を言えないままだけれど、頭突き事件を助けてもらった事はとても感謝している。

なので多少不機嫌でムカつく態度を取られても許してあげようと、謎の上から目線で乗り切る事にした。


暁蒼《ぎょうそう》の月の七日目にマリーが十八歳を迎えた。

授業が終わったらささやかだけれど、二人で誕生日パーティーをしようと約束している。

「マリーおはよう！　誕生日おめでとう」

「ありがとー。やっと私もあの儀式に参加できるよー」

冗談ぽくマリーが言ってるのは、あの『番』チャレンジの事だろう。

「へえー。マリーちゃんは今日が誕生日なんだ」

突然頭上から声がして「ひゃっ！」と変な声が出てしまった。

見上げるとベンガル様の爽やかスマイル。

安定の格好良さと爽やかさなんだけど、どうにもあれから裏のベンガル様がちらついてならない。

それにしてもこの人は、毎回いきなり話しかけてくるから心臓に悪い！

「そうなんです。それで、どうですか？　ベンガル様は何かこう、私を見てグッときませんか？」

マリーがわくわくした目でじっとベンガル様を見つめる。ベンガル様もマリーが本気で期待はしてないと分かっているからか、フフッと楽しそうにマリーを品定めするポーズをとる。

「うーん、そうだなぁー」

マリーに近づき、左の耳元をクンクンと嗅《か》ぐ。

「ひゃあ！」

私が嗅がれた訳でもないのに思わず声を上げてしまう。ベンガル様！　近いですから！

「とってもいい香りがするけれど、残念ながらマリーちゃんは僕の『番』じゃないみたい」

「そっ、そうですかっ」

マリーが左の耳元を押さえて真っ赤になっている。ベンガル様相手じゃ分が悪かったわね。

「残念です」

マリーがそう言うとベンガル様は「残念って顔してないんだけどなぁ」と嬉しそう。やっぱりこの人はちょっと変だ。

真っ赤になったマリーが気を取り直して、問いかける。

「あの、不思議《ふしぎ》だったのですが、もし『番』に出会ったら匂いで分かるものなのですか？　それはかなり近づく必要があるのですか？」

ベンガル様はうーん、と少し考えてから答えた。

「僕も先輩獣人から聞いただけで、あまり分からないんだけどね、とにかく出会えばすぐに分かるらしいよ。一目見ただけでそれがどんなに遠くても、出会ってなくても同じ建物内なら匂いで分かるとか。僕は半信半疑だけどね」

「それじゃあわざわざ会いに行って確認してもらわなくても、獣人の方は学院に来た時点でお分かりになっているという事なんですね」

そういう事になるよね〜、とベンガル様は他人事のよう。

「セイナちゃんはもう十八歳になっているの？」

「私ですか？　私はまだです。あとふた月後になります」

そして十八歳を迎えたみ月後は、いよいよ卒業だ。

もうそろそろ卒業後の身の振り方を考えないといけない。

マリーは実家に帰って家業の果樹園を手伝うそうだ。この学院で学んだ魔法を応用してもっと美味しい果実を作り、収穫も効率化を図るんだ、と楽しそうに話してくれた。

マリーとは故郷が近いけれど、私は実家に戻る訳にはいかない。ここに来てから家族とはお互い何の連絡もしていないけれど、天下の『セントラル学院』出身という肩書きを得た私を、あの義母が放っておくとは思えない。

利用価値の上がった私を以前より高く売る為、今頃奔走しているのかもしれない。

「あとふた月後かー、ちょっと楽しみかも。セイナちゃんが『番』だったら面白いなあ」

この前からベンガル様にはからかわれている気がする。誤解されるような発言は慎《つつし》んでほしいのだけれど。こんな会話がもしベンガル様の取り巻きのご令嬢の耳に入ったらまた厄介な事になりかねない。

ベンガル様をたしなめようかと思案《しあん》していたその時、少し離れた場所から物凄い殺気を放ちながらこちらを睨《にら》んでいる藍色の獣人――ルディ・オーソンが現れた。

「ひぇっ！」と思わず声が出てしまった。

あれは殺人鬼なの？　一人や二人簡単に殺しそうな目をしてますけど！

お、怒ってるのかしら？　私に？

……いや、そんな訳ないか。怒るという感情を向けられるような関係性ですらないもの。

恐る恐る、ベンガル様に指差しで伝える。

「あ、ルディか。あははははっ！　あいつ酷い顔してるよね」

あれを見て愉快に笑えるベンガル様の心臓！

「怖いの見せてごめんねー。あいつなんか最近眠れなくて体調不良みたいでさ、朝はあんな感じなんだよ」

そ、そういうことね。

あんなに無愛想で他人の事なんてどうでもいいような扱いをする人でも、不眠になるような悩みがあるって事なのかしら……。

じゃあまたね、とベンガル様はルディ・オーソンの元へ向かう。

隣に居たマリーが「ルディ様がこっちを睨んでたけれど、私の方なんて一ミリも見なかったわ」とふて腐れたように呟く。

私はマリーを見て、

「無事十八歳の儀式を終えたね！　おめでとう」

と意地悪く答えた。

ああ、まただ。

コンコン、と小さく鳴らされた窓の方を向いてため息をついた。

勉強の手を止め、ショールを羽織って窓を開ける。澄みきった冷たい夜風が入ってきて鼻先を冷やし、眠気も和らぐ。

パタパタと青い小鳥が入ってきて、くちばしに挟んだ手紙をポトンと机の上へ落とした。

この小鳥は魔力で作られており、本当の小鳥ではない。人から人へ手紙やちょっとした荷物を届ける為の魔道具だ。寮内の簡単な連絡にはこの魔法小鳥が使われており、誰でも使用できる仕組みになっている。

それでも鮮やかな青い羽につぶらな瞳は本物の小鳥のように愛らしい。この前はひまわりの種子をやると美味しそうに食べた。こんな魔法を作れる人が居たんだなぁと感心してしまう。

ふわふわの羽毛を軽く撫《な》で、手紙を開く。

『話したい事があるので、明日の放課後時間をください』

うーん、誰からだろう。

最近、こういう差出人不明の手紙がやけに届くようになったのだ。

誰か分からない人に会う気はない。きっといたずらだろうし、放課後は勉強もしたいのだ。

たまに差出人が書かれてあっても、どなた？　となる人達ばかりで、私にとって重要な用事がある人だとは思えない。

「そもそも、話があるなら直接教室に来ればいいのに」

魔法小鳥は返事を受け取る為、まだ待っていてくれている。

『ごめんなさい。忙しいので無理です』

簡潔にお断りの理由を書いた紙を小鳥に託《たく》す。

パタパタと帰っていく姿を見ながら、受取拒否設定が出来たら便利なのになぁ、と魔法小鳥の改善点をぼんやり考える。

魔法の改善や開発、研究に関わる仕事は、高給で安定性がある。一人で生きていくには理想の仕事だけれど、公的機関で働くとなると身分証明も必要だし、義母に知れてしまう。

義母と義妹は、今は父の遺産で過ごしているけれど、それもそろそろ底をつく頃だろう。父が私に残してくれた遺産もあったけれど、生活費だと言って全て義母が持っていってしまった。

私の仕事先が知られたら、きっとお金を無心《むしん》しに来るだろう。

でも私は二度と義母と義妹に会うつもりはないし、実家には帰らない。

卒業したらすぐに身を隠す場所を探さないといけない。それでいて、しっかり稼いで自分の生計を立てるにはどうすればよいのかしら……。

考えるべき事は沢山ある。私には時間がないのだ。

私はぶるりと身震いをして、窓を閉めた。


ルディ・オーソンが学院を休みがちになった。

一週間に一日だったのが、二日、三日と休む日が多くなってきている。以前、ベンガル様が言っていた、睡眠不足と関係あるのだろうか。『番』チャレンジの女の子達も彼が休みの日は、肩透かしをくらって帰っていく。

今は卒業前の最終テストに向けて猛勉強中なのだけれど、ライバルが体調不良となるとモヤモヤしてしまう。もし勝てたとしても嬉しくない。ここまで来たら万全の相手を打ち負かさないと意味がないのに。

この二年間、全く相手にされなかった感があるけれど、私なりに彼には感謝している。彼のお陰で慢心することなく、勉強に励めたと言っても過言ではないもの。

ふと、藍色の髪が視界に入った。どうやら今日は登校してきたようだ。

私と同じくらいの学力の生徒はルディ・オーソンくらいしかいない為、授業でペア作業がある時は、私一人でやって来た。今の所特に問題なく出来ているけれど、課題の進捗の共有が必要かもしれない。まとめたノートを胸元に抱いてルディ・オーソンに話しかけに行くことにする。

しかし、体調不良なのか、寝不足で機嫌が悪いのか分からないけど、少し近寄っただけで威圧感を覚える。喋りかけるなオーラも凄いんですけど。

歩み寄る足が思わず止まる。

出来るなら私だってそっとしておきたい。でも、今度はいつ来るか分からないし……。

悩んだ末に、厄介事はすぐ終わらせよう！　と一息ついて歩み出す。

「あの……」

と喋りかけると、一瞬彼の体がビクッと震えた気がした。出来る限り不快にならない声の高さと音量で話しかけたつもりだったのに、失敗したのだろうか。

怒ったかな？　と反応を待つが、返事がない。

どうしてこんなに気を遣わないといけないのかと思うけれど、気を取り直して続ける。

「体調が優《すぐ》れないようですのに、すみません。ペア作業の共同研究の件なのですが……」

とりあえず、さっさと用件を終わらせようと、ノートを彼の机に置いて少し屈《かが》む。私の髪の毛が彼の髪に少しかかってしまう形になり、慌てて髪を耳にかけた。

ノートを見せながら、説明をしていくけれど何の反応もない。

ちゃんと聞いているのかと顔を見ると、片手で口を押さえ真っ青な顔をしている。明らかに具合が悪そうだ。その手は微《かす》かに震え、よく見るとうっすら汗が額《ひたい》を伝《つた》っている。

「だっ、大丈夫ですか!?」

驚いて声をかけるも、ルディ・オーソンは口を押さえているのとは逆の手をバッと上げる。私に手のひらを向けて動きを制止するような体勢をとった。

「……大丈夫だ……っ」

息が荒くなっており、明らかに大丈夫ではありませんが。

「いや、でも……」

と言いかけると、遮るように立ち上がりこの場を去ろうとする。

相当具合が悪いらしく、足元がふらついている。

グラッと大きく傾いたので「危ない」と彼を支えようと手を伸ばした瞬間。

――――バシッ!

「触るなっ!!」

手を振り払われ、バランスを崩し机にぶつかってしまう。ガタンッと大きめの音が鳴り響いた。

教室が静寂に包まれる。

何事かと皆が見ているなか、私は振り払われた手の痛みを感じながら、あまりに激しい拒絶にショックを受ける。

ルディ・オーソンも、はっとした表情を見せたが、すぐに背を向け「すまない」と言い、出て行ってしまった。

取り残された私は皆の視線を浴びながら、ぶつかってしまった机を直し、自分の席に戻る。何事もなかったように落ち着こうと思うが、ドッドッと心臓が大きく早鐘を打っているのが分かる。

よほど具合が悪かったのか……。それとも、咄嗟《とっさ》の事とはいえ迂闊《うかつ》に彼に触れそうになったのがいけなかったのかしら……。

ざわつく教室は一時間目のチャイムによって沈静したが、ルディ・オーソンは戻っては来なかった。

次の休み時間、マリーが心配して駆け寄ってきてくれた。何があったのかと問う彼女に、事のあらましを説明する。

「何だ、そうだったの。良かった〜。あんなルディ様初めて見たから驚いちゃって。セイナが何か怒らせて喧嘩でもしちゃったのかと思っちゃった」

確かに、ルディ・オーソンは冷淡で無愛想でいつも不機嫌だけれど、声を荒らげるような人ではない。それだけに周囲も驚いたのだ。

私が怒らせたのではない、とは完全には言い切れないのかもしれない。

二人で悩んでいると、クスクスと笑いながら例の三人のご令嬢が近づいてきた。

あの一件以来、嫌がらせもやみすっかり大人しくなっていた。たまに廊下ですれ違うと睨まれていたけれど、にっこり笑って淑女《しゅくじょ》っぽく手を振って挨拶《あいさつ》してあげていた。その為、「クスクス登場」はとても懐《なつ》かしい。

「聞きましたわよ。貴女《あなた》、ルディ様を怒らせてしまったのですってね」

違うクラスなのにもう情報が伝わっている事が凄い。レニーナ、久々に生き生きしているなぁ。

「平民のくせに勘違いしてルディ様に纏《まと》わり付くからよ。恥を知りなさい」

纏わり付いた覚えはないのだけれど、この人達の中ではそういう事になっているのよね。彼女達には何を言い返しても無駄だろうな。

「ご心配をお掛けしてしまい申し訳ございません」

とにっこり笑って答える。

しかしまだ何か言いたい事があるのか、三人はクスクス笑って帰ろうとはしない。

「勘違いしている貴女に、いい事を教えてあげるわ」

「いい事ですか？」

聞かないと帰ってくれないんだろうなぁ、と諦めて復唱する。

「少し前にね、このクラスの殿方《とのがた》が雑談をされていた時に貴女の話題になったんですって。ある残念な殿方が、貴女をデートに誘いたいって仰ったそうよ」

なんと、このクラスにそんな人が居たのか。というか残念な？

「その時、偶然にも近くにルディ様がいらっしゃって、ルディ様とお近づきになりたいその殿方は、共通の話題として貴女のことを相談して、アドバイスを頂こうとなさったのですって」

レニーナがとても嬉しそうにニヤニヤする。

「そうしたらルディ様は何と答えたと思います？」

もう聞く前から何となく想像できます。きっとレニーナにとって愉快な返事だったんだろう。

「さあ？　オーソン様とは親しくありませんのでアドバイスも何もないかと思いますが」

親しくないってポイント、ちゃんと聞いてくださいね。

「ふふっ、強がられて。見苦しいこと」

聞いてないな、これ、と思わず半眼になる。

「ルディ様はね、とびきり冷たい顔でこう仰ったそうよ——『俺が君なら、彼女を誘うなんてあり得ない』って」

私は思わず目を見開いてしまった。レニーナのどや顔が凄い。

彼女がどうしてそんなに私を警戒するのか分からないけれど、ルディ・オーソンから決定的な言葉が出た事で、安心できたという事なのかな。

「これで分かったでしょ。ルディ様は貴女なんて『あり得ない』の。なのに毎回ペアにされてお可哀想に！」

「ちょっと宜しいですか？　ペアなのはセイナが勉強しているからであって、ルディ様のペアになりたいからって訳じゃないんですけど！」

マリーがたまりかねて言い返してくれる。ありがとう！　その通りです！

「さあ、どうだか」

「必死にしがみついているくせに、見え透いた嘘《うそ》を言って恥ずかしくないのかしら」

「身の程知らずにもほどがあるわよね」

だが相変わらず話が通じない。聞く耳を持たない彼女達には、もう何を言っても無駄だろう。

「お話はよく分かりました。わざわざ教えてくださりありがとうございます。肝《きも》に銘《めい》じておきます。もう宜しいでしょうか？」

思いっきりにっこり笑う。これはもう早くお帰り頂こう。

「ふんっ！　分かったのならば、これからは調子に乗らない事ね！」

「ルディ様に近寄らない事ね！」

「身の程をわきまえる事ね！」

三人それぞれ言いたい事を言って去って行った。

久々で懐かしかったけれど、もう彼女達と話すのは遠慮したいなぁ。

「……なんか、凄かったね」

「ね」

「マリー、ありがとう。庇《かば》ってくれて」

「本当の事を言っただけよ！　……それよりセイナ、彼女達の言うことは気にしなくていいと思うよ」

彼女達が言った事が多すぎて一瞬どれか分からなかったが、多分ルディ・オーソンの事かな。

「気にしてないよ。本当の事だと思うけれど、私には関係ないし」

「で、でも、直接聞いた訳じゃないし」

「いいの、いいの。本当に何とも思ってないから。ほら、もうすぐ次の授業始まるよ」

マリーを急かして席に戻らせる。すぐに次の授業のチャイムが鳴った。

——俺が君なら、彼女を誘うなんてあり得ない。

……あり得ない、かぁ。

全く気にしてないと言えば嘘になってしまうかも。

正直、彼なら「どうでもいい」「関係ない」と言いそうだと思った。

でも、「あり得ない」とはっきり拒絶の意思を示したというのは少し残念だ。

約二年間、ペアとしてそれなりに信頼を得た気になっていたけれど、彼は心底私が嫌いで、迷惑だったのかもしれない。

今日の事もやっぱり、私が馴れ馴れしく触れようとしたから……。

しかし、考えれば考えるほど、そんなに嫌われるような事をしたかしらとムカムカしてきた。

私だって、彼を誘うなんてあり得ない！　そう言い返してやりたい。

どうしてこんなに悔しいのか自分でも分からなかった。


とうとうルディ・オーソンはほとんど登校しなくなった。

噂《うわさ》によると十八歳を迎え成獣になる獣人には、稀《まれ》に魔力の暴走や体調不良といった症状が起きるそうで、彼もそれに当たる、という事らしい。

続々と十八歳を迎えるご令嬢達は、自分が『番』かもしれないのにどうしよう、と会えない事に焦りを抱いているみたい。

そうこうしている間に、私も十八歳を迎えた。

「お誕生日おめでとう！」

「ありがとう」

誕生日の夜、私の部屋でマリーが用意してくれたケーキを囲み、お祝いをしてもらっている。

もしかしたら、こうやって誕生日にマリーと過ごせるのも最後かもしれない。卒業を控え、別れが待っていると思うと寂しくてならない。

「十八歳の儀式が出来なくて残念ね」

もぐもぐとケーキを頬張りながらマリーが呟く。

「あははっ、そうだね。せっかくだからしっかり儀式は済ませたかったかも」

『番』の儀式なんてしなくても結果は分かりきっているけどね。

「ルディ様、今度はいつお見えになるのかしら」

「さぁ、体調次第なんだろうけど……」

そんな事より、私が気になるのは最後のテストだ。

この調子なら、私が首位になる可能性があるかも。でも、体調不良の相手に勝っても嬉しくないような……。いや、でももうそんな事はどうでもいいような……。

悶々《もんもん》としていると、マリーが問いかけてきた。

「もしルディ様が卒業パーティーを欠席なさるなら、セイナどうするの？」

「どうするって？」

「えっ！　セイナもしかして、また知らないの？」

「デジャブ!?　これ前にもあった気がする！　今度は何？」

「卒業パーティーは男女別の学力順にペアになって入場して、最初のダンスを踊るっていうのが恒例らしいわよ」

「聞いてない。何それ！」

卒業パーティーがあるのは勿論《もちろん》知っていたけれど、ダンス？　ダンス踊るの？

いや、それより男女ペア？

「男女別の学力順……？　という事は……」

「そう。セイナはルディ様とペアになるわね」

マリーがニコニコして答える。絶対、面白がってる！

「嘘でしょ……。最後の最後にまた？」

美味しかったケーキの味がしなくなってしまった。マリーも面白がるなんて酷い。

正直もう関わりたくない。あんなに嫌われてる相手とダンスだなんて……。ダンス……。ダンスって、手と手を取り合って踊る、あれよね？

「無理無理！　ダンスなんて無理！」

「大丈夫よ。これから卒業パーティーに向けてダンスの授業があるらしいから、踊れるようになるわよ」

マリーったら楽観的。確かにダンス自体も踊れないけど、そこじゃなくて！

「ダンスって手が触れ合うわよね？　そんなのあの獣人様が許す訳ないと思うの」

「あ、そっか！　確かに」

あの獣人が私の手を握って、腰に手を添えてダンスを一緒に踊ってくれるなんて到底思えない。

「マリー、卒業式のペアって変更とか出来ないのかなぁ？」

私が特別嫌われているだけで、ペアを変えればお互い嫌な思いをしなくて済む。

「それは出来ないそうよ。ペア変更を認めてしまえば皆が自分の好む相手を望んでしまうし、それこそルディ様とかベンガル様にご令嬢達が殺到《さっとう》してしまうもの」

ぐっ！　確かにその通りだ。一組でも認めてしまえば収拾がつかなくなるだろう。絶望的に落ち込む私を見てマリーがクスクス笑う。

「セイナ、落ち着いて。今の状況じゃルディ様が卒業パーティーを欠席なさる可能性の方が高いと思うの」

「あっそっか、そうよね！　その話をしてたんだよね」

ダンスに衝撃を受けて、彼が出席する方向で先走って考えすぎてしまった。

そもそも、ルディ・オーソンは体調が優れない上に、『人』嫌いで私の事も嫌い。

そんな彼が私とペアで入場して、ダンスまで踊らなければならないとしたら出席する事は考えにくい。大丈夫！　あの男は絶対欠席する！

結論が出て一安心する。

「ペアが欠席だとどうすればいいのかしら？」

「その場合は代わりの人が認められるそうよ。親族や婚約者、友達や知り合いなど事前に申請すれば招待できるみたい」

なるほど。代わりが認められるのは良かったけれど、一つ問題があるわね。

「マリー、その代わりすら居ない場合はどうしたらいいと思う？」

そう、私はとびきりのぼっちである。

「そうねぇ、その場合は先生方にお願いしてみるとか？　当日急遽欠席になった場合の相手を先生が務める事があるそうよ」

「マリー！　それはいい考えね。先生方ならお願いできそう！」

ああ、良かった。どうなるかと思ったけれど、どうにか解決しそう。

ホッとして、笑顔でケーキを頬張り始めた私に、マリーはちょっと言いにくそうに釘を刺す。

「セイナ、まだルディ様が欠席だと決まった訳じゃないからね。あくまで欠席の場合の話だからね」

ムグッ、とケーキが喉につかえる。

……そうでした。可能性はゼロではないけれど――きっと大丈夫。

彼が来るなんて、私と踊るなんてあり得ないもの。


最後のテスト結果は、結局二位のままだった。

あんなに頑張ったけれど、最後まで勝てなかった。悔しいけれど心のどこかではやっぱり、という気持ちが強い。

私は限界まで頑張ったし、ルディ・オーソンは体調不良なのに、それでも勝てなかったのなら逆に清々しい気持ちになった。

ルディ・オーソンは、テストの日だけはきちんとやって来た。

久しぶりに見た彼は少しやつれ、まだ万全の体調ではなさそうに見えた。首の後ろで一つに纏《まと》めた藍色の髪が伸び、少し雰囲気が変わったように思う。マリーは「色気が増して大変な事になってる！」と大興奮だったけれど、私にはよく分からなかった。

彼はテストが終わるとすぐに帰ってしまい、会いそびれた大勢のご令嬢達が悲しんでいた。

放課後、マリーを待ちながら誰も居ない教室で「はぁーっ」とため息をつき、机に突っ伏す。

テストは終わったけれど、私にとって厄介な問題が解決していない。

来週には卒業パーティーなのだけれど、未だルディ・オーソンの出欠が分からないのだ。

マリーが言うには、欠席するつもりなら先方から事前に連絡があるだろうし、公爵家の方に出欠を問うのは失礼に当たるから、こちらから尋ねない方がいいとのこと。

なのでどうする事も出来ず、ただ日が過ぎてしまった。

欠席を早く教えてもらえれば、先生方へお願いしたり段取りしたりしやすいのに。

まさか……出席する、なんて事あるのかしら……。

ルディ・オーソンと手を取り合ってダンスする場面を想像する。が、すぐにないないとブンブン首を振って想像をかき消す。

一応、パーティー用のドレスは用意した。

普通は何ヵ月も前から豪華なドレスを仕立てるものらしいけれど、私はお金もないしあまりドレスに興味もないので、学院が提供しているレンタルドレスを予約する事にした。

レンタルドレスを使うのは珍しいらしく、予約しに行った時は先生方に驚かれたのだけれど、貸してくれるならそれに越したことはない。

シンプルな、ベージュに少しラメが入っているドレスを選んだ。マリーはもう少し派手なのにした方がいいと言ったけれど、私には似合わない気がするし。

ペアになったパートナーとダンスの練習をする授業があったが、私は相手が不在なので先生に教えられ、ダンスの腕が無駄にメキメキと上がった。

「来ないなら来ないでいいのよね……」

最後の最後まで彼の冷たい眼差しに貫かれたくない。もう、嫌な思い出は作りたくない。

どうか、このまま何事もなく卒業できますように。

しかし、その願いは速攻で打ち砕かれた。

「セイナさん、荷物が届いてるわよ」

マリーと寮に帰ると、寮母さんが大きな箱を渡してくれた。

大きさのわりに軽い。私宛の荷物なんて思い当たらず、何かの間違いじゃないかと寮母さんに言いかけると、マリーがひょいと箱を見て「ああっ！」と大きな声を出す。

「なっ何？　マリー、どうしたの？」

「セイナ！　さっ差出人！　見て！」

「差出人？」

大きな箱の片隅に書かれた名前を見る。

《ルディ・オーソン》

見間違いかと思い、ギュッと目を瞑《つぶ》ってから再度見る。

《ルディ・オーソン》

「わあああぁ‼」

叫んで箱から手を離してしまった。

ごめん、寮母さん。びっくりさせてしまったわ。

あわあわしていると、マリーが箱を拾い上げ、「とりあえず部屋へ行こう」と言ってくれた。寮母さんに驚かせてしまったお詫《わ》びをして部屋に向かう。

部屋の扉を閉めて二人で一息つく。

「セイナ」

「うん」

恐る恐る箱を開けてみると、薄い上質な白い布が何かを包んでいる。

手触りのいいその布を左右に開くと、菫《すみれ》色の鮮やかなドレスが鎮座《ちんざ》していた。金色の繊細《せんさい》な刺《し》繍《しゅう》が施《ほどこ》され、あちこちに宝石が散りばめられており、一目で最高級のドレスだと分かる。

「えっ……このドレスって……」

頭が混乱して事態が呑み込めない。

「ルディ様からセイナへの贈り物ね」

「ええっ！」

「だって、どう考えてもそうでしょ？」

確かに、差出人はルディ・オーソンだし、こんなに超高級品を送れるのは貴族のお金持ち以外はあり得ない。

あり得ないけど、でも、でもっ！

「なんで？　なんでこんなの贈ってくるの？」

こんなの貰う理由が無いのだけれど！

「あっセイナ、箱の中に靴あるよ！　あと、アクセサリーも！　これダイヤだよ、すごーい」

マリーがキラキラした目で、嬉しそうに次々出してくる。

菫色に似合う、黒い上質なエナメルのパンプスと、きらびやかなダイヤのネックレス。いくつダイヤがついてるの？　このネックレス！

「あわわわわっ」

「セイナ、変な声出ちゃってるよ」

「だ、だって！　こんな高級なの借りられないよ！　もし無くしたりでもしたら一生かかっても返済出来るか分からないじゃない！」

「やだセイナったら！　これはレンタルじゃないわよ。セイナへのプレゼントなのよ」

「レンタルじゃない？」

マリーがうんうんと頷《うなず》く。

「嘘っ！　こんな高級品貰うなんて無理っ！」

どうしてルディ・オーソンが私にこんな贈り物をしてくるのか意味が分からない。そもそも嫌いな相手に贈るような代物じゃないでしょ！

「まぁまぁセイナ落ち着いて。卒業パーティーで貴族から平民のパートナーに贈り物をするのはよくある事なのよ」

マリーが優しく背中をトントンと叩いて落ち着かせようとしてくれる。

「それに、ルディ様なんて天下の公爵家なんだから！　ものすごぉ～くお金持ちなんだから、これくらいのプレゼントなんて大した事ないわよ！」

優しく諭されて、なんだかそんな気がしてきた。

「私が思うに、ルディ様がセイナにこのドレスを贈った理由はね、『自分のペアなんだから恥ずかしくないようにそれなりに着飾れ』って事なんだと思う」

マリーの言葉を聞いて物凄く納得した。

確かに！　そういう意図があるのかもしれない。というかそれ以外には考えられない。

理由が分かってちょっとスッキリしたのだけれど、あれ？　ちょっと待って。

ドレスを贈って、これを着て隣に立てと言っているという事は……もしかして……。

恐る恐るマリーの方を見ると、残念そうにポンポンと肩を叩かれた。

やっぱりそういう事か……。

ルディ・オーソンは卒業パーティーに出席するという事なんだ。


そしてとうとう卒業パーティー当日がやって来た。

パーティーは夜からだが、女の子達は皆朝からエステやヘアメイクなど、身支度に忙しそうだ。

夕方になり、食堂で一人軽食をとっているとヘアメイクを終えたマリーがやって来て「やっぱり！　セイナまだ何もしていないじゃない！」と腕を掴まれて部屋へ連行された。

「だから一緒にヘアメイクのお店へ行こうって言ったのに！」

「私は大丈夫よ。これでも一応メイクしてるし、髪型もいつものハーフアップで十分……」

ヘアメイクもお金がかかるしそこまでする必要はないと思ったんだけど、言い終える前にマリーに強制的にドレッサーの前へ座らされる。

「駄目よ！　私がとびきり綺麗にしてあげるから大人しくしてて！」

マリーの有無《うむ》を言わさぬ圧力に、大人しく従う事にした。

パーティーは十九時からで、皆十八時頃から中庭でパートナーと待ち合わせて会場に向かうらしい。

準備を終えてマリーと中庭へ向かうも、なんだか今日はやけに周囲の視線を感じる気がする。

「マリー、やっぱり私変じゃないかしら？」

ふんわり巻いて編み込み、左に纏めて流したヘアにいつもよりしっかり施されたメイク。マリーの腕は確かなのだけれど、こうもじろじろ見られると落ち着かない。

いや、ヘアメイクではなく、私がこんな身分不相応《みぶんふそうおう》な高級ドレスを着ている事が問題なのかもしれない。

「何言ってるの、セイナがめちゃくちゃ綺麗だから皆見惚《みと》れてるだけよ。ドレスもセイナの白い肌によく映えて物凄く似合ってる。ルディ様とてもセンスいいわよね」

マリーがそう言ってくれるなら信じよう。

「きっとルディ様も『綺麗だ』って言ってくれるわよ」

それは無いわね、と私は苦笑した。

一組、二組と落ち合い、会場へと消えてゆく。マリーも早々にパートナーが迎えに来て、先に会場へ向かった。

十八時半を過ぎた頃には、待っている人々もまばらになっていた。辺りが薄暗くなり始め、外灯が灯り出す。しかし、ルディ・オーソンはまだ姿を見せない。

「……本当に来るのかしら……」

ドレスは届いたけれど、出席すると言われた訳じゃない。

でも、欠席すると連絡も無かったのだから……。

十分、二十分と時間が経ち、十九時の鐘が鳴った。パーティーが始まる時間だ。

当然、中庭で待っているのは私一人だけ。

一気に辺りの暗さが増し、ライトアップされたパーティー会場の光が遠目からでも輝いて見える。

音楽が微かに聞こえて、最初のダンスが始まったのだと分かった。

――そっか、彼は来ないのだわ。

しばらく聞こえてくる音楽に耳を傾《かたむ》け、それから中庭を見渡し、思いっきり深呼吸してから自室へ向かって歩き出した。

勝手に解釈してしまったのがいけなかったのかもしれない。

でも、欠席なら一言伝えてくれてもいいのではないだろうか。

たとえ気に食わない相手でも、それくらいの心遣いをしてもバチは当たらないだろう。

「……あーあ、せっかくマリーに綺麗にしてもらったのに無駄になっちゃった」

ダイヤのネックレスを外しそっと化粧箱へ仕舞う。

正直、ドレスは少し嬉しかった。

でも本当に彼が選んで贈ったのかなんて分からない。公爵家ともなれば、子息のパートナーが平民なら、釣り合いを持たす為に独断でドレスなど贈るものなのかもしれない。

この二年間、私が勝手にライバル視してきたけれど、彼にとって私なんて気に留める価値もない存在だったのだろう。そうだ、そもそも『あり得ない』相手なのだ。

悔しさなのか腹立たしさなのか、それとも悲しさなのか、自分でもよく分からない感情が込み上げる。

「……決めた！　このドレスも靴もネックレスも全部売ってやる！」

本当は、こんなに高価なものを貰う事はできないし、きちんとお返ししようと思っていた。

でもやめた!!

もはやあちらは贈った事すら覚えていないのかもしれないし、ここまで蔑《ないがし》ろにできる嫌いな相手から戻ってきたドレスなんて扱いに困るだろう。

色々理由を思い浮かべて自分を納得させる。

これが自分に出来る精一杯の復讐だ。

売ったお金で家を借りよう。自分の自由の為に使おう。

そう決めると少しだけ胸のすく思いがした。


翌日の卒業式もルディ・オーソンは現れなかった。

事の顛末《てんまつ》に怒り狂ったマリーが、一言物申してやる！　と息巻いてたので来なくてホッとした。

私ももう会いたくはなかった。

そうして私とルディ・オーソンは顔を合わせる事なく、二年間学んだセントラル学院を卒業したのだった。

第三章　再会

学院を卒業して一年が過ぎた。

私は卒業式の翌日に乗合い馬車に乗り込み、丸一日かけて山奥の小さな『ナルル』という村へやって来た。

ここにはマリーの実家の果樹園の取引先の一つがあり、とてもいい所だと教えてもらったのだ。

マリーお薦《すす》めなだけあって村の人は優しいし、小さいながらも活気があってとてもいい村だ。

私はここで今、薬師《くすし》として雇ってもらっている。

天下のセントラル学院出身という肩書きのお陰で、すんなり仕事は決まった。しかも治癒《ちゆ》魔法や薬学が得意だったので、即戦力として好待遇で働かせてもらっている。

卒業パーティー用のドレスとネックレスはまだ持っている。

学院を出る前にドレスを売ろうとしたけれど、あまりに高額の査定が出てしまい怖くなってやめた。じゃあネックレス、と思ったけれど、こっちの方が恐ろしい額になりそうだったので思いとどまった。これから一人で生きていく基盤を作るのに、分不相応《ぶんふそうおう》な大金は気分的にも邪魔になりそうだったからだ。

パンプスはそこまで高額にならなかったので買い取ってもらった。それでも数ヵ月の生活費になりそうなくらいの額になったけれど。

改めて公爵家《こうしやくけ》の財力が、とんでもなく桁外《けたはず》れなのだと実感させられた。全て手放してスッキリしたかったのだけれど、仕方ない。いつか本当に困窮《こんきゆう》した時に使わせてもらおう。

ナルルでの暮らしはとても穏《おだ》やかで楽しい。

家はこぢんまりとしてほどよい大きさだし、村の近くで採れる魚や山菜はとても美味しい。一人で暮らしていくには十分なお給料だって頂いている。

何よりこの村なら、義母に居場所がバレる事はないだろう。

卒業式の日の朝に、義母から手紙が届いた。二年間音沙汰《おとさた》はなかったけれど、卒業するという事は把握《はあく》していたらしい。

『卒業後は家に帰ってくるように』

手紙には、簡潔にそれだけ書かれていた。

義母はいつまでも私が大人しく従うと思っているのだろう。

二度と実家に戻るつもりはないけれど、一生隠れて暮らしたくはない。縁《えん》を切りたいけれど、法的には両者の合意が必要で、一方的に絶縁はできない。

話し合いに帰ったとして、義母が大人しく同意してくれるとは到底思えない。

それに、まだ私はあの人達に会うのが怖い。

強くなったし、あの人達に惑《まど》わされない自信はあるけれど、幼い私が不意に出てきてあの頃の自分を思い出してしまうかもしれない。とりあえず今は何も考えず、しっかり働いて、きちんと暮らそう。

夕食を終えて湯浴《ゆあ》みをし、治癒魔法の新しい応用を調べていると、コンコンと窓から音がした。

この時間はマリーからの魔法小鳥に違いない。

離れ離れになっても、マリーとはほぼ毎日欠かさず手紙のやり取りをしている。

マリーは実家の果樹園を着実に盛り上げており、今度、果樹園で採れたフルーツを使ったカフェを開くらしい。マリーったら、さすがだわ。

小鳥を部屋に招き入れて手紙を受け取る。

『親愛なるセイナ　今日は緊急の用件で手紙を出しました』

不穏な書き出しに、何事かと驚いて手紙を読み進める。

『どうやらルディ様が大変な事になっているらしいの。詳《くわ》しい状況は分からないけれど、学院の同学年でルディ様より誕生日が後の、新緑《しんりよく》の月から神白《かみしろ》の月生まれの元女生徒全員に公爵家からの通達があって、オーソン公爵家へ行かねばならないみたい』

ルディ・オーソン、久しぶりにその名を見て、心の奥がチクッとする。

大変な事とは一体何だろう。それに、新緑の月から神白の月生まれなら私は当てはまらない。それよりまだ後の、葵紫《あおし》の月生まれだもの。

『セイナの誕生月は当てはまらないのだけれど、先日ベンガル様から連絡があって、セイナの連絡先を教えて欲しいって言われたの』

実家から身を隠す為、私の連絡先はマリーしか知らない。学院にも事情を話して緊急の場合のみ、マリーを通して連絡をしてもらうようお願いしておいた。

「どうして私？」

ベンガル様が私に何の用があるのだろう。

正直、もう関わりたくないのだけれど……。

『それで、ベンガル様にセイナの居場所を教えておいたから！　宜しくね』

「やだマリーったら。もう教えちゃってる！」

思わず抗議の声を上げたが、目の前の魔法小鳥は可愛《かわい》らしく首をかしげただけだった。

すると直後、今度は背後でドンドン！　と玄関扉を叩く音がし、あまりのタイムリーさにぎくりとする。

まさかね、と思い恐る恐る玄関の扉を開けるとベンガル様が爽《さわ》やかな笑顔で立っていた。

「セイナちゃん！　久しぶり」

相変わらずのイケメンだわ。夜更けには辛い。

「……お久しぶりです」

「いきなりごめんね、マリーちゃんに居場所を聞いたんだ」

「ええ、たった今マリーから聞いた所です」

今日の今日なんて、いきなりすぎやしないだろうか。

緊急の用件でも事前にアポを取って来てもらいたい。ましてやこんな夜に来るなんて。

私の訝《いぶか》しげな表情を見てベンガル様は困ったように笑う。

「レディーの一人住まいにこんな時間に来て失礼なのは重々承知なんだけど、お願いがあるんだ」

「お願い、ですか？」

「そう。今すぐ僕と一緒に来て欲しいんだ」

今すぐとは穏やかじゃない。

「それは……オーソン様の所でしょうか？」

「マリーちゃんから聞いてるんだね。それなら話が早い。そうだよ、ルディの所へ一緒に来て欲しい」

「私は葵紫の月の生まれで条件には当てはまりません。そもそも何故私が行かなければならないのかをまだ伺《うかが》っていないのですが」

ベンガル様がわざわざ訪ねてくるくらいだから、よほど緊急事態なのかもしれない。

でも、何故私が行かなければならないのか納得がいかない。

何よりルディ・オーソンには会いたくない。

「……それは行きながら話すよ。とにかくお願いだから今すぐ僕と来て欲しい」

「そう言われましても……」

困った。仕事もあるし今すぐなんて無理だ。

どう断ればいいか考えあぐねていると、急にベンガル様の低い声が響いた。

「セイナちゃんさぁ、僕とルディは君に大きな貸しがあるよね？」

はっ、とベンガル様を見ると、笑顔だけど目の奥が笑っていない。

あの頭突き事件のことだ。確かに二人にはとても大きな借りがある。

あの時、二人が助けてくれなかったら確実に退学になっていただろうし、そうなると今の暮らしはあり得ない。

「あの貸しを今すぐ返してもらいたいのだけれど」

「いっ、今すぐですか？」

「うん。今！　すぐに！」

ベンガル様、顔が怖い！　物凄い圧力を感じるわ。

「で、でも仕事が……」

「大丈夫。貴族の特権を振りかざして話をつけるよ。人手が足りないなら代わりを手配する」

ぐっ！　そこまで言われると断る理由が……。

これはもう断るのは無理そうだわ。

「わ、分かりました」

観念するしかない。

返事をするや否や、外出の準備もそこそこにベンガル様の馬車に乗せられて、私はオーソン公爵家へ向かうことになった。


「セイナちゃん、相変わらず綺麗だね。元気にしてた？」

ガタガタと揺れる馬車の中でベンガル様と二人きり。この人は息をするように女性を褒めるなぁ。

「ええ、元気です。ベンガル様も相変わらずチャラ……いえ、お元気そうで何よりです」

「今、チャラいって言おうとしたよね？　あはは、やっぱり面白いね」

ベンガル様は嬉《うれ》しそうに笑う。私服で大人びて見えるが、笑顔は学生の時のままだ。

「魔法小鳥で連絡取ろうとしたんだけど、セイナちゃんに会えないまま帰ってきちゃったんで焦ったよ〜」

魔法小鳥は本人不在の場合は手紙を咥《くわ》えたまま帰ってくる仕組みになっている。セントラル学院での登録住所は実家のままだから、魔法小鳥は実家へ飛んだんだろう。

「で、セイナちゃんはマリーちゃんと仲良しだったから、マリーちゃんに連絡先聞いちゃったって訳」

「それはお手数お掛けしました」

マリーは私が身を隠してるのを知ってるから安易に教えないと思うのだけど。

……それほど緊急事態だって事なのかしら。

「それで、どうして私が行かないといけないのか教えて頂けますか？」

一応了承してついて来たけれど、やはりちゃんとした理由を教えてもらわないことにはどうにも気持ちが悪い。ベンガル様がわざわざ出向いて迎えに来るくらいの緊急事態って何だろう。

私の問いかけにベンガル様は答えた。

「うーん、簡単に言うとね、ルディが死にそうなんだよね」

予想外の回答に自分でも意外なほど驚いた。

あの、ルディ・オーソンが死にかけている？　体調不良が治らなかったのだろうか？

でもマリーから、彼は近衛《このえ》騎士団に入り出世してると聞いた気がするのだけど。

「薬師としての治療が必要だから呼んだんですか？」

でも正直私にはそこまでの腕前はないと思う。考えているとベンガル様から驚くべき理由を告げられた。

「ううん。セイナちゃんはルディの『番《つがい》』かもしれないから、あいつに会って確認して欲しいんだ」

——今何と言いましたか？

私の顔を見てベンガル様は「聞き間違いじゃないよ」と笑って説明してくれた。そんなに顔に出てました？

「実はね、ルディはもう『番』に出会っているみたいなんだ。けど今は離れ離れになってしまっていて、『番』を渇望《かつぼう》するあまり獣化……いわゆる《ヒート》状態に陥《おちい》っているらしい。そしてそれが長く続くと——死んでしまうらしいんだ」

死、という言葉にひやりとする。だが私はベンガル様を睨《にら》み付ける。

「状況は分かりましたが、私が『番』だというのはあり得ないです」

「それは会ってみないと分からないよ」

「いやでも『番』ってあれですよね？　獣人達にとって唯一無二で、すごーく大事な存在ですよね？」

「うん、そうだね。物凄く大事」

はんっ、と笑ってしまった。私がそんな大事な存在である訳がない。

「だから、あり得ないです。嫌われている事はあっても大事に想われているなんて、天地がひっくり返っても絶対にあり得ないです！」

何という時間の無駄。本人に会わなくても分かりきっている愚問。私が行く意味なんてない。

ベンガル様に必死で説明して分かってもらおうとするけど、「まあまあ」と言って全然聞いてくれない。絶対違うのに！

「緊急事態なのだから、私ではなく他の方を探した方がいいです！」

そう言うと、ベンガル様の笑顔が消え、悲しそうな顔になった。

「可能性のある女の子はほとんど試したんだんだ……。でも駄目だった。もう時間がないんだ。駄目元でもとにかくほんの僅《わず》かな可能性でも賭けてみたいんだ。お願いだよ、セイナちゃん」

今にも泣き出しそうな瞳で訴えかけてくる。そんな顔をされては断れる訳がない。

「わ、分かりました」

そう答えるとベンガル様は心底ホッとしたように笑った。

「ありがとう」

彼は本当にルディ・オーソンが大事なんだ。


丸一日馬車を飛ばして、日暮れにはオーソン邸へ着いた。

さすが、公爵家の馬車だわ。お尻もそんなに痛くないし、スピードが全然違う。

オーソン邸は、王都から少し離れた森の中に建っていた。

道中、ベンガル様から聞いた話によると体の弱い母親が静養する為にルディの父親であるグレイル氏が選んだ屋敷だという。

「でも、ルディの母親は数年前に亡くなってしまったんだけどね」

彼も母親を亡くしているんだ。

王城より大きいのではと思うくらい立派な屋敷に圧倒《あっとう》される。お金持ちだとは分かっていたけれど、次元が違う……私みたいな平民、どう見ても場違いだわ。早く済ませて、すぐに帰ろう。

『番』ではないと分かったら納得してくれるだろうけど、ベンガル様ガッカリするだろうなぁ……。

申し訳ないけれど仕方ない。初めから違うと言ってるのに無理矢理連れて来られたのだもの。もう、日も暮れてしまったからとりあえず今晩は宿に泊まるとして……。ベンガル様、村まで送ってくれるかしら。

ぐるぐるとこの後の算段をつけていると「さあ、行こうか」とベンガル様に促《うなが》された。

応接室に通され早速ルディ・オーソンに会うのかと思ったら、長時間の移動で疲れているだろうし、お腹も空いているだろうからと食事を用意してくれた。

緊急事態なのに急がなくてもいいのかなと思ったけれど、正直、お腹はペコペコだったので遠慮なく頂くことにする。上質な食材が使われている料理は全て美味しかった。ベンガル様は食事の途中で離席してしまった。

食事が終わり部屋を見渡すと、壁に飾ってある家族写真に目が止まった。

女性と男性、そして藍色の髪の男の子。男性は父親のグレイル・オーソン公爵で、女性は母親だろう。子供は幼い頃のルディ・オーソンだろうか。

私の知ってる無表情で無愛想《ぶあいそ》な顔とはかけ離れた、とても可愛い笑顔の少年が写っている。皆笑っている、幸せな家族写真だ。

コンコンとノックの音がして、ベンガル様が部屋に戻ってきた。

続いて緑色の短髪で、鋭《するど》い目付きの男性が入ってくる。キーライ様だ。学園で見かけたのでお顔だけは知っている。

「初めまして。キーライ・ウィンソンです。遠い所はるばる来てくれてありがとうございます」

「セイナ・アイリソンです」

「二人とも同じ学院の同級生なのに初めましてなんだね」

ベンガル様が意外そうに言う。

そりゃあクラスが違いますし、貴族と平民なんて本来なら同じクラスであろうが喋る機会なんてあまりない。

「でも貴女の存在は知っていました。その美しい髪色と容姿は一度見たら忘れられません」

あ、この人も甘いセリフ言うタイプ。「アリガトウゴザイマス」とちょっとスンとしてしまった。お世辞《せじ》は言われ慣れていないので、どう返したらいいのか困ってしまうのだ。

すると二人は目配せをしてクスクスと笑い出し「な、言った通りだろ」「ああ、確かに。貴重な人種だ」と私には分からない失礼な会話をしている。

ちょっとムッとして切り出した。

「あの、とりあえずの社交辞令《しゃこうじれい》はいいので、ここに来た要件を進めませんか？」

私だって、あの男の事は心配しているのだ。

苦い思い出はあるけれど、彼は恩人でもあるのだから。

「ごめんごめん。そうだね、話を進めよう」

そう言うと、ベンガル様は二枚の紙を取り出し、テーブルに置いた。

「これは？　——誓約書ですか？」

「うん。こっちは〝公爵家からお願いして来てもらったからそれなりの謝礼をするけど、その代わりこの事は口外しないでね〟っていう口止めに関する誓約書」

「え、謝礼が出るんですか？」

思ってもみなかった臨時収入！

金額を見て「一桁間違えてるんじゃないですか」と指摘するも、ベンガル様は笑う。

「この金額で合ってるよ。来てくれた女の子達全員に渡してるから遠慮なく受け取ってね。オーソン公爵家って無駄にお金持ちだから」

来てくれた女の子全員……。総額いくらになるんだろう。

天文学的な金額に、想像するだけで頭がクラクラする。

笑って言えるベンガル様も相当お金持ちっぽいな……。

「――で、こっちの紙はもし『番』だった場合の誓約書。〝ちゃんと責任取りますよ〟的な事が書いてある」

「責任、ですか？」

ベンガル様はにっこりと笑う。

「まぁ、もしも『番』だった場合の話だからね。とりあえずサインだけ先にしてもらって、万が一『番』だったって事になってから読んでもいいと思うよ」

なるほど。確かに私には関係なさそう。そんなもの読む暇があったら一刻も早くこの茶番を終わらせたい。

二枚の誓約書にさっさとサインを済ませた。

「さてと、じゃあこれからの事を説明するね」

ベンガル様が改まって話し出す。『番』かどうか判断するには、会うだけでは駄目なのかしら？

一抹《いちまつ》の不安がよぎる。

「まず、二階のルディが居る寝室に、セイナちゃん一人で入って欲しいんだ」

「え、一人でですか？」

「そう。部屋の中はカーテンが閉め切られて真っ暗なんだけど、真っ直《ま》ぐ《す》歩いて一番奥の窓まで行ってから戻ってきて欲しい。そのまま扉を開けて出てきてくれていいから」

「それだけでいいんですか？」

「うん」

思ったより簡単な事でホッとするも、一つ気になり思い切って聞いてみる。

「あの、彼は獣化していると伺いましたが、襲ってくることはないのでしょうか？」

あの男ほどの獣人が獣になって襲いかかってきた場合、無傷では済まない。命の危険もあるのではと少し怖くなる。

ベンガル様はにっこりと笑って、

「獣化って言っても、ライオンとかに変化してるって訳じゃないから大丈夫だよ。それに、あいつはあいつだから。『番』以外には興味ないし『番』以外には襲いかかる事はないよ」

——と言った。


「ここがルディの寝室だよ。暴れまくって部屋の中ぼろぼろだけど、気にしないでね」

呑気《のんき》なベンガル様に案内されたのはオーソン邸二階の一番奥の部屋の前。

この中に死にかけているルディ・オーソンが居るらしい。

中から物音はしない。どうやら今は暴れてない……らしい。

「じゃあ、セイナちゃん、説明した通り宜しくね〜」

生死が懸かってるのに軽いなぁ、と思うけれど、私が気負わないように気を遣ってくれているのを感じる。

私じゃ助けられないのに、ごめんなさい、と心の中は罪悪感で一杯だ。

「はい。では……行ってきます」

皆ガッカリするだろうけど、一刻も早く私が『番』じゃないことを証明するのも、あの男を助ける為になる。自分に言い聞かせてゆっくりとドアノブを回し、部屋の中に入った。

部屋の中は異様な雰囲気に包まれている。真っ暗だが至る所にものが散乱しているのが辛うじて確認できた。

広い部屋を見据《みす》えると一番奥に僅かに光が見える。破れたカーテンの隙間《すきま》から月の光が差し込んでいるようだった。ここにルディ・オーソンが居るらしいのだけど、姿は確認できない。

ただ、何かが居る気配は感じる。

敵意とも警戒とも分からぬ張り詰めた空気が漂《ただよ》い、足がすくむ。

正直、背中の扉を開けてこの部屋を出てしまいたい。

とにかく、ベンガル様に言われた通りゆっくり歩いてあの奥の光まで行こう。ふうっ、と気持ちを落ち着かせて歩き出す。

途端に、奥から「ぐうぅぅぅっ」と獣が唸《うな》る声が聞こえた。

纏《まと》わりつくような視線を感じ、恐怖に襲われる。

——私を見て警戒しているのかしら……。

ベンガル様は大丈夫だと言ってたけれど、もし襲われて殺されそうになったら反撃してもいいよね？　不可抗力よね！　と自分に言い聞かす。私があの男に勝てるとは思わないけど。

恐怖を紛《まぎ》らわそうと色々考えていると、突然何かに腕を掴《つか》まれ、物凄い力で引き倒された。

「!!」

暗闇《くらやみ》で不意を突かれ、受け身も取れず体を打ち付けてしまい、「うぅっ」と痛みに顔を歪《ゆが》める。

起き上がろうと試《こころ》みるも体が動かない。

自分の上に大きな何かが乗っている。その正体を確かめる間もなく、突然何かに口を塞《ふさ》がれた。

「んむっ――っ!?」

私の口を塞ぐ何かは私の唇に大きく吸い付いてこようとする。

「ん――っ！」

何かを必死で押し退《の》けようとするも、大きな岩のようにびくともしない。

息ができない！　死んでしまう！

もう駄目だと思った瞬間、唇が自由になり息を吸うことが出来た。

「――っはぁっ！」

必死で空気を吸い込む。

目の前を見るとカーテンの隙間から入る月の光が、何かの姿を照らし出していた。

藍色の長く乱れた髪が顔を覆《おお》い、髪の間から獣のように光る鋭い金色の瞳が見えた。

私はこの色を知っている。

だけど、あまりに変わり果てた姿に衝撃を受けた。

無表情で静かな美しさを崩さなかった男が息を荒らげ、獲物を狙うかのような雄々しい目で私を見据えてくる。その目は本物の獣のようだ。

「ルディ・オーソ――っ！　っんん――っ！」

名を呼び終える前に、また口を塞がれた。

何が起こったのか一瞬理解出来なかったけれど、目前に金色の瞳が迫り、これは口付けなのだと分かった。

――口付け？

いや、そんなに素敵なものじゃない。

この男は私を食べようとしている。

「んっ、むぅ――っ！」

声を出そうにも貪《むさぼ》るように食い付いて離そうとしない。

どうして？

ベンガル様は獣化していても『番』以外には襲いかからないって言ったのに話が違う！

逃げ出そうにも圧倒的な力で押さえ込まれ身動きがとれない。どういう訳か魔法も使えない。

もしかして、無効魔法がかかってるの？　何もかも聞いてないわ、ベンガル様！

必死で抵抗してものしかかる大きな体はビクともしない。

『番』じゃないから大丈夫、と深く考えていなかった自分の馬鹿さ加減に後悔する。

目の前の男はもはや《ヒート》状態が極まって、『番』であろうがなかろうが襲いかかっているに違いない。

たとえ獣になったとしても、あのルディ・オーソンなら私に近づくはずはないと、根拠のない思い込みがあった。

せめて私だと気付いて、ルディ・オーソンの理性が少しでも残っていたら、この行為をやめるに違いないのに！

「ルディ！　ルディ・オーソン!!」

唇が少し離れた隙に、思いっきり名前を呼んだ。

焦点の定まらない淀《よど》んだ金色の瞳の奥に、微《かす》かに光が揺れたような気がした。

「しっかりして！　貴方《あなた》ともあろう者が！」

奇跡的に私の声が届いたのか、獣が体を強張らせ、微かに震え出した。

「ぐっ……ぐあっ」

私の肩を物凄い力で掴み、片手で自分の頭を押さえ苦しむ。彼の握力で、お気に入りのワンピースの肩口が、びりっと音を立てて破けた音がした。

彼は今、獣の自分と闘っているのだろうか。

「──ぐあああああっ!!」

咆哮《ほうこう》した瞬間、痛みが首筋を貫いた。

あまりの痛さで息が出来ない。

藍色の獣が、私の首筋に噛《か》みついているのだと理解するまでに、そんなに時間はかからなかった。

「──うっ、あっ」

声がうまく出ない。

硬く鋭い歯がギリギリと肉に食い込む感覚に恐怖を覚える。

――本気で私を食べようとしているの⁉

獣から逃れようとあがくほど牙《きば》が深く突き刺さる。耐え難《がた》い痛みに涙が溢《あふ》れてくる。

首筋に嚙みついた獣は食いちぎるでもなく、ただ嚙みついたまま低い唸り声を出している。

食べるつもりはないのかと思った瞬間、首筋に焼けるよう熱さを感じた。

「――っ‼」

感じたことのない痺《しび》れるような感覚に、なすすべもなく耐えていると、獣が牙を離すのを感じた。

痛みで朦朧《もうろう》とするなか、覆いかぶさる獣を見上げると、口元から赤い血が滴り落ちる。

暗闇に目も慣れ、月の光も相まって男の姿がはっきりと分かるようになっていた。

朦朧とした意識の中で見た男は、相変わらず恐ろしいほど美しかった。

いつもは後ろで纏《まと》めて結ばれていた藍色の艶《つや》やかな髪が酷く乱れ、男の顔全部を覆い、下にいる私の顔に降り注いでくる。

髪の間から見える顔は苦しそうにも見える。

私はこの男が嫌いだ。

そしてこの男も私を嫌っている。

なのに……何故こんなことになってしまったのか……。

――答えの出ない自問自答を繰り返しながら、意識が遠のくのを感じた。

◇　◇　◇

ルディが十八歳を迎え、しばらく経った頃から体調を崩しがちになった。

最初は『番』を望む女の子達のアプローチにうんざりして不機嫌なだけかと思っていた。

でも、いつも涼しい顔をして表情を変えない男が時折辛そうな表情を見せるようになり、顔色も悪くなってきた。

僕が大丈夫かと聞いても、「心配ない。ただの寝不足だ」としか返ってこない。眠れなくなるほど何かに悩んでいるのだろうか。

時間が経《た》てば治るかと思っていたが、ルディの顔色は一向に良くならない。むしろ少し痩《や》せてきて、悪化しているのは明らかだった。

親友としてこれ以上放っておく事はできない。頑《かたく》なに拒否するルディを何日もかけて説得した。

ルディが根負けし、気持ちが変わらないうちに医者に診てもらうと《成獣病《せいじゅうびょう》》だと診断された。

十八歳を迎え成獣になったばかりの獣人が、稀《まれ》にかかるものらしい。

体の中で魔力コントロールが上手く出来ず、体調を崩すことがあるそうだ。体に魔力が上手く馴《な》染《じ》むのを待つしかないらしい。

原因が分かってホッとしたが、ルディは一向に回復しない。学院も休みがちになった。

時間と共に改善していくはずなのに、むしろ悪化している。

再度医者を呼び出し問いただすも、原因は分からないと言う。

どうする事も出来ないまま、ルディは学院へほとんど行く事ができなくなり卒業を迎えた。

卒業後、獣人は国に仕えることになる。

僕とルディ、キーライは国王直属の騎士団である、近衛騎士団へ配属となった。

だが卒業してからルディの症状は次第に良くなっていった。

ルディは絶大な魔力と天才的な頭脳でエリート揃《ぞろ》いの騎士団の中でもずば抜けて優秀だった。

仕事をそつなくこなし騎士団での評価も高くあっという間に副団長という地位を与えられた。

僕とキーライは鼻が高かった。

加えてあの美貌。男も女も魅了する恐ろしいほど綺麗な顔で、完膚《かんぷ》なきまでに叩きのめされた敵は二度と立ち直れないのではないだろうか。

完璧に仕事をこなすあいつを見て、すっかり《成獣病》は治ったのだと思っていた。

だが卒業から一年後、突然ルディが倒れた。

苦しそうに呻き胸を押さえ、立つこともままならない。

急いで医者に診せるもやはり《成獣病》だという。

成獣病とは魔力が上手く馴染むまでの症状ではなかったか？　ルディは十八歳になってもう二年近く経つし、魔力は問題なく使えていた。

「キーライ、ルディは本当に《成獣病》なんだろうか」

「……確かに、治まった症状がまた悪化するのは聞いたことがない」

もう何日目になるのか。病床に伏せるルディを見舞う為、キーライとオーソン公爵家へやって来た。

「もしかして……」

「思い当たる病があるのか？」

キーライは騎士団でも衛生騎士として優秀だ。医者と同等の知識があると言っても過言ではない。

キーライが、いや、でもとブツブツ呟いている。

「いいから！　何でもいいから言ってみろ！」

「……確信はないが、もしかしたらルディは『番』に、すでに出会っているんじゃないか？」

その言葉を聞いて、はっとする。

キーライが言おうとしている事に思い当たり、頭の中の情報を手繰《たぐ》り寄せる。

「……まさか、ルディは《ヒート》状態にある、という事か？」

僕達獣人にとって『番』は唯一無二の魂が求める存在だ。『番』を見つけたら、何としてでも手に入れずにはいられない。

その強い衝動は誰かを殺す事も、『番』に襲いかかる事も厭《いと》わなくなるほどだとか。

それ故に見つけてしまった『番』が手に入らない獣人は、その衝動を抑えるのにもがき苦しみ《ヒート》状態になる。

《ヒート》状態が続いた獣人は、やがて狂おしいほど求める『番』の存在を認識しながら手に入らない絶望に耐えられなくなり、次第に理性を失い、精神が獣となり、最後には死んでしまうと言われている。

「もし、本当にそうなら、ルディはどうして何も言わないんだ！」

考えが追い付かない。

「『番』に出会ったなら手に入れたらいいじゃないか！　あいつに望まれて拒否する女なんて居る訳ない！」

自分でも分からないイラつきで声が荒ぶる。キーライも困惑した表情で考え込んでいる。

ここで憶測で揉めても意味がない。ルディに話を聞く為二人で寝室へ向かう。

苦しそうに横たわるルディに、『番』に出会ったのかと問いただすと、明らかに動揺し「違う！」としか言わない。まるで『番』の事を思い出すまいと必死に抗《あらが》うように。

ルディ、僕達は何年一緒に居ると思ってるんだ。どうして嘘《うそ》をつくんだ。

ルディは次第に自我を失い、暴れる事が多くなった。長い藍色の髪を振り乱し、獣のような呻き声を上げる。

明らかに《ヒート》状態だ。

『番』に出会ったのか、それは誰なのかを問いただすも、頑なに否定するばかり。

訳が分からない。どうして隠す必要があるんだ。『番』の存在を拒否する理由が分からない。

オーソン公爵家の応接室で頭を抱えていると、ルディと同じ藍色の髪を持つ男が扉を開けて入ってきた。

「ベンガル、あいつの様子はどうだ？」

ルディと同じ藍色の髪、金色の瞳。彼の父親であるグレイル・オーソン公爵だ。

「……日に日に自我を失う時間が長くなっているように思います。確実に獣に近づいていているかと」

「……そうか」

はぁーっとため息をつき、ソファーに腰掛ける。

「あいつは一体何を考えているんだ」

ルディが《ヒート》状態だと分かった時、『番』に出会った事を隠す理由を知らないかと、グレイル様に訊ねたが、彼は何も分からないと言うだけだった。

数年前にルディの母親でもある妻を亡くしてから、親子関係はあまり良くないらしい。

グレイル様は『番』である妻を心の底から愛し、妻を亡くした後の落ち込みは目も当てられないほどだったとか。もしや、その事と関係があるのだろうか。

「とにかく、可能性のある女性を連れて来て会わせるしかありません」

「そうだな。宜しく頼む」

「分かっています」

あいつが誰か言わないなら、僕達が探し出すしかない。

確か、ルディは十八歳になって間もなく体調を崩し始めた。『番』の匂いが分かるようになってすぐに見つけたということかもしれない。ならば『番』は新緑の月以降に生まれたはずだ。

直《ただ》ちにセントラル学院を通して元同級生の当てはまる女性達に通達する。

念の為、確実に症状が出ていた神白の月生まれまで声をかけた。

卒業後、それぞれの場所へ散らばった彼女達を呼び寄せるにはかなりの時間がかかるだろう。だがルディに残された時間を考えると急がなければならない。

女の子達は、オーソン家の通達とあり、続々と訪れ始めた。

『番』かどうか確認する為だと説明し、『番』だった場合の責任を取るという誓約書にサインさせせ、一人ずつルディの部屋へ入らせる。

カーテンを閉め切った真っ暗な部屋の中は、ルディが暴れたせいであちこち壊され、さながらお化け屋敷のようだ。怯《おび》える女の子達を説得し、ゆっくり奥まで歩いてから出てきてもらう。

今のルディなら『番』が入ってきた途端に襲いかかるに違いない。

だが、結果は芳《かんば》しくない。

皆、無事にすぐ部屋から出てきたのだ。

「どういう事だ？　誰にも反応しない。推測が間違っていたのか？」

思わぬ結果に動揺が隠せない。

そもそも、セントラル学院の中に絞って良かったのか。それとも、もっと対象月の幅を広げるべきなのか。

ルディは学業の傍《かたわ》ら、公爵家の跡取りとして貴族の社交の場にも顔を出していた。もし、その時に出会っているのだとしたら……。

膨大な人数になるかもしれないが、思い悩んでいる暇《ひま》はない。こうしている間にもルディの精神は獣と化してきている。

手当たり次第、通達を出すが、結果が出ないまま無情にも時間だけが過ぎていく。

もがき苦しむルディを助けてやれない不甲斐《ふがい》なさに打ちのめされる日が続いた。

一日のうちのほんの数時間、かろうじて自我を取り戻したルディを説得するが『番』の名を決して言う事はない。

「どうして！　どうしてだよ！　お前、このままじゃ死んでしまうんだぞ！　頼むから誰か教えてくれよ！　そんなにその『番』が嫌いなのか⁉」

『番』が嫌いなんて事はあるのだろうか、自分でも何を言っているのか分からないくらい感情が高ぶり、涙が溢れ出す。

「僕はお前が大事なんだ！　死なせたくない！」

その言葉を聞いてルディは力なく微笑《ほほえ》んだ。

だが次の瞬間には「ぐうぅぅっ」っと唸り出し、自我を失い心が獣へと変わる。完全に獣になりルディが消えてしまうのはもうすぐだろう。

ふとキーライが「何かおかしくないか？」と言い出した。

「何がだ？」

「ルディはもうすでに自我を無くしている時間も長いし、暴れ倒しているのに決して部屋から出ようとしない。すでに『番』に出会っているなら、相手を求めて部屋を飛び出してもおかしくないのに」

確かにキーライの言う通りだ。

決して拘束している訳ではないのにルディは部屋から出ない。自我を失っているのに、部屋に留まり続けるのには違和感がある。

すぐさま王国屈指《くっし》の魔術師に依頼し、屋敷や部屋、ルディに何か制約の魔法がかかっていないか視てもらう。

するとルディの部屋に魔術師も知らない、未承認の精巧《せいこう》な独自の魔法がかけられている事が分かった。

魔法をかけたのはルディ本人。

おそらく《ヒート》状態の自分を閉じ込める魔法で、正常に戻らない限り部屋からは出られないようにしてあるらしい。

それに加えて部屋には強力な《魔法無効》の魔法もかけられていた。どちらも解除するには相当な時間がかかるらしい。

何て事だ。ルディは全て計算ずくで準備をしていたんだ。

キーライと二人で絶望的な気持ちになる。

──一体、いつから？

未承認の魔法はルディが自分で作り出したに違いない。魔法を作り出すなんて、ちょっとやそっとじゃ不可能だ。成獣になって『番』に出会ってから体調を崩しながらも、魔法を研究し作り上げたのだろうか？　ルディなら不可能ではないかもしれないが……。

──もしかしたら僕は何かを見落としているのかもしれない。

「一旦気持ちを落ち着かせて、冷静になって考えてみよう。ベンガルはずっとルディと一緒に居たんだ。何かしらヒントがあったのかもしれない」

キーライにそう促される。

「まず、ルディが『番』に出会ったなら『匂い』を感じ取ったはずだ。『番』からは何とも言えない、いい『匂い』がするそうだから。あいつが『匂い』について何か言った事はなかったか？」

セントラル学院での出来事を思い返してみる。

そういえばめちゃくちゃ仏頂面で、令嬢達がつけている香水が臭くて頭が痛くなると言っていた。

でもこれは違うだろう。

『番』の『匂い』。あいつがその話題を出した事があっただろうか……。

はっとルディの言葉を思い出す。

「そうだ、一度だけあった。あいつが『番』の『匂い』について聞いてきた事が」

「ルディは何と言ったんだ？」

「あれは……確か、ある女の子と話をした後に、言ったんだ。『彼女は何か匂ったか？』って」

「ルディが？」

「そう。僕がその女の子に興味を持ったのは『匂い』がしたからなのか、という風に聞いてきたんだ。だから、何も『匂い』はしなかったと答えた」

キーライが考えこむ。

「……ベンガル、それはもしかしたらルディは、自分は『匂い』を感じ取ったが、それがお前にも分かる匂いだったのかを確認したんじゃないか？」

——彼女は何か『匂った』か？

ルディの声が蘇《よみがえ》る。

「そうか……そうかもしれない」

あの時、珍しく俺に興味を持ってくれたと嬉しかったが、微かに違和感はあった。

「ベンガル、その女性は誰だ？」

「あれは……セイナ……セイナ・アイリソンだ！」

ルディとはずっとペアで、ある意味一番近くに居ることを許された女の子だ。『人間』には珍しく僕達に媚《こ》びず、性的な興味も示さなかった。

ルディも彼女に対して一切興味は無さそうに見えたが……いや、だけどあの時。

──彼女が退学になりそうだった時、僕は駄目元でルディにお願いしたんだ。

彼女が事件を起こしたのは元はと言えばあいつのせいだし、ルディが動けば簡単に物事が解決する。

しかしいつものあいつなら、「関係ない」と冷淡に切り捨ててもおかしくはなかった。

でも「分かった」と言って驚くほどすぐに行動に移した。

「彼女がルディの『番』なのか？」

「その可能性はある」

キーライがセントラル学院から借りた生徒名簿をパラパラと捲る。

「セイナ・アイリソン。彼女は葵紫の月生まれだ」

そうだ、確かそう言っていた。

彼女が誕生日を迎えるずっと前から、もうすでにルディに症状が現れていた。

だから、彼女は対象に入ってなかった。

「ベンガル、さっきのルディが『番』の『匂い』について話したのはいつ頃だ？」

「あれは確か、入学して半年経ったくらいだったか」

そう言って、はっと気付く。

「その時ルディはまだ成獣にはなってない。『番』の『匂い』が分かる訳がない」

「ベンガル、固定観念に因《とら》われては駄目だ。何事にも絶対はない」

確かに、彼女がルディの『番』で出会った瞬間から『匂い』を感じ取っていたとしたら、ルディが魔法を研究して作り上げるのに十分な時間がある。

成獣になる前に出会っていた場合、何の『匂い』もしないかどうかなんて僕達には分からない。もしかしたら感じ取る能力には魔力差や能力差があるのかもしれない。

「そうだな。ここで議論していても仕方ない。僅かでも可能性があるなら試してみるしかない」

僕達は至急、魔法小鳥を使ってセイナ・アイリソンに連絡を試みた。

セイナ・アイリソン。僕は彼女の事を好ましく思っている。

勿論《もちろん》、好きではないけど、もし『番』が見つからなければ彼女のような人と人生を共に過ごしてみたいと思う程度には。

だが、その何倍もルディが大事だ。

困った事に、彼女は他の女の子達とは違って獣人である僕達に媚びないし、色目も使ってこない。見初められる事を全く望んでいない。久々に会ってもそれは変わっていないようだ。

——まあ、ルディの最悪な態度にも問題があるだろうけど。

ルディの寝室の扉が開き、淡いアメジストの髪が完全に見えなくなるまで待ってから、キーライが口を開いた。

「……ベンガル……あれでは彼女が可哀想《かわいそう》じゃないか」

ごめんね、セイナちゃん。僕はわざと『番』だった場合の誓約書を読ませなかった。

「彼女はもし『番』だった場合、自分がどうなるか分かっていないんじゃないか?」

「そうだろうね。彼女は自分が『番』なのはあり得ないと思っているし、《ヒート》状態のあいつが『番』に何をするかなんて想像すらしてないと思うよ」

彼女はあまりにも無垢で純粋だ。

「彼女はルディにいい感情を抱いてないし、公爵夫人の座にも興味はない。下手に怖じ気づかれて断られでもしたらルディは助からないかもしれないんだ」

「そうだが……」

「キーライ、あいつの命が懸かっているんだ。助かるなら僕は何でもするし、あとでいくらでも贖罪《しょくざい》する」

ずるいやり方だったとは分かっている。きっとあとでこっぴどく怒られるんだろうな。

セイナちゃんに――ルディにも。

でもルディ、何か理由があるのだろうけど、僕もお前に猛烈に怒っているんだ。

お前がこの部屋から出てきたらその綺麗な顔を思いっきり殴ってやる。

「ベンガル……大丈夫だ。きっと彼女はこの部屋から出てこない」

「……そうだな」

目の前の扉が開かぬよう、二人で祈るしかなかった。

第四章 ルディ・オーソンの懊悩《おうのう》

――目覚めた瞬間、まるで霧《きり》が晴れたかのように今までの世界が一変していた。

長い長い渇望《かつぼう》と苦しみが嘘《うそ》のように消え、今まで感じた事のない恍惚感《こうこつかん》があった。

死を覚悟したはずなのに……。どういう訳なのか困惑していると、何かを自分が大事そうに抱えこんでいるのに気付いた。

瞬間、部屋中に充満する覚えのある香気に気付き体が凍りつく。

その『匂い』を醸《かも》し出しているであろう、目の前に横たわる何かから慌てて体を離す。

――まさか……この『匂い』は……。いや、あり得ない。

その可能性を頭の中で必死に否定する。

だが、心の奥では目が覚めた瞬間から分かっていたのかもしれない。

生まれた時から感じていたどうしようもないほどの虚無《きょむ》が、嘘のようになくなっているのだ。

動悸《どうき》が頭に鳴り響く。手を伸ばし恐る恐るそのシーツを捲ると、淡いアメジストの髪が見えた。

――ああ、やはり。

長く艶《つや》やかなアメジストの髪に白く透き通った肌、長い睫毛《まつげ》に形の良い唇。

身を護るように体を丸め、死んだように眠る美しい女性が居た。

彼女はセイナ・アイリソン。

――自分の唯一無二の『番《つがい》』だ。

何故？

何故、彼女がここに居るのか。

必死で隠し通したはずなのに。

美しい彼女を見て、今までとは違う感情が芽生えている事に動揺する。

『番』と繋がり、自分の一部になったのだと本能が理解していた。

――自分は死ぬつもりは無かった。《ヒート》状態など乗り越える自信があったから。

だが、その考えは甘かったのだと身をもって知らされた。

日を追うごとに強くなる渇望感を抑え込むのは想像以上に苦しく、自我を失い獣と化していく自分をどうすることも出来なかった。

自分が理性を失っていく感覚が恐怖をもたらし、死ぬことを受け入れざるを得なくなっていった。

やがて何度も、『番』を捕まえてその白い首筋に噛《か》みつく幻《まぼろし》を見るようになった。

夢か、願望か、妄想か――ただただ『番』を求めるだけの獣になり果てた。この部屋に己を封じ込める魔法をかけていなければ、とっくの昔に飛び出し彼女に食い付いていたに違いない。

微《かす》かに残る記憶が脳裏《のうり》をかすめる。

あれが現《うつつ》だとしたら、あまりにも酷い事を彼女にしてしまった。

眠る彼女の頬《ほお》には涙の筋が残り、細く白い腕には掴《つか》まれた赤い痕があった。

そしてその華奢《きゃしゃ》な首には――自身の噛み痕が、くっきりと血を滲ませていた。

痛々しい姿に胸が痛み、自分がしたことが現実なのだと思い知らされる。

望んだ彼女を手に入れたのに、浅ましくも自分がまだ彼女を求めている事に気付き恐ろしくなる。

——駄目だ。ここには居られない。これ以上彼女とは居られない。

眠る彼女を残し部屋を後にした。


物心ついた時から『人間』に執着されてきた。

幼い頃、単に近くに居たから話しただけの女の子が、何を勘違いしたのか僕を独占しようと毎日べったりくっついて来るようになった。

その女の子を皮切りに、他の子も同じような行動を取り始め、ほぼ全員がストーカーと化した。

どこへ行くにも纏《まと》わりつかれ、心底うんざりした僕は親に相談して転校する事にした。

学校が変わった後も、女の子達は代わる代わる屋敷へやって来ては面会を迫り、彼女達の親も婚約話を持ち込んで来た。もし『番』が見つかれば娘は愛人にすればいいという。

公爵家《こうしやくけ》という強い立場でなかったら圧力に負けて婚約を強制されていただろう。

幼いながらも女という生き物の独占欲が恐ろしいと感じた。

だから次の転校先は男子校を選んだ。

幼馴染《おさななじ》みのベンガルとキーライも一緒に転校する事になった。ベンガルは「女の子が居ないのはつまらない」と愚痴《ぐち》をこぼしていたが、何故、女の子が居て欲しいのか全く理解出来ない。

男子校へ移り、それなりに快適な環境で過ごせるようになったが、成長すると男の中でも僕に執着してくる者が現れ始めた。

過剰なスキンシップにボディタッチ。

そういう『人間』の顔は皆同じだ。笑顔の奥に『欲』を孕《はら》んでいる。

どうやら僕の容姿は特別に『人間』を惹《ひ》き付けるらしい。この上辺《うわべ》にすぎない安易なものに執着する『人間』が不思議《ふしぎ》でならなかった。

彼らに興味はないし何の感情も抱かないが、自分なりに頑張《がんば》って円満な関係を築こうとすると、途端に距離を詰められ、こちらが望んでいないほど近くへやって来ようとする。

『親友になりたい』『特別になりたい』

皆同じことを言うようになるが、そんな事は露《つゆ》ほども望んでいないと告げると、酷いだの裏切られただのと言って責め立ててきた。

勘違いさせた自分が悪いのか。つまり『人間』とは必要以上に関わらない方が双方の為だと理解した。

自分は『獣人』として生まれ、物心ついた時から漠然《ばくぜん》とした寂しさをずっと抱えていた。

それは家族といても、親友といても満たされる事はなく自分の心が凍ってしまっているような感覚だった。

だから、同じ獣人である父親から『番』の話を聞いた時、驚くほどすんなり理解できた。

この寂しさは『番』に会えるまで続くのだと。

微かな希望が出来たと同時に、『番』は『人間』なのだという事実にゾッとする。

僕は本当に『人間』である『番』に好意を抱けるのだろうか……。

十歳の誕生日を少し過ぎた頃、母の友人でモリソン・キャンベルという伯爵《はくしやく》夫人《ふじん》が僕の家庭教師としてやって来た。

しかしそれは建前で母の話し相手として来て欲しかったんだろう。病気がちで外出する事が少ない母の為に、父が手配したようだった。

母——アンナ・オーソンは元々体が弱かったがこの所、頻繁《ひんぱん》に体調を崩すようになった。最近は床に伏せる母を朝一番に見舞う事が日課になっている。

母は『人間』の中で唯一心から信頼できる。『番』である父を一途に愛し息子である僕にも深い愛情を与えてくれる。母のような人も居るのだという事実が僕の『人間』への嫌悪感を和らげていた。

その家庭教師は目鼻立ちのくっきりした黒髪の女性だった。魔力持ちでセントラル学院を優秀な成績で卒業したという事で選ばれたらしい。

明るく気取らない性格で母の友人という事もあり、比較的抵抗なく接する事が出来た。魔法の指導も上手く知識も豊富で、学校の教師より優秀で尊敬に値する家庭教師だ。

彼女は授業の少し早めに来て、母とお茶をしながらお喋りするのが日課になっていた。母もいい気分転換になっているのか、体調のいい日が増えたように思う。

彼女は夫を連れてやって来ることがあった。

「ルディ君、紹介するわね。私の夫のネットよ」

少しふくよかな体型をした優しそうな男が、帽子を取り一礼する。

「ネット・キャンベルだ。君の事はいつもうちの妻から聞いてるよ。驚くほど優秀で天使のように可愛《かわい》い生徒だって」

「やだ、ネット！　天使のように可愛いっていうのはオフレコでしょ！　何で言っちゃうのよ」

そう言って、夫の腹をつねる。

「おぅっふ！　ごめんごめん、ついうっかり」

結構本気でいったのだろう。かなり痛そうだ。

「ごめんね、ルディ君。男の子に可愛いだなんて気を悪くしたよね」

「いえ、大丈夫です」

とても仲の良い夫婦だと思った。お互いを見る瞳は優しく、父と母のように愛し合っているのだと分かった。

そうか彼女――モリソン先生は自身の『番』を見つけているんだ。

その事に気付いて安堵《あんど》した。

そこから徐々に心を開いていったのだと思う。

モリソン先生の授業は楽しかったし、学ぶ事が多かった。彼女と過ごす時間も苦にはならなかった。母と三人でお茶をする時もあったし、ネットもたまにやって来ては一緒に過ごした。

「僕達夫婦には子供が居なくてね、勝手だけど僕も妻も君の事を本当の息子のように思ってるんだ」

優しい瞳。ネットがそう言ってくれることに悪い気はしなかった。

――だけど、いつからか微かな違和感を覚えるようになった。

彼女が作ったテストで満点を取った時、最初は頭を撫《な》でられた。母親がしてくれるようで少し嬉《うれ》しかった。

それがハグに変わり、いつしか頻にキスされるようになってきた。少し距離が近い人だと思ったが、『息子』にもそういう事をするものなのかもしれないと自分を納得させた。

「ルディ、今日はこの魔法書を二人で解読してみましょうか」

深く胸元の開いた赤いワンピースを着たモリソン先生が、僕のすぐ隣へやって来て耳元で囁《ささや》く。

何故そんなにも胸を見せるのだろうと不思議に思っていると、モリソン先生が上目遣いでこちらを見て笑った。

「――！」

瞬間、全身が総毛立《そうけだ》つ。

彼女は今まですり寄ってきた『人間』と同じ目をしていた。得体の知れない『欲』を孕んだ目。

――どうして？　いつから？

いや、薄々感じていたのかもしれない。

徐々に大きくなる違和感を目の当たりにするのが怖くて、目を逸《そ》らし続けた。

そもそも、モリソン先生はこんな女性だっただろうか。厚く塗られた化粧に真っ赤な唇。香水の匂いもきつくなっていた。改めて見ると最初の印象とはかなり変わってしまった事に気付き、愕然《がくぜん》とした。

ねっとりと絡み付くような視線に、一時は尊敬すらした先生に嫌悪感を覚える。

逃げ出すようにその場から離れた。その日は体調が悪いと嘘をついて、授業を終わらせてもらった。先生が残念そうに帰っていく姿を窓から見て、思わずホッとした。

正直、もう二度と会いたくない。

だけど、母は先生が来るのを毎日楽しみにしているし、彼女のお陰で元気になっているのも事実だ。人柄が良く優秀な人物だと皆も思っている。僕の違和感を訴えた所で、誰が理解してくれるのか……。

それからしばらくは体調不良だと偽りモリソン先生の授業を休んだが、いつまでも仮病は通用しない。母に何かあったのかと心配されたが、言い出せないまま授業を再開する事になった。

半月ぶりくらいに会った先生は、全く別人のように見える。気のせいであって欲しいと願ったが、やはり彼女の目の奥には言いようのないおぞましさがあり、彼女が僕に必要以上に触れるのも異様としか思えなくなった。

「モリソン先生。勉強の妨《さまた》げになるので、もう少し距離を取って座って頂けますか？」

何度もそう訴えるも笑って取り合わない。

「ルディは恥ずかしがり屋なのね。ふふっ、大丈夫よ。気にしないで」

的外れな答えしか返ってこない事に恐怖を感じる。

ある日の授業で、我慢の限界に来た僕は思いの丈《たけ》をぶちまけた。

「もうやめてください！　必要以上に僕に触れないで！　我慢の限界です！　不愉快《ふゆかい》です！」

先生は振り払われた手を押さえ、驚いたようにこちらを見ている。

どうにか穏便に済ませたかったけれど、やんわり言っても話が通じないんだ。これくらい言ったら分かってくれるだろう。

しばらく考え込んだ先生は不思議そうに言った。

「ルディ、怖がらなくていいのよ。私達は愛し合っているのだから。貴方《あなた》の『番』なんだもの」

――愛し合っている!?

その言葉に衝撃を受ける。

僕が愛していると思っているのか？

それに、何と言った？　『番』だと？

あり得ない言葉に怒りが込み上げてくる。

「僕は愛してなどいない！　貴女《あなた》はネットと結婚しているじゃないか！　ふざけるな！」

そう叫ぶとその場を走り去った。

もう限界だ。

あの人には家庭教師を辞めてもらおう。

唯一心が痛むのは母の事だけ。あの人は母の事も裏切った。

母に知られずに二度と会わないようにするにはどうしたらいいのか。本人を説得して自ら辞めてもらうのが一番いいのだけれど、それは無理だろう。

父に事実を打ち明けて対処してもらうしかない。父は母が悲しむであろう事は、全力で排除するに違いないから。

公務で留守にしている父は確か明日の昼には帰ってくる。学校から帰ったらその足で父に相談しようと僕は誓った。


次の日学校が終わった僕は、足早に帰路についた。一刻も早く父に相談してあの人との関わりを絶ちたかった。

屋敷に着くと侍女《じじょ》のリズが慌てたようにやって来た。

「ルディ様！　先ほどキャンベル夫妻が突然いらっしゃったのですが、何か様子がおかしいのです」

その名に心臓がドクンと鳴る。

何故、今日は授業がない日なのに。

「二人はどこへ？」

「奥様の元へ向かわれました。お約束がなかったのでお待ちするようお願いしたのですが、キャンベル伯爵が止めるのも聞かず……。その様子が普通では無かったので旦那様にも急いでお伝えしたのですが……」

よりにもよって、母の元へ。

嫌な予感がして、無我夢中《むがむちゅう》で走り母の部屋を目指す。

勢いよく扉を開けると、涙する母、母の肩を抱いている父、そして神妙《しんみょう》な面持ちのキャンベル夫妻が居た。

全員がこちらを見てはっと息を呑むのを感じた。

「ルディ！　来てくれたのね！」

沈黙を破ったのはモリソン先生だ。

こちらに駆け寄って来ようとするのを、ネットに腕を摑まれ遮《さえぎ》られる。

「痛い！　ネット離して！」

暴れて腕をほどこうとするが、ネットが険しい顔をして腕を摑み続ける。

「モリソン、少し落ち着くんだ」

「落ち着いてるわよ！　だからこの手を離して！　ルディの元へ行かせて！」

——僕の元へ？　嫌だ。

怯《おび》えた表情で青ざめる僕に気付いたのか、父が僕に歩み寄り肩を抱いて母の方へと連れて行く。

母は泣いていたが、僕が近くに来るとそっと手を握った。

状況が呑み込めていない僕はどうすればいいのか、戸惑いを隠せなかった。嫌な予感だけが頭に渦巻く。

「ルディ、君に関係のある話だから、誠心誠意真実を答えなさい」

父が肩を抱いた手にグッと力を入れる。

「……っは、はい」

「僕から話をさせてください」

そう言うとネットが僕に向き合う。

「……妻が……僕と離縁したいと言ってきたんだ」

「離縁……」

一瞬、何を言っているのか理解できなかった。

「妻は……君と愛し合っていると言っている。だから私とは離縁したいと……」

「嘘です！　愛し合っているなんてあり得ません！」

遮るように言葉を被せる。

「だが、君と愛を交《か》わし合っていると……」

「やめてください！　そんな事実は一切ありません！」

昨日の事を言っているのだろうか？　何故あの出来事をそう解釈できるのかが分からない。あまりの出鱈目《でたらめ》に目眩《めまい》がする。するとモリソン先生が金切り声を上げげた。

「ルディやめて！　そんな嘘言わなくていいのよ！　もう正直になっていいの！　私は離縁して貴方だけのものになるから」

「先生……どうして分かってくれないのですか。昨日も言いましたよね。『僕は愛してなどいない』って！　もうやめてください！」

はっきりと伝えたのに何故こんな事になるのか、どうしてこうも言葉が伝わらないのかと怒りが込み上げる。しかし、モリソン先生はうっとりと夢見るような瞳で僕を見る。

「ええ、昨日言っていた事……貴方が言いたい事は分かっているわ。『貴女はネットと結婚しているじゃないか！』って言ってくれたわよね。そうよね。私が愛しているのはルディだけだけど、まだ形式上はネットの妻ですもの。ルディが嫉妬《しっと》して怒っちゃうのも仕方ないわよね。でももう大丈夫よ。ネットとは離縁するから！　貴方だけの『番』になるから安心して」

この人はおかしくなってしまったのだろうか。僕を見つめ嬉しそうに話す姿に吐き気を覚える。

父が僕の背中をさすり「大丈夫だ」と耳元で呟く。母も僕の手を強く握ってくれている。

「大体の事は理解した。モリソン先生、貴女には失望した。息子はまだ十歳だ。子供をそんな目で見るなんて常識ある大人としてあり得ない」

父が僕の言い分を信じてくれていることにホッとする。

「オーソン様、仰《おっしゃ》る事は分かりますが、でも私とルディは運命の『番』として、強く愛し合っているのです！」

モリソン先生の訴えに父がフゥーッと大きなため息をつき、心底軽蔑したような眼差しを向ける。

「貴女がルディの『番』である訳がない。獣人ならば分かる事だ」

「どうしてそんな酷い事を！　ルディは私を愛してくれています！」

「では、聞くが息子が貴女を『番』と言ったのかね？」

父が怒りを抑え、何とか説き伏せようとしているのが分かる。僕と母は固く手を握り固唾《かたず》を呑んで見守る。

父のぎらぎらと燃える金色の瞳に冷静さを取り戻したのか、はたまた怖《お》じ気《け》づいたのか、モリソン先生が初めて視線を彷徨《さまよ》わせる。

「……いえ、はっきりとは……でも私だけに優しく笑いかけてくれますし、二人で居る時も楽しそうですし、私の事が好きだと言ってくれました」

「それは違います！　先生の授業が好きだと言ったのです！」

我慢できず反論する。

「たとえ百歩譲って『好き』だと息子が言ったとして、優しく笑いかけたとして、何故それが男女の『愛』になるのだ？　相手は十歳の子供だ。無邪気に好きだと言う事もあるだろう！　ましてや『番』だなんて、いい大人がそこまで自分に都合良く解釈する事が異常だと思わないかね？」

「っ……でも」

なおも食い下がるモリソン先生に父が激怒する。

「黙れ！　お前は自分がしている事を分かっているのか！　自らの欲を抑える事なく、息子に押し付け恐怖を与えているのだぞ！　恥を知れ！」

獣人である父の咆哮《ほうこう》のような怒鳴り声が響く。

父が僕を信じてくれて、こんなにも怒ってくれて嬉しかった。

父の逆鱗《げきりん》に触れ、恐れをなしたのかモリソン先生はそれ以上反論しようとしなかった。小刻みに震え「でも……だって……」とブツブツ呟いていたが、ネットに連れられ屋敷を後にした。

「ルディ、ごめんなさいルディ。私のせいで……私があの人と友達だったばかりに……」

辛そうに泣く母に胸が締め付けられる。

「違います！　母上のせいではありません」

悲しませたくなかったのに、この事態を一番避《さ》けたかったのに、不甲斐《ふがい》ない自分に腹が立つ。

「ルディ、我々『獣人』は唯一無二の『番』に愛してもらう為に『人間』にとっては魅力的な容姿をしている。その事はお前自身も分かっていただろう？」

父の言葉にコクンと頷《うなず》く。

「お前の容姿に惹かれる『人間』がこれからも近寄って来るだろう。今回のように自分に都合よく思い込む人間は珍しくない。お前が少しでも隙を見せるとそこにつけ込んで来るんだ」

そうだ。僕が隙を見せてしまった。

「……今回は私のミスだ。女性とはいえアンナの友人で結婚もしているからと甘く見ていた。怖い思いをさせてしまってすまなかった」

ブンブンと首を振る。父のせいではない。

「今後、同じような事が起きないよう、お前自身がしっかりと『人間』を見極めなければならない。

分かったな？」

「分かりました。今後気を付けます。すみませんでした」

父の言っている事が身に染みて分かった僕は、泣きながらそう言った。

格上の、しかも最高位の貴族令息に不貞を働こうとしたのだからこのまま無罪放免とはいかない。

数日後、モリソン・キャンベルの処分が決まった。

僕自身に実害がなかった事と、事を公《おおやけ》にしてしまうと僕の将来に傷が付きかねないと判断した父が、処罰を公的機関には託《たく》さない代わりに決めた処罰。それは一生、北の外れの修道院で過ごすというものだった。

先生が修道院へ送られる前日に、ネットが謝罪に訪れた。

ふくよかだった頬はげっそりとし、体も一回り小さくなった気がする。ブラウンの髪も一気に白髪が交じって老け込んだように見えた。

最後に僕と話がしたいというので、応接室で二人で向き合う。父は僕も責任の一端として向き合うべきと判断したのか、ネットと二人になることを了承した。

「ルディ君……モリソンの事は本当にすまなかった。僕がおかしいと気付くべきだったのに……」

「いえ……」

この人は悪くないのに、かける言葉が見つからない。

「モリソンとは離縁したよ。彼女もそれを望んでいたからね……彼女はまだ君と愛し合っていると信じているみたいだ」

「……」

「――君は、君は悪くないと分かっているんだ。頭では分かっているんだけどね……」

ネットは俯《うつむ》き膝の上で組んだ手が震え出す。

「僕はモリソンを本気で……心から愛していたんだ。僕の人生の伴侶《はんりょ》だったんだ」

ポタポタとネットの手の上に雫が落ちる。彼は流れる涙もそのままに頭を上げ僕を見据《みす》えた。

「私は私の愛する妻を奪った君の事が、憎くて仕方がないよ」

その瞳には憎しみが滲み、昔の優しい目をしたネットはもう居なかった。

僕は『人間』が伴侶を裏切るなんて思ってもいなかった。愛し合って結婚したなら尚の事、獣人の『番』のように一生添《そ》い遂《と》げるものだと思っていた。

あの人は伴侶を裏切るだけではなく、僕が言った言葉で易々《やすやす》と捨ててしまった。

『人間』の心の移ろいやすさが怖い。でも僕の『番』も『人間』だ。

運良く見つかったとして、奇跡的に愛し合えたとして、その先『人間』である『番』が心変わりしないと、モリソン・キャンベルのような『人間』でないと誰が言い切れるだろう。

愛する人に裏切られたネット。あの絶望する姿は将来の僕の姿かもしれないのに……。


心労がたたったのだろうか。それから、母はさらに頻繁に体調を崩すようになった。

毎朝会えていたのに、体調不良を理由に会えない日が増えていった。

会う度細く、弱くなっていく姿に心を痛める。

父は仕事を休み母に付きっきりになり、母に関する事は何をするにも父の許可が必要になった。

息子の僕でさえ自由に会えない。気分転換に母と外へ散歩に行きたいと言うも却下。母の友達を呼ぼうと提案するも却下。母を部屋から出すことも禁止された。

思えば、昔から母は屋敷に籠《こも》りがちであまり外の世界へ行かない人だった。行かない人だった訳ではなく、父に許可されなかったのでは……。最近の父を見て、そんな疑念が頭の片隅に生まれた。

女性が好む社交パーティーやショッピング、旅行など、母が楽しんでいた記憶はない。ただひたすらこの家で父を待ち、父の為に時間を使っていた。

──三日ぶりに母に会えた時、胸の中のモヤモヤに蓋《ふた》を出来ず、思い切って聞いてみた。

「母上。母上はもっと自由に外に出て、自由に過ごしてみたいと思わないのですか？」

母はその質問に驚いたような顔をする。

「どうしてそんなこと聞くの？」

「……僕は、父上が母上をこの屋敷に閉じ込めてしまっている気がしてなりません」

僕の言葉の意味を理解するのに母がしばし固まる。

母は少し考えてから言葉を発した。

「そう……そうね。ルディの言う通りかも知れないわね。お父様は私を閉じ込めておきたいのでしょうね」

母が認めた事に少なからずショックを受ける。やはり、父は母の行動を制限していたんだ。

「父上は異常です。母上を監禁しているのと一緒です」

「ルディ、監禁だなんてそこまで不自由ではないわ。私は軟禁くらいかしらね」

クスクスと冗談ぽく母が話す。カッと頭に血が上り、僕は声を荒らげてしまう。

「母上はそれでいいのですか!? 自由を奪われて、この屋敷に縛り付けられて！」

母が体調を崩しがちなのもこの環境のせいなのかもしれない。そう思うと怒りが込み上げてきた。

「ルディ……心配してくれているのね。でも大丈夫よ。私が選んだの。私がこの幸せを選んだのよ」

「……幸せ？」

「そう。ルディにはまだ分からないかもしれないけれど、将来ルディの『番』が見つかったらきっと分かるわ。お父様の事も私が言っている事も」

そう言って母は寂しそうに微笑《ほほえ》んだ。

数週間経《た》ち、母は食事も話すことも儘《まま》ならないようになり、父は母の部屋に籠りきりになった。

部屋に入ることが許されるのは僕と女性医師だけだ。彼女は毎日やって来ては簡単な診察をして帰っていく。薬もいつも同じものを処方するだけ……。

母がこんなにも苦しんでいるのに、果たしてこの医師に任せておいていいのだろうかと疑問に思った僕は一人で母を診てくれる医師を探す事にした。

数日かけ、名医と呼ばれる医師が隣町に居ることを突き止めた。

診察を依頼しようと思うも数ヵ月待ちだという。何の権力もない子供の僕ではどうしようもない。

だから父に報告して力を借りようと思った。母の為ならどんな事でもするだろうから。

「父上！　折り入ってお願いがあります。隣町のアダム・マグリルナという医師が名医だと聞きました！　どうか、母上を診てもらう事は出来ないでしょうか？」

父を母の寝室から呼び出し、懇願《こんがん》する。この医師に診てもらえばきっと、母の病も良くなる。そう説得した。

「……アダム……」

しかし父は少し考え込み「それは必要ない」と答えた。まさかの返答に動揺する。

「……えっ、ど、どうしてですか⁉　彼はこの国でも屈指《くっし》の名医なのですよ！　診てもらえば母上の病もきっと治ります！」

このままあの女性医師に任せてしまえば母の回復は見込めない。そんな事は父も分かっているだろうにどうして拒否するのか、理解が出来ない。

「アンナを他の医者に診てもらうつもりはない」

父が再度きっぱりと拒否する。

「何故です⁉　母上がどうなってもいいと言うのですか？　あらゆる可能性を試してみるべきではないですか！」

「アンナがどうなってもいい訳が無かろう！　口の利き方に気を付けろ！」

「ならどうして、他の医師に診てもらわないのですか⁉」

「……アンナは私の『番』だ。他の男になど触れさせてなるものか！」

僕は愕然とした。父は今何と言った？

まさか、そんな馬鹿げた理由で名医に診てもらう事を拒《こば》んでいるのか？　最愛の『番』が死にかけているのに、そんな事を気にしているのか？

「そんな事を気にしている場合ではないでしょう！　このままでは母上がっ……」

「うるさい、お前に何が分かる！　アンナは私の妻だ！　お前の母である以前に私の『番』だ！アンナの事は私が一番分かっている。口出しをするな！」

父が激昂《げっこう》する。父は本当に母を愛しているのだろうか。『番』に対する執着、独占欲は本当に愛なのだろうか。

——それから間もなく母が死んだ。

母を閉じ込め、弱らせ、殺したのは、獣人である父の異常な愛のせいだと思わずにはいられなかった。

そうして俺は十六歳になり『セントラル学院』へ入学する事になった。

『番』の可能性が高いとされる魔力持ちの令嬢も通う学院らしい。

共学と聞いただけで煩《わずら》わしい事態になると目に見えている。入学したくないと国へ直訴したが、却下された。「やっと共学だ！」と喜んでいたベンガルの気が知れない。

五年前に母が死んでから、父とはほとんど口を聞かなくなった。

父の愚《おろ》かさが母を死に追いやったのだという思いが消えない。

『番』を失った父の絶望は深く、あんなに厳しく強かった父が目も当てられないほど無惨な状態だった。もはや『番』に関すること全てが恐ろしかった。

入学式当日、早速名前も知らない令嬢達に取り囲まれる。

幼少期ほど理性がない接し方ではないが、家名や権力という知識をつけている分、その媚《こ》びがねっとりとして感じる。

皆が自分の名前を呼び、自分の事を知っている状況に不快感しか抱かない。

「……ベンガル……何故皆が俺の事を知っているんだ？」

「そりゃあ、超エリートで超金持ちのスーパーイケメン獣人様は有名だよ。あれ？　ルディ知らなかった？　巷《ちまた》じゃファンクラブとかあるみたいだよ」

「スーパー……？　誰の事だそれは」

「ルディに決まってるじゃん！　これまで男子校に通っていて私生活が謎のスーパーイケメン公爵子息獣人様が共学に通う事になったって、ご令嬢達が大騒《おおさわ》ぎしてるんだって！　あ、僕もね、ファンクラブがあるみたい」

こいつはどこから情報を仕入れてくるのか。

「どうでもいいが、皆、距離が近いし馴《な》れ馴《な》れしいしとにかく香水臭い。最悪だ」

何よりあの目が気持ち悪い。

「まあまあ、これから二年間通うんだよ？　最初からそんな本性出さないでさ、ちょっと我慢して大人の対応しようよ。キーライ、お前もそう思うだろ？」

「……まぁ、ルディの気持ちも分かりますが、ベンガルの言う事も一理あります。これから共学で学ぶんですから、社交界にも影響しますし少しは愛想《あいそ》良くした方がいいかと」

てっきり助けてくれると思ったキーライにしれっと言われて、眉間《みけん》にしわを寄せる。

心底面倒臭い。愛想良くした所でいい事なんてない。

二年間もこの状況が続くかと思うだけでうんざりする。

周りを取り囲む令嬢とは目を合わさず、会話もしないよう努《つと》める。

ここまで無視されても必死に機嫌を取りに来る神経に呆れるが、ベンガルが適当にフォローしているから俺の真意が伝わってないのかもしれない。

ふと、遠くに目をやると、淡いアメジスト色が目に入った。

それは長い艶やかな髪色で、ほんの一瞬、その持ち主と目が合い思わず息を呑んだ。

透き通るような白い肌に薄いブルーの瞳、形の良い唇——純粋に美しいと思った。

生まれて初めて『人間』に見惚《みと》れた。

初めての感情に戸惑いを感じたが、深く考える事はやめた。

関わりを持たなければすぐに忘れるだろうと思ったが、あろうことか彼女は同じクラスだった。

彼女の名前はセイナ・アイリソン。

『人間』として優秀らしく次席の成績で、自分のペアになった。

美しいとは思ったが、だからといって親密になりたいなんて思わない。他の令嬢達と同じく喋りかけられても最低限しか関わりを持たない事にした。

だが、毎回ペアになると律儀に挨拶《あいさつ》をしてくる。ここまで冷たくすると大抵は話すことを諦《あきら》めるものだが……。

ペアも早々に解消になるかと思ったが彼女は成績を維持《いじ》し続けた。

彼女の薄いブルーの瞳は美しく純粋で、目の奥にあの嫌なものはなかった。

そしてある時から、彼女からはとてもいい『匂い』がする事に気付いた。

ペアで席が近くなった時にほのかに香る程度だが、香水とは違う何とも言えない惹き付けられる『匂い』だ。

令嬢達のきつい香水が充満する教室で、彼女の『匂い』だけは異質だった。

——獣人は十八歳になると『番』が『匂い』で分かる。

その事実は知っているが、これは違う。俺はまだ十八歳にはなっていない。大丈夫だ。そう、自分に言い聞かせた。

ある日、ベンガルがセイナ・アイリソンと喋っている所に遭遇した。

——あいつはクラスも違うのに、何を話す事があるんだ？

人当たりが良く、女受けのいいベンガルは誰とでも親しげに話す事は分かっていたが、何故か不愉快に感じた。

彼女達と別れたベンガルに彼女の『匂い』について聞いてみる。ベンガルも感じたに違いないと思った。

だが、答えは違った。

何も匂わなかった、と。

獣人の嗅覚であの匂いが分からないなんて事があるだろうか。あんなにはっきりと香っているのに……。

心がざわつくのを感じた。

そして『女神の祝福の日』。この日は想いを伝えたい相手や感謝を伝えたい相手にプレゼントを贈る日だ。自分には関係のない日だと思っていたが、ベンガルに釘を刺された。

「ルディ、女の子達が張り切ってプレゼント持ってくると思うけど、今日だけはちゃんと受け取らないと駄目だよ」

この国では『女神の祝福の日』は特別で気持ちの籠ったプレゼントを渡されたら、たとえ誰からでも受け取るべき風習がある。

気持ちの籠ったものなら尚更受け取りたくないが、伝統を軽んじる行動は公爵家の評判にも関わると、ベンガルだけでなくキーライにも説得された。

入学して一年近く、『人間』を寄せ付けないよう距離を取ってきたが、それでも沢山の令嬢がプレゼントを渡しに来る。

この日だけはと我慢するが、いつもよりきつい香水の匂いに頭が痛くなる。

とにかく疲れた。その日の授業でペア作業があり、セイナ・アイリソンと並んで座る。

今日は特に彼女の『匂い』が助かる。

いつもは最低限の会話で淡々と作業を進めるだけなのだが、突然彼女が話しかけてきた。

「あの、すみません。ベンガル様にちょっと……プライベートな事をお聞きしてしまって……」

筆を持つ手が止まる。

――プライベートな事？

何の事だか分からず、次の言葉を待つ。

俺の苛立《いらだ》ちを感じ取ったのか、彼女が少し躊躇《ちゅうちょ》するのを感じた。

「貴方がこのような冷たい態度を取るのは、優しくしたり親しくなったりして女性に勘違いをさせない為なんだと分かりました」

――は？

「ちょっと自意識過剰なんじゃない？　と思わないでもないですが、その容姿と周りの反応から見て、そうなるのも理解出来ます」

――ベンガルが何を話したのか何となく想像はついた。

殺す。あいつは殺す。絶対殺す。よりにもよって彼女に話すなんて――！

「それでですね、私からの提案なのですけど……私は貴方に絶対惹かれたりしません。絶対、好きになったりもしません。勘違いなんてしないと誓います。だから安心してもう少し私と対話が出来るようになって頂けませんか？」

彼女の言葉に一瞬、思考回路が止まる。

――絶対好きにならない。

この言葉に驚き、反射的に顔を上げて彼女の方を見た。

この至近距離で初めて目が合ったように思う。

薄いブルーの瞳、整った鼻筋、ピンクの小さな唇、白い肌に映えるアメジストの髪。全てが驚くほど純粋で美しかった。

自分の感情に驚き戸惑う。

自ら彼女と距離を取って、嫌われても構わないと思っていたのに、何故彼女の言葉にこんなにも心を乱されるのか。

彼女の言っている事は正しい。自意識過剰と取られても当然だ。彼女の言う通り、好意を持たれては困るから『人間』に冷たく接している。

だがその心配がないなら必要以上に冷たく接する必要は無いのだ。

彼女がそう断言するならそれを拒む理由はない。

自分の動揺を抑えるように、ふーっと一息ついて。

「……分かった。これからは君との会話はちゃんとするように心掛ける」

そう答えた。


新学年になったが、成績順の為セイナ・アイリソンとは同じクラス、ペアのままだ。

彼女は優秀で努力家、そして真面目な人間だ。

自分の能力に驕《おご》ることなく謙虚《けんきょ》で必死に頑張っている。恐らく、成績首位を狙っているのだろうが……こちらも公爵家を継ぐ者として易々と負ける訳にはいかない。

これまで、自分に追随《ついずい》するような『人間』は居なかった。

気を抜くと負けるかもしれない。そう思ったのは彼女が初めてだった。その事が自分でも不思議なくらい、いい気分だった。

しばらくして、学院でセイナ・アイリソンが暴力事件を起こしたと騒ぎになった。

どうやらずっと嫌がらせを受けていた子爵令嬢《ししやくれいじよう》に、初めて反撃に出たらしい。

ベンガルやキーライから、自分の取り巻きである貴族令嬢達が彼女に嫌がらせをしているとは前から聞いていた。恐らく自分とずっとペアでいる事を嫉妬されたのが嫌がらせの原因だという。

何とも馬鹿馬鹿しい的外れな思考に呆れた。

彼女がペアなのは並々ならぬ努力の結果であって、その動機はやましいものなどではないのに。

自分の物差しでしか物事を捉《とら》えない愚かな貴族令嬢達に嫌悪感を覚える。

事態は把握《はあく》していたが、特に動くつもりはなかった。報告を受けた時も「そうか」と一言だけ答えた。

彼女を特別視するつもりはない。自分が原因かもしれないが、それに抵抗する力が彼女にはあるのだから。その力を発揮せず甘んじて嫌がらせを受けているのは彼女の怠慢《たいまん》にすぎない。

——そう思い続けていたので、今回反撃に出た事はスッキリした。やっとか、という思いだ。

「手は出していない。頭突きだから」

という彼女の言い分を知り、吹き出しそうになる。その場にベンガルが居なければ腹を抱えて笑っていただろう。

とにかく、どちらも暴力を振るったという事で痛み分けになるかと思ったが、相手の子爵令嬢が親に泣き付き厄介《やっかい》な事になったそうだと知らされた。

平民が貴族に暴力を振るう事は許されない。そんな市井《しせい》の法律を振りかざして処罰を求めているらしい。

自分の悪行を棚に上げて親の権力で相手を貶《おとし》める女と、娘可愛さに言いなりになる父親。貴族という人種はどうしてこうも傲慢《ごうまん》なのだろうか。

学院もセイナ・アイリソンを庇《かば》う方向で動いているが、法律を盾に取られると難しいだろう。恐らく退学は免《まぬが》れない。

——退学。

一瞬、このまま彼女と会えなくなる事が嫌だと思った。

同時にその自分の感情に言いようのない不安を覚える。

今まで『人間』にこんな感情を抱いた事はなかった。何故、彼女の事になるとこんなにも心を乱されるのか。このまま会えなくなる方が自分の安寧《あんねい》の為にいいのでは……。

そう考えあぐねていると、ベンガルがセイナ・アイリソンを助けるよう言ってきた。

どうやら彼女の友達に頼み込まれたらしい。

「元々はルディのせいなんだから助けてあげようよ。僕が動いてもいいんだけどさぁ、ややこしくなりそうじゃん？　相手を黙らすには絶対権力が必要なんだよね」

「……」

「マリーちゃんに聞いたんだけどさ、セイナちゃんは実家から虐《しいた》げられて帰る所もないし、この学院で学んで将来一人でも生きていける力をつけようと頑張ってるんだって。泣けるよね。僕、そんな健気な彼女をこのまま見過ごす事は出来ないよ。だからさ、助けてあげ――」

「分かった」

食い気味に声が出た。

彼女が必死に頑張る理由が腑《ふ》に落ちた。

彼女はのうのうとこの学院で過ごしている自分や他の生徒達とは覚悟が違うのだ。ましてや、あの愚かな子爵令嬢の見当違いな醜《みにく》い嫉妬のせいで彼女の将来を潰してはならない。

即、父に了承を得て公爵家の名の下に意見書を提出する。

彼女が嫌がらせを受け続けていた事やその理由も周知の事実で、自分が動くのにそこまで不自然さは無かった。

意見書の最後に『今後もセイナ・アイリソンに同じような嫌がらせを続けた場合、公爵家が相手になる』との一文も付け加えた。意見書の文面については他言無用だとも。

あともう一人、ベンガルに口止めをしておく。

以前、軽々しく俺の事を話すなとぶちギレてやったから分かっているだろうが、釘を刺しておかないとこいつは何でも喋りかねない。

彼女を助けただなんておこがましい。俺は一時は、自分の安寧の為に、彼女を見捨てようと考えたのだから。


――日を追うごとに彼女の『匂い』が強くなってきている。

初めは近くにいてもほのかに香る程度だったのが、次第にはっきりと感じるようになり、最近ではある程度離れた距離でも分かるようになってきた。

もしかしたら彼女が『番』なのだろうか。日ごと疑惑は強くなる。

だが、獣人は十八歳になってから『番』の『匂い』が分かるようになる。その教えの通りなら違うはずだ。

俺は『番』を見つける気もなければ、人生の伴侶として共に生きる気もない。

獣人が『番』に縛られる人生は真っ平だと思った。

一年前、彼女に会って違和感を覚え始めてから、もしもの事態を想定して対策を講じ始めた。彼女が『番』であろうがなかろうが、今後を考えると動くのは早い方がいい。

獣人は『番』に出会った末に結ばれる事がなければ《ヒート》状態になる。

自我を失い、次第に精神が獣と化してゆく。

それがもし、高い魔力を保持する自分だとしたら尚更。

全てがごめんだと思った。

俺は《ヒート》状態を乗り越えてみせる。そして『番』無しの人生を送る。そう、決めた。

その日から、《ヒート》状態の自分を閉じ込める魔法の研究を始めた。

新緑《しんりょく》の月になり十八歳の誕生日を迎えた。この日から、一層周りが騒がしくなり始めた。

日替わりで知らない女達がこちらをじっと見てくる。

何か用があるのかと目を合わせようものなら嬉しそうに近づいてきては『番』がどうこうと、意味の分からない事を話しかけてくる。

要は、自分が俺の『番』かもしれないと言いたいらしい。

今まで徹底的に周りと距離を置き、下手な期待を持たせないよう冷たくあしらってきたのに十八歳になった事で全てが台無しかと苛立つ。

十八歳になった事による変化はもう一つある。

セイナ・アイリソンの『匂い』が変わった。

自分が成獣になったからだろうか。今まで感じた香りがより一層濃くなった感じがする。近くに居るとクラクラして、自分が酔っているような恍惚感を覚える。

ペア作業の日は最悪だ。香りに酔い、気分がおかしくなる。

彼女の白い首筋を見ると、かぶり付きたくなる衝動にかられる。

興奮状態にあるのか、次第に眠れない夜が続くようになり、体調が悪くなる日が多くなった。学院を休む日が増え、心配したベンガルが医者に診てもらえとうるさかった。

ベンガルやキーライには彼女の『匂い』の事を話す気はない。あいつらに『番』かもしれない存在を知られてしまったら計画が全てぶち壊しだ。

だが結局体調の悪さには勝てず、ベンガルのしつこさに根負けして医者に診てもらう。

診断結果は、成獣になった事による《成獣病》で、俺はホッと胸を撫でおろした。

久々に登校したある日の昼休みに同じクラスの男達が話しかけてきた。

「オーソン様はどのようなご令嬢が好みなのですか？」

「…………」

自分にその話題を振るなと無言の圧力をかける。

基本、男女問わず距離を置いているが、貴族社会の関係もあり最低限の付き合いはしている。雑談もするが、最近では色恋の話題が多く辟易《へきえき》する。

「オ、オーソン様は『番』以外にはご興味が無いですもんね。失礼しました」

「申し訳ありません、オーソン様、こいつ今気になってる女の子が居て、どう口説《くど》こうか毎日そればかり考えているんです。失礼な発言を許してやってください」

発言した男——確かネイサンだったかは慌てて引き下がろうとし、ジェイテという男が何度も頭を下げながらフォローする。どちらも貴族子息だ。

「そうなんです。魔法小鳥で手紙を送って放課後に呼び出そうとしても、『忙しい』って返事しか返ってこなくて……」

「はは、それはもう完全に脈無しって事だよ！　オーソン様もそう思いますよね？」

二人で楽しそうに話しているが、どうでもいい話題すぎて適当に相槌《あいづち》を打つ。それを好意的に受け止めたのか、ジェイテがネイサンの肩をバシバシ叩きながら笑う。

「その子は平民だから結ばれるのは難しいし、諦めた方がいいと思うんですけどね。言っても聞かないんですよ！　オーソン様からも言ってやってください」

「でも、あんなに綺麗な子は初めて見たんだ！　クラスの大半が狙っているみたいだし、結婚どうこうは今はいいから、早くしないと誰かに先を越されてしまうだろ！」

相手が平民なら結婚は難しいだろう。まともな女なら、将来の責任も取れないような貴族との恋愛は敬遠するだろう。愛人でもいい、という女なら別だが。

「それで、その……次の休日にでも彼女をデートに誘いたいのですけど……オーソン様にアドバイスを頂きたくて」

「アドバイス？」

何故、俺なのだ。自慢ではないが、俺は恋人なんて出来たこともないというのに。

「ええ。その子はセイナ・アイリソンなんです。オーソン様はずっと彼女とペアですよね？　それで何か彼女の好きなものとか、デートに誘うのにいい情報はありませんか？」

その名を聞いただけで体温が上がる。

——この男は何と言った？

将来の責任を取る気もないのに、彼女に手を出そうとしているのか？　ふざけるな！

自分の奥底から抑えきれない、どうしようもない怒りが込み上げてくる。

目の前でへらへら笑う男をどう抹殺しようかと一瞬考えたが、何とか理性を取り戻す。

アドバイスが欲しいならくれてやるしかない。

「……セイナ・アイリソンねぇ……」

蔑《さげす》み憐《あわ》れむような顔で、馬鹿にしたような笑みと共にこう答えた。

「俺が君なら、彼女を誘うなんてあり得ない」

――そう、俺がもしお前だとしたら。

お前のような浅はかで愚かで無能な男だったとしたら、恐れ多くて彼女に懸想《けそう》し、手に入れようとするなんてあり得ない。

そういう意味で皮肉を籠めて言ってやった。

ネイサンもジェイテも、俺の発言にポカンとしている。周囲で聞き耳を立てていた令嬢も目を丸くしている。

自分の無能さに気付いていないこの男は真意を理解しないだろう。それでいい。

公爵家の俺が拒絶したという噂《うわさ》が周りに広まり、彼女に群がるハイエナ達も食欲を削《そ》がれるだろう。

彼女が他の男に取られるかもしれない。それを考えただけで激しい怒りが込み上げてくる。

今まで生きてきて初めて感じる自分の感情に、どう対処したらいいのか分からない。

あれは俺のものだ。――咄嗟《とっさ》に、だが当然のように思った。

この体調不良が《成獣病》だとしたら、魔力コントロールが不安定なせいで説明のつかない症状が現れることもあるかもしれない。

しかし俺は、『番』かどうか関係なく『人間』としてセイナ・アイリソン自身に好意を抱いているのは間違いない。

彼女は出会った時から真《ま》っ直《す》ぐで真っ白で、尊敬に値する人物だった。

だからこそ、彼女だけは駄目だ。

この凶悪な欲望を彼女にぶつけて、真っ白な彼女を汚す事は絶対にあってはならない。

そう必死で自分を抑える日々が続く。

彼女に会うと自分の中の狂暴な獣が暴れ出す感覚に陥《おちい》り、それを抑え込むのに数日は苦しむ羽目になる。酷く疲れるが、何とかやり過ごすしかない。

学院を辞めてしまえば楽になるのかもしれないが、彼女との戦いを最後まで続けたかった。全力で挑んで来る彼女から逃げるのは、プライドが許さなかった。

彼女の近くに居る事が怖くペア作業の日は欠席するようにしていたが、ある日、久しぶりに登校した時に彼女が席に近づいてきた。

「あの……」と喋りかけられ、体が固まる。

体温が上がりドクンドクンと心臓が跳ねるように脈打ち、彼女から醸し出される芳《かぐわ》しい香りに頭が痺《しび》れそうになる。

必死で自分を落ち着かせようとするが、体が熱く、言う事を聞かない。

今、彼女の顔を見たら自分がどうなるか分からないと感じ、顔を上げることが出来なかった。

「体調が優《すぐ》れないようですのに、すみません。ペア作業の共同研究の件なのですが……」

そう言うと前に来た彼女がノートを机に置いて屈《かが》み顔を近づけたのか、彼女の淡いアメジストの髪が自分に触れるのを感じた。

瞬間、理性が飛びそうになり、咄嗟に片手で口を押さえる。

——俺は今、何をしようとした？

頭の中では彼女に飛び掛かっていた。

自分を制御できないかもしれない恐ろしさに震える。

早く彼女から離れなければ、いつまで理性を保っていられるか分からない。

「だっ、大丈夫ですか!?」

近づいてくる彼女を必死で制する。

頼むから来ないでくれ。

息も荒くなり自分が興奮状態になっていると分かった。

心配そうにこちらを見る彼女を見て考えるのは、その唇を塞《ふさ》ぎたい、その白い肌に吸い付き爪を立てたいという事ばかり。自分の頭が麻痺《まひ》していくように感じた。

——駄目だ、もう限界だ。

その場を立ち去ろうとするも、足元がふらつく。よろけてしまいそうになった時、彼女が「危ない」と手を差し出してきた。

「触るな!!」

咄嗟にその手を振り払う。今、彼女に触れてしまったらなけなしの理性が飛ぶ。

彼女はバランスを崩し机にぶつかってしまい、ガタンッ！　と大きめの音が室内に鳴り響いた。

はっと我に返る。

自分が振り払ったせいで彼女を傷つけてしまった。彼女の手を取って謝りたかったが、今はとにかく余裕がなかった。一刻も早くこの場を離れないと、自分の中の獣が暴れ出してしまう。

「すまない」

そう言うのが精一杯だった。

廊下に出て、彼女の『匂い』が届かない所までたどり着き、頭を抱え座り込む。

俺はきっと『あの目』で彼女を見ていたんだろう。自分が蔑んできた『人間』と同じだ。

悔しくて苦しくて、俺は獣のように呻いた。

それからまた学院を休むうち、葵紫《あおし》の月になり、セイナ・アイリソンが十八歳の誕生日を迎えた。

今日だけは学院に行って確認しなければならない。

本当に彼女が、俺の『番』なのか。

授業が始まっている時間に学院へ着き、教室へと足を進める。

建物に入り、少し足を進めた瞬間に、今まで感じた事のないほど強い香気に襲われ体が震え出す。

本能的に一瞬で理解した。

これは『番』の『匂い』で、この香りを醸し出してるのは彼女だ。

やはり、セイナ・アイリソンは俺の『番』だ。

――本当は、心の奥底ではとっくに分かっていた。

必死に目を逸らし続けたが、確信に変わった今、唯一無二の『番』を見つけた至上の喜びと、『番』を拒絶しなければならない地獄の苦しみを同時に感じた。

俺はふらつきながら来た道を戻った。

その日の夕方、いつものように放課後にベンガルが俺の部屋を訪れた。

「ルディは卒業パーティーどうするの？　あともう少しだけど、それまでに《成獣病》が治るか分からないよね」

お見舞いだそうだが、人の屋敷に来て一人で喋り倒して勝手に夕食をとって帰ってゆく。暇《ひま》なんだろう。

「……卒業パーティー？」

「そう。卒業パーティー。欠席するならパートナーにちゃんと連絡してあげないと」

「パートナー？」

ここ最近は対策魔法の考案と自分の体調不良で忙しく、学院の行事など全く頭に入れていない。

「ええ？　もしかして何にも把握してないの？」

「……」

「学院最後のパーティーだよ？　パートナーと一緒に入場して最初のダンスを踊るんだから出欠は大事だよ？　相手の子にも迷惑がかかるからちゃんとしないと駄目だよ」

そういえば、卒業前にそんなのがあるとは聞いた事がある。

パートナーとダンスは初耳だが……。死ぬほど興味がないが、相手が居るならそれなりの対応をしなければならない。

「パートナーはもう決まっているのか？」

「えー！　それも知らないの？　ルディ、ヤバいね！」

「うるさい」

不機嫌を隠さず答えると、ベンガルが嬉しそうに話し続ける。

「あははっ、怒らない怒らない。綺麗な顔が怒ると怖さ倍増だからやめて。教えてあげるからさ」

「お前はいつも一言余計だ。早く言え」

睨《にら》みを利かせるとベンガルは、はいはいと宥《なだ》めるように話し出す。

「卒業パーティーは男女別の成績順でパートナーが決まるから、ルディはお馴染みのセイナちゃんが相手だね」

名前を聞くだけで心拍数が上がるが、平静を装い話を続ける。

「……欠席の場合、相手はパートナーをどうするんだ？」

「ああ、その場合は誰かに代わりを頼むみたいだけどね。知り合いとか、親族とか、誰も頼めない場合は先生が相手を務めたりするみたい」

代わりに誰かが彼女のパートナーを務める。

別の男が彼女の手を取りダンスをする想像だけで、怒りが込み上げてくる。

『番』だと確信した途端、彼女に関する事になると感情が激しく動いてしまう。

「そういえば、ちょっと前に噂で聞いたんだけど、セイナちゃんが卒業パーティーのドレス、学院のレンタルを申し込んだんだって」

「レンタル……」

「そう。あんなの形だけで実際利用する人なんていないからさぁ、その事を知った貴族のご令嬢達がこぞって馬鹿にしてたよ。セイナちゃんに事情があるのは知ってたけど、実家はドレスも送ってくれないのかなぁ。可哀想だよね」

「…………」

「貴族が平民のパートナーの子にパーティー衣装とかプレゼントする事って結構あるみたいだからさ、ルディからプレゼントしてあげなよ」

ベンガルがいい事を思いついた、みたいな顔で提案してきてぎょっとする。

「……俺には関係のない事だ」

「冷たいなぁ。とにかくさ、セイナちゃんがドレスをレンタルしたって事は出席するんだろうし、ルディが欠席ならパートナーを探さないといけないだろうから、早めにどうするか連絡してあげなよ！」

じゃあ、と部屋を出て行く。下に降りて侍女のリズに夕食でもねだりに行くのだろう。

はぁっとため息をつき仰向《あおむ》けにベッドへ倒れ込む。

——どうするべきか……。

彼女の手を取りダンスをする。それは無理な話だ。一目見ただけで飛び掛かる自信がある。

かといって、彼女が他の男と——考えるだけで怒りが込み上げてくる。それだけはどうしても許せない。

彼女が他の男を見つめるのも、他の男が彼女の手を握るのも、彼女が他の男と肌を寄せ合いダンスするのも、美しく着飾った彼女に他の男が見惚《みと》れるのも——全て許し難《がた》い。

いっそ、彼女を攫《さら》ってきて誰の目にも触れないよう、屋敷の奥底に閉じ込めてしまおうか。

本気でそう考えている自分に気付きゾッとする。

——父と同じだ。

母を閉じ込めて自由を奪い——殺した父と。

『番』を見つけた今、父の気持ちが分かるようになった自分が恐ろしい。

決心がつかないまま、卒業パーティー当日になってしまった。

ベンガルに促《うなが》されたからではないが、結局セイナ・アイリソンにドレスとパーティー用の靴、アクセサリーを贈った。彼女に似合うだろう服装を選ぶ事は、思いのほか楽しかった。

ドレスを贈った事で、俺は出席すると取っているはずだ。ベンガルが勝手に報告してきた事だが、彼女は代わりのパートナーを用意してはいないらしい。

自分が行かなければ彼女は一人……。

正装に着替え準備はしたが、自分が行くべきかどうか決心がつかない。

明日の卒業式には出るつもりはないので、恐らく彼女に会えるのは今日が最後になるだろう。

数日後には騎士団に入団し、彼女とは別々の人生を歩む事になる。

一刻も早く見切りをつけたくて決めた事だが、最後にもう一度だけ、自分が贈ったドレスを着ている彼女が見たかった。

――願わくば彼女の手を取り、二人でダンスを踊りたい……。

迷っているうちに辺りは暗くなり、パーティー開始時間が迫っていた。こんな時間になってしまってはもう彼女は待っていないかもしれない。

学院の門が見える所まで来て足を止める。皆会場に向かったのか、周囲には人影が見当たらない。

引き返そうかと思った時、門の奥にある中庭に人が立っているのが見えた。

――彼女だ。

辺りはもう暗く、ここから距離がかなりあるが、はっきりと彼女だと分かる。

向こうからはこちらが全く見えないだろうが、獣人は夜目が利く上に視力が人の何倍もいい。

外灯のほのかな灯りに照らされて浮かび上がる白い肌に菫《すみれ》色のドレスがよく似合い、きちんと

施《ほどこ》された化粧が彼女に妖艶《ようえん》さを与えている。目がくらむほど美しかった。

何より彼女が待っていてくれた事が嬉しかった。

このまま全速力で彼女の元に駆け寄り、遅れた非礼を詫びながら手を取り、パーティー会場へ向かおう。

そうしたいのに、足が動かない。

理性と本能の狭間《はざま》で身動きが取れなかった。

こんなに遠く離れているのに、彼女の『匂い』を感じ、飛び付きたいと思う自分を必死に抑える。

段々と自分の中で『獣』の部分が大きくなっているのだと感じた。

隠れて彼女を見つめていると十九時の鐘が鳴った。パーティー開始の合図だ。

しばらく中庭を散策した彼女が、パーティー会場とは反対方向へ歩き出す。このまま寮へ戻るのだろう。

その姿を見てホッとする自分が居る。

もし、彼女が一人でパーティー会場へ行けば、多くの男が彼女に群がるだろう。

それは嫌だ。美しい彼女を誰にも見せたくない。

自分の我が儘で振り回してしまい、彼女に酷い仕打ちをしてしまった事は本当に申し訳ない。

だが、これで良かったのだと思う。

この二年間、彼女にとって自分は無愛想《ぶあいそ》で傲慢な鼻につく男だっただろう。最後にいい思い出を作りたいなんて自分勝手で最低な卑怯者だ。

ここまですれば彼女は俺を心底嫌うだろう。

だが、思い出にも残らないただの同級生より、嫌われた方がよっぽどいい。

この先の人生においてこの学院生活を思い返す時、苦々しい思い出と共に俺の事を思い出してくれるかもしれない。

歪《ゆが》んでいるかもしれないが、彼女が俺を忘れないでいてくれるなら——それだけでいいと思った。

◇　◇　◇

——目が覚めると、見た事のない豪華な天井が広がっていた。

はて？　ここはどこだろう。まだ寝ぼけているのかしらと目だけを動かすと赤毛のフワフワしたものが視界に入る。

とても懐《なつ》かしい、親しみのあるそれに触れて撫でると、「うーん」と聞き覚えのある声を発した。

この声、そしてこのフワフワの赤毛は……。

「マリー？」

声をかけると、赤毛のフワフワが跳ねるように起き上がった。

マリーがびっくりしたような、泣きそうな顔をしている。

どうしてマリーが居るのかしら？

やっぱりまだ夢の中なのかなと思っていると、彼女はボロボロと泣き始めた。

「セイナ！　目を覚ましたのね。良かった、ごめんねっ、私っ……私のせいで……」

「えっ？　えっ？　マリー？」

慌てて上体を起こし、ベッドの隣で泣くマリーの背中に触れる。

温かさを感じ、これは夢ではないと気付く。

「どうしたの？　マリー、何で泣いてるの？」

寝起きで頭が回らないせいか、状況が全く把握できない。

久しぶりに会えたマリーが何故泣いているのか、どうしてマリーが居るのか……。

――そもそもここはどこなの？

「セイナ、起きたばかりでごめんね。混乱してるよね」

「う、うん。何が何やら……」

ぐずぐずと鼻をすすり、マリーが私の手をぎゅっと握る。

「何も覚えてない？　ここはねオーソン公爵邸よ。セイナはルディ様に会いにやって来たの」

――オーソン公爵邸……。

――ルディ……ルディ・オーソン……？

マリーの言葉を頭の中で反芻《はんすう》しながら、出来る限りの記憶をたどる。

「……ルディ様の『番』かもって……確かめる為に連れて来られたのよ」

――『番』……。

その言葉でジワジワと記憶が蘇《よみがえ》る。

あの男の匂いや息遣いや体温、与えられた恐怖や屈辱や痛み、全てがはっきりと思い出された。

「……あ」

恐る恐る震える手を首筋にやると、包帯が巻かれているのが分かった。

マリーががばっと体を覆《おお》うように抱きしめてくれた。

「セイナ！　辛い事思い出させてごめんなさい！　大丈夫よ、もう大丈夫だから——」

「あの野郎……」

「……ん？」

「ん？」

マリーがきょとんとしている。何故かしら？

「あっ、ごめんね。ちょっと思ってた反応と違ったから」

「そうなの？　なんかごめん」

きっとマリーは私が無理矢理噛みつかれた事に酷くショックを受けていると思って、慰《なぐさ》めてくれようとしたのね。

確かに、とても怖かったし痛かったし、心身共にショックを受けた。

——でもそれ以上に込み上げてきたのは怒りだ。

だって、押し倒されて噛みつかれて——キスまでされてしまった。

正真正銘のファーストキスだったのに！

私だってそれなりにファーストキスには夢を持っていたのに、あんなに凶暴に奪われてしまった！　おのれルディ・オーソン！

どうして私がこんな目に遭わねばならないのか、怒りでふるふると体が震える。するとマリーがまた心配して手を握ってくれる。

「セイナ、体の方は大丈夫？　ベンガル様が医師を呼んで治癒《ちゆ》魔法をかけさせたみたいだけど、貴女あれから丸一日眠り続けたのよ」

「えっ!?　丸一日?」

そんなに眠り続けてしまったの?　そもそも今は家を出てどれくらい経っているのだろう。

「体は大丈夫。寝すぎたせいか、頭がちょっとうまく働かないけれど……それより、どうしてマリーがここに居るの?」

「昨日ベンガル様がね、今度はセイナの緊急事態だから来て欲しいって呼びに来てくださったの」

「ベンガル様が……」

「そう……道中に何が起こったのか説明されたわ。そしてセイナが目覚めた時、酷く取り乱すかもしれないから側にいてやって欲しいって言われたの」

「そう……」

「ごめんねセイナ。私がベンガル様にセイナの居場所を教えてしまったばっかりに……。もしもセイナがルディ様の『番』なら素敵だなって思っただけで、こんな事になるなんて」

またじわっとマリーの目に涙が滲む。決してマリーのせいではないのに……。仕事を休んでわざわざ来てくれた事に感謝しかない。

「泣かないで、マリーは何も悪くないわ。私が自分で決めてここへ来たのだから」

そう。私が自らここへ来たのだから、誰も責めるべきではないのかもしれない。

でも、色々納得できない事がある。

「ベンガル様はいらっしゃるのかしら?　ちょっと説明して欲しい事があるのだけど」

そう言ってベッドから出ようとすると慌ててマリーが止める。

「駄目よ、まだゆっくり休んでて。ベンガル様なら私が呼んでくるから」

そう言ってすぐに呼びに行ってくれた。

マリーに甘えてベッドで待ちながら、改めて部屋をぐるりと見渡すと、とんでもなく広くて豪華な部屋だと気付く。

ベッドなんてふっかふかだし、無駄に天蓋がついてるし、ベッドフレームには金細工が施されている。お金持ちにもほどがあるわ……。

というか、私、服が変わってるんですけど！

着ていた服とは比べ物にならない、シルクでめちゃくちゃ手触りのいい上品なデザインのナイトドレス着てるんですけど!!

誰が着せてくれたのかしら……。もうやだ、色々恥ずかしい……。

半泣きになっているとコンコンとノックが聞こえ、ベンガル様、キーライ様、そしてルディ・オーソンによく似た藍色の髪の紳士が部屋へやって来た。

どこかで見たことがある……あれは、そう。この屋敷の家族写真だ。

「セイナちゃん、目が覚めたんだね。良かった」

藍色の紳士を見ていると、その視線に気付いたのかベンガル様が紹介してくれた。

「こちらはグレイル・オーソン公爵。この屋敷の当主、ルディのお父さんだよ」

紹介された紳士は胸に手を当て、深々とこちらに向かって頭を下げた。

「グレイル・オーソンだ。この度は息子が迷惑をかけてしまい、本当に申し訳なかった」

「そうですね」とも「いいえ」とも言えず口ごもってしまい、ペコリと頭だけ下げる。

顔も雰囲気もルディ・オーソンとよく似ている。彼が歳を重ねたらこんな感じだろう。

「セイナちゃん……その、体はもう大丈夫？」

ベンガル様がおずおずと聞いてくる。

ここに居る全員が、何があったか分かっているんだと思うと、恥ずかしさと気まずさで飛び出してしまいたくなる。

「……ええ、体は大丈夫です」

冷ややかな声で答える。

「お、怒ってる？　……よね？」

怒っているかですって？　そりゃあ、勿論《もちろん》めちゃくちゃ怒ってますとも。

答える代わりに無言で睨み倒すと、ベンガル様が小さな声で「ひぇっ」と発する。

隣のキーライ様も俯いて申し訳なさそうにしている。

あまりにも睨みを利かせる私をどうどう、とマリーが背中をさすって落ち着かせる。動物ではないけど、マリーのお陰で少し冷静になれた。

「……ベンガル様、最初に仰いましたよね？　『番』以外に襲いかかる事はないって」

「う、うん。それは言ったね」

「その言葉を信じて騙《だま》されたと感じたのは、私の思い違いでしょうか？」

今さら恨み言を言っても仕方ないのは分かっているけれど、ベンガル様を責めないと怒りが収まりそうもない。

「それは違うよ！　そこは騙してない！」

「そこは？」

「あっ！　いやっ、そのっ……」

――どういう意味だろう。じっと見つめるとキーライ様が弁護するように入ってくる。

「セイナさん、それは本当の事ですよ。ルディは『番』以外には襲いかからない。《ヒート》状態の獣人は『番』以外は目に入らないんです」

「つ、そんな訳ないじゃないですか！　現に見境なく襲いかかって来たのですから！　物凄い勢いで首筋に噛みついてきて食い殺されるかと思いました！」

あれはもう、正気を無くした『獣』だった。私が誰かなんて分かっていたとは思えない。

「それは……マーキングです」

「え？」

「私達獣人は番に噛みついて魔力を流し込み、自分のものだと印を……マーキングをする事で番契約を成立させます」

「番契約？」

キーライ様は神妙に頷く。

「獣人の魔力が高ければ高いほど痛みを伴うと聞いています。ルディは獣人の中でもずば抜けて魔力が高いので、セイナさんにはとんでもない苦痛を与えてしまったかと……」

「ええ、とてつもなく痛かったです!!　死ぬかと思いました。それより、番契約とは何ですか？」

キーライ様の申し訳なさそうな表情に、何だかとても嫌な予感がする。

一般常識として、獣人と人間が『番』になる事は知っている。でもそれに、契約なんてものがあるの？

「番契約とはお互いを唯一無二の相手とする事。つまり獣人が番としか子供を設《もう》けられないように、番契約を結んだ人間もその獣人としか子供を設けられなくなります」

獣人は番としか子供が出来ないのは聞いた事あるけれど、番契約を結ぶとその人間も同じようになるという事？

「つまり？」

「つまり、セイナさんは、もうルディ以外とは結婚出来ません」

「――――――はぁ!?」

とても間抜けな声が出てしまった。

子供!?　結婚!?　思いもよらない言葉に頭の中が混乱して真っ白になる。

「ルディに噛まれた傷は治癒魔法で治したけれど、今、セイナちゃんの体中にルディの魔力が駆け巡っている状態なんだ。ルディの魔力がセイナちゃんに馴染んだらその首元には『番』の刻印が現れると思う。それで正式に番契約が成立した事になるんだ」

ベンガル様が私の首元を申し訳なさそうに見る。やだ！　やめて、その顔!!

「ち、ちょっと待ってください！　何度も言いますが私が『番』だなんて、やっぱり絶対あり得ないです！」

そこはもう何度でも断言します！

「だから、セイナちゃんが『番』だから襲いかかったんだよ」

「だって『番』って唯一無二の最愛の人なんでしょ？　そんなの片鱗《へんりん》すら感じた事ないですから！」

「いや、でも実際ルディの《ヒート》状態は治まったみたいだし……セイナちゃんが『番』で間違いないと思うんだ」

ベンガル様が自信無げに答える。その言葉で、はた、と気付く。

「……みたい？　思う？　――ベンガル様、本人は？」

そう、この部屋にはベンガル様もキーライ様も、初対面のオーソン公爵だって居る。だというのに、ルディ・オーソン本人の姿は見えない。もしかしてまだ具合が悪いのかと思ったけど……。

「えっ!?」

――なんか動揺してる？

「だから、当の本人はどうしているのですか？」

ベンガル様がおおよそで話すルディ・オーソンの説明に違和感を覚える。

勿論会いたくないけれど、《ヒート》状態が治まったのなら本人はもう元気なはずだろうに。

「い、いやー、本人？　本人ねぇ……」

ベンガル様が助けを求めるようにキーライ様を見ると、彼がサッと目を逸らす。

「……まさか……」

二人の不自然な態度に、不確かな発言……。

「本人は居ないのですか？」

「えっ!?　いや、居ないと言うか……何と言うか……今ちょっと居ないだけって言うか……なぁ？キーライ！」

「え、ええ！　今ちょっとだけ……」

明らかにギクッとして動揺する二人を見て確信する。

——あの男はもうここには居ない。

「————やり逃げ……」

その言葉で部屋が静まり返った。

長い沈黙の後、口火を切ったのはベンガル様だ。

「や、やだなぁ、セイナちゃん、そんな人聞きの悪い……」

「だって本人はもうここには居ないんですよね？」

「そっ、そうだけど……」

あり得ない。

会いたくないけれど、でも人をお嫁に行けない体にしておいて、自分の体調が良くなったら謝罪も何もなく逃げるなんて……。

「どう考えても、やり逃げですよね」

「いや、それは……僕もちょっと思ったけど——」

やっぱり思ったんだ。

「でもほら、一応？　ここにはルディの父親でもあるオーソン公爵っていう偉い人も居るし？　ちょっとストレートすぎるかなーって。セイナちゃんもうちょっと、こう、何て言うかオブラートに包んだ方がいいかなって……」

一応って何だろう。ベンガル様不敬よね。オーソン公爵も、苦い顔している。

「私もそう思います。明らかにやり逃げです」

憤慨しながらマリーが参戦してくれる。

「マリーちゃんまで、若い女の子がそんな言葉使っちゃ駄目だよ」

「だって、ルディ様が居ないなんてあり得ないです！　どうしてですか？　セイナを無理やり『番』にしておいて謝罪の一つもないのですか？」

マリーに問い詰められて、ベンガル様とキーライ様が困った顔をする。考えてみれば本人ではないのだから、この二人も色々と大変な立場なのかもしれない。

「お嬢さん方の言う通りだ。息子は助けて頂いておきながら感謝を述べるでもなく姿を消してしまうとは。本当に情けない。この非礼をどう詫《わ》びればいいのか……」

オーソン公爵が神妙な面持ちで深々と頭を下げる。

貴族の中でもトップの公爵に頭を下げられて驚きはしたものの、偉い方なのに傲《おご》らず誠実な態度で心を動かされた。

ルディ・オーソンとよく似て怖い面持《おもも》ちだけれど、とても真面目で、実直な方なのだろう。

「……私は色々納得がいかないんです。『番』だか何だか分かりませんが、とりあえずどうしてこうなったのか本当の事が知りたいのです」

「セイナ……」

マリーがそっと肩を抱いて寄り添ってくれる。

「その上で、思いっきり何発か殴らせてもらわないと腹の虫も治まりません！」

「殴るんだ!?」

ベンガル様が驚きの声を上げる。

「ええ！　むしろ殴るだけで済むか分かりませんが、それなりの対価は払って頂かないと気が済みません」

そうだ。首にかじりつかれたのだって痛かったししんどかったが、私はファーストキスまで奪われたのだ！　こんな事されて、泣き寝入りするほど私は優しくない。

「さすがセイナちゃん、予想外の事を言ってくるよね」

苦笑いするベンガル様の隣で、オーソン公爵様が「なるほど」と発した。

憎き相手とはいえ、息子を殴ると言ってしまったのだから怒りを買ってしまったのかしら、と公爵を見ると、口に手を当て「くくっ」っと笑っている。

「――失礼。とても素敵な女性が息子の『番』で嬉しいよ」

いや、『番』ではないです、と不満げに目だけで訴えると、また楽しそうに公爵は笑う。

「今回の事はあいつが全面的に悪いから、煮るなり焼くなり君の好きなようにしたらいい」

「お許し頂きありがとうございます」

公爵の許可を頂いたわ！　これで今度は貴族に手を出しても問題になる心配はないわね、と腕をぐるぐると回す。

「なので、私としては早急に本人に会いたいのですけど、今どこに居るのでしょうか？」

「それは今調べている最中なんです。おおよその場所は分かっているので特定するにはそんなに時間はかからないと思うのですが……」

キーライ様が申し訳なさそうに申し出る。

「僕が責任を持って会わせるから、セイナちゃん、もう少しここに居て待っててくれる？」

「ベンガル様……でも、私仕事が……そうだ！　仕事！」

――もしかしたら無断欠勤になってるんじゃ!?

だって連れて来られた翌日休んで、さらに今日まで一日中寝ていて……。

真っ青になっているとベンガル様が「大丈夫だよ。代わりの手配はしてあるから」と言ってくれて心底ホッとした。あの村も仕事も気に入ってるし、失う訳にはいかないのだ。

そのあと軽い打ち合わせをし、ルディ・オーソンの居場所が分かるまでしばらくこの屋敷に滞在させてもらう事になった。

マリーも一緒に居てくれるのが嬉しい。実際に会うのは半年ぶりだもの。

お腹がペコペコだけどとりあえず服を着替えようとして、自分の服はあの男にビリビリに破かれてしまった事を思い出す。お気に入りのお出かけ着だったのにと腹立たしい。

マリーに服を貸してもらえないか相談していると、ベンガル様が「ちょっと待ってて」と言ってすぐに一人の女性を連れて来た。初老の小柄で優しそうな女性だ。

「彼女はこの屋敷の侍女のリズ。ルディの乳母《うば》だ。長く勤めていてこの屋敷の事なら何でも知ってるから、困った事があったらリズに言ってね」

「どんな事でも遠慮なくお申し付けくださいね」

「あ、ありがとうございます」

平民が侍女に何か言い付けるなんて、畏《おそ》れ多くてドキドキしてしまう。

服を着替える間、マリー達には別室で待っていてもらう。

「お洋服は用意してありますので、こちらからお好きなのをどうぞ」

と言ってリズさんが部屋に備《そな》え付けられていたクローゼットを開けると、ズラリと服が掛けてあった。

「えっ！　ここから？　いいんですか？」

「勿論。昨日ルディ様から仰《おお》せつかって用意したセイナ様用のお洋服です」

「ええっ!!」

——昨日？　あの男が？　いつの間に……。

ちょっと釈然としないけれど、とりあえず服はありがたく頂いておこう。どれもこれも素敵なデザインで迷ったけれど、一番シンプルで暗めの色のドレスを選んだ。

「セイナ様、お手伝いします」

「いえ、大丈夫です！　一人で着れます」

と断るもリズさんはニコニコと近づいてきて、手際よく服を着替えさせてくれた。

「お髪《ぐし》も整えますね」

と鏡台の前に座らされる。

「いえ、自分で……」

「セイナ様、これはわたくしが仰せつかった仕事ですので、仕事を取り上げないでくださいね」

にこやかな笑顔の奥にしっかりとした圧を感じる。

確かにそうだ。彼女は侍女としてしっかり仕事をしようと動いているのだから、私が邪魔をしてはいけないんだわ。

「すみませんでした。変に恐縮してしまいました。リズさん宜しくお願い致します」

「ありがとうございます」

リズさんはとても嬉しそうに微笑んでくれた。

丁寧に優しく髪をとかしてくれながら「とても綺麗なアメジストのお髪ですね」と褒めてくれる。

「そう言って頂けるととても嬉しいです」

「菫色のドレスは気に入って頂けましたか？」

何の事だろう、と突然の質問に戸惑う。

菫色のドレスなんて……着たこと――……ある！　あるわ！

ほんの数時間、一回だけ着たことあるわ！

そのドレスの事かしら、と鏡越しにリズさんを見ると、彼女は微笑んでコクンと頷く。

「一年ほど前、ルディ様からドレスを手配して欲しいと頼まれたのです。卒業パーティーのパートナーの方に必要だからと、ぶっきらぼうに仰ってましたが、あれはセイナ様の事だったのですね」

「え……」

「菫色のドレスでと指定されたのです。今日セイナ様の美しいアメジストのお髪を拝見して、あのドレスはセイナ様へ贈られたのだと確信しました」

リズさんがとても嬉しそうに笑う。

あのドレスはあの男が選んだものだったなんて……。

てっきり、彼の知らぬ所で公爵家の誰かが体裁を保つ為に贈って来たのだろうと、思うようにしていた。

「昨日もセイナ様を気遣って、目が覚めたらよくしてやるように、身の回りのものを早急に揃《そろ》えるようにと言い付けて出て行かれました」

「……そう、ですか……」

どう答えたらいいのか混乱してしまう。

リズさんは髪をといていた手を止め、鏡越しに私の顔を見つめて言った。

「わたくしごときが言うのもおこがましいのですが……ルディ様の命を助けて頂き、本当にありがとうございました」

リズさんの目から光るものが伝《つた》うのが見えた。

彼女にとってルディ・オーソンは幼い頃から面倒を見てきた子供のような存在なのかもしれない。

本当に私が『番』だから彼の命を救えたのだろうか……。

真実が分からない今、リズさんの言葉にどう答えていいのか分からない。

でも、リズさんの話を聞いて今まで全く見えてこなかった彼の優しさを見つけ、私はもしかしたら本当は彼に嫌われていた訳ではなかったのかもしれないと初めて思った。

支度を手伝ってくれたリズさんが部屋を出て行ったのと入れ替わりで、ベンガル様がノックをして部屋に入ってきた。

「セイナちゃん、ちょっといいかな?」

恐る恐る聞くベンガル様に「どうぞ」とぶっきらぼうに答える。だって私はまだ許した訳ではありませんからね。

「そのドレスとても似合ってるよ。綺麗だね」

「……」

「髪型もいいね！　リズはセンスいいよね！」

「……」

「ルディに噛まれた痕はどう？　痛まない？」

「……痛みはないです」

「そう、良かったぁ〜」

「……」

しばらく沈黙が流れる。

「……本当にごめん……」

ベンガル様がガバッと頭を下げる。しゅんとして大きい体が少し小さく見える。

私ははぁ、とため息をつき、問いかける。

「……ベンガル様はさっき、『そこは騙していない』って仰いましたよね？　あれはどういう意味ですか？」

それがずっと気になっていた。

「……それは、僕達はセイナちゃんが『番』だって思っていたけれど、君にはその可能性を強く言わなかったんだ」

確かにそうかもしれない。私も言われても絶対違うと思い込んで信じはしなかっただろうけど。

「それはどうしてですか？」

「『番』だった場合あの部屋に入ったらどうなるのか、悟られないように仕向けたかったから」

「………………」

「セイナちゃんは『《ヒート》状態のルディに襲いかかられる』っていうのがどういう事か良く分かっていなかったよね？」

その通りだ。私は『番』だったらどうなるのかなんて知ろうともしなかった。最初から絶対『番』ではないから大丈夫という慢心があったから。

「僕は君がその事を知って怖じ気づいてしまうのを恐れて、あえて何も説明しなかった。あの部屋に入ったら君がどんな目に遭うのか分かっていながら、何も言わず送り出したんだ」

「……もし『番』だった場合の書類を読まなくても大丈夫、と言ったのもそういう事ですか？」

「そうだね、あの書類には番契約の項目があったんだ。気付かれたら困るからね」

――そういう事か。あの時何も考えずサインしてしまった自分が悔やまれる。

酷い、と思う。

教えてくれても良かったのにと腹立たしく思う。

でもベンガル様の言う通り、教えてもらっていたら、万が一の可能性を考え、私はきっと怖じ気づいてしまっただろう。マーキングをされてしまうと番契約が成り立ち、他の相手とは結婚出来なくなってしまうなんて。そんな一生に関わる事、すぐには受け入れられない。

「大事な事を伝えず、騙すような形になってしまった事は本当に申し訳なかったと思っている。許してもらえないかもしれないけど、どんな事をしても償《つぐな》うから」

ベンガル様が再度深々と頭を下げる。

騙されたと思って怒っていたけれど、ベンガル様も友人を救う為に必死だったのだろう。

私も自分で決めてここへ来て、自らあの部屋へ入ったのだからベンガル様ばかりを責めるのは間違っているのかもしれない。

自分の中で様々な葛藤《かっとう》はあるものの、ベンガル様の謝罪を受け入れる事にした。

「ベンガル様、もう分かりました。正直に言って頂きありがとうございます」

その言葉にベンガル様が、恐る恐る顔を上げる。

「私が無知で確認不足だった落ち度もありますし、こうやって謝罪をして頂いたのでもういいです」

「セイナちゃん……」

ちょっと半泣きになっているベンガル様を見て、本当に悪いと思ってくれているのだなと少し溜飲が下がる思いがした。

「ただし、償いと言うのならあの男と話が出来るようきっちりサポートしてください」

「うんうん！　それはもう！」

首を痛めるんじゃないかと思うくらいブンブン頭を振っている。基本、いい人なんだよね。

「命の恩人のセイナちゃんに一言もなく出て行くなんて何を考えているんだ、と僕も怒ったんだけどね……引き留める事が出来なくて本当にごめん」

「いえ、ベンガル様に謝って頂く事では……」

悪いのはあの獣人ですから。

ベンガル様の制止を振り切って出て行くなんて、よっぽど私には会いたくなかったのだろうけど。

「——……もし私が『番』だったとして、彼にそこまで避けられる理由は何なのでしょう？」

「それが僕も分からないんだよ。あいつの考えている事がさっぱり分からない。散々心配かけておいてさぁ！　本当に腹が立つよね！」

なるほど。ベンガル様もあの獣人に振り回されて苦労しているのね。少し同情してしまう。

「ただ、何となくだけど、あいつはあの容姿のせいで昔から色々あって異性や『番』に対する感情を物凄く複雑に拗《こじ》らせちゃってる気がするんだよね」

「以前に聞いた出来事以外にも色々あったんでしょうか」

「かもね。僕なんかは適当に女の子と遊ぶけど、ルディなんて変に潔癖な所があって一切女の子を寄せ付けないしさぁ。あの顔、あのスペックでだよ!?　宝の持ち腐れだと思わない!?　あれならやりたい放題だよ!?」

出た、ベンガル様のクズ発言。思わず半眼になる。

人当たりがいいからうっかり忘れそうになるけどベンガル様、チャラいんだった。

「そこは私に聞かれましても」

「あっ！　ごめんごめん！」

テヘペロしてるけど、すっかりクズイメージ復活です。

「とにかく、僕が責任を持ってあいつと話す場を設けるから、少し待ってて！」

そう言い残してベンガル様は部屋を出て行った。

その日の夕方ベンガル様の元に、ルディ・オーソンが城に姿を現したと連絡が入ったらしい。

彼は数ヵ月休養していた自分の職場に復帰の連絡をし、そのまま自室である副団長室に留まり、休養中に溜まった仕事を始めているそうだ。

こっちは仕事を休んで来たっていうのに、自分だけ何事も無かったようにのうのうと仕事を始めたと聞いて再度怒りが込み上げてくる。

今すぐにでも殴り込みに行きたかったけれど、城の中にある騎士団専用の部屋へ入るのには許可が要るらしく、そして今日はもう日が暮れる時間なので翌日に出向く事になった。

明日も仕事を休んだらクビにならないかしら、と心配になるが、ここまで来たら仕方がない。あの男に会うのは正直怖いけれどきっちり話をつけて、一刻も早く自分の家へ戻ろうと決心する。

ベンガル様が手配してくれている私の仕事の代役を延長してもらえるか聞きに行くと、「勿論、そのつもりだよ」と言ってくれた。良かった。

お礼を伝えて部屋を出ようとした時、ちょっといいかなとベンガル様に引き留められた。

「セイナちゃん、サインしてもらったあの『番』だった場合の書類の事なんだけど、『公爵家が責任を取ります』っていう内容なんだよ」

「責任？」

「そう、つまり、結婚」

「へぇ!?　けっ結婚!?　誰と誰が？」

びっくりして思わず変な声出た。

「勿論、ルディとセイナちゃん」

「な、ないっ！　ないない！　それはない！」

「何で？　ルディと結婚しちゃえば次期公爵夫人だよ。超お金持ちだよ。小さな村で雇われて働くなんてしなくていいんだよ？」

ベンガル様がきょとんとしている。きっと悪意はない言葉なんだろう。

でもベンガル様の言葉に、今の自分が否定されたような気持ちになる。

小さな村で雇われて毎日必死で働いて、一人で生きていけるように頑張ってきたのに。ベンガル様は結婚してそんな暮らしはやめてしまえばいいと言いたいのだろうか。

「ベンガル様、それは私を侮辱《ぶじょく》してます」

「侮辱？」

「私は今の暮らしが気に入っています。仕事にも満足しています。生まれた時から貴族で何不自由なく育ったベンガル様には分からないかと思いますが、私が手に入れた自由です。なので責任なんて取ってもらわなくても結構です！　むしろ断固としてお断りします」

貴族相手に失礼な事を言ってしまったかもしれないけど構うもんか。私にもプライドがある。責任を取って結婚してもらうなんてこっちから願い下げだ。

「あははっ！　やっぱりセイナちゃんだね」

怒られるかと思ったのにベンガル様が嬉しそう。

「ごめん。怒らせちゃったね。僕はきっと無神経な事を言ったよね。決してセイナちゃんの仕事を馬鹿にした訳じゃないんだ。何て言うか……楽して生きるのが僕の人生だから、その価値観を押し付けちゃったよね。反省してる。本当にごめんね」

素直に謝ってくれるベンガル様を見てこれ以上怒る気にはならず「もう、いいです」と許す。

ベンガル様は良くも悪くも貴族で、やっぱり平民の私とは考え方や価値観が違うのだろうなと思った。きっとそれは、ルディ・オーソンも。

「他の女の子は次期公爵夫人の座を狙ってハイエナのように群がってくるのに、よりによってセイナちゃんがそんな餌に食い付いてくれないなんてね」

女の子を動物扱いするとは失礼です。ベンガル様ってちょいちょいデリカシーが無いよね。

続けて「ルディは大変だ」とベンガル様が呟くが、何を言ってるのかちょっと分からないので、聞かなかった事にしよう。

「とりあえず、私は仕事がとっても大事なので代わりの手配宜しくお願いします！」

念押しするとベンガル様が「はいはーい」と軽く手を振って答えた。

「責任を取って結婚してもらうのはお断りかぁー……。でももうサインしてもらってるんだよねぇ」

という彼の呟きは、扉を閉めた私には聞こえなかった。


その日の夜はマリーと同室にしてもらい、一緒に寝られる事になった。

久しぶりの再会を喜ぶ暇もなかったからゆっくり話す時間が出来て嬉しい。

用意してもらったのは私が寝ていたのとはまた違う部屋。一体いくつ部屋があるのだろう。特大のベッドがあって部屋の中に浴室もあって豪華な内装が施されている。

そしてリズさんの心遣いでケーキやクッキー、マカロンなど美味しそうなスウィーツが沢山用意されていた。

リズさんが部屋に案内してくれた時に二人とも大喜びでお礼を言うと、

「ご迷惑をかけたのはルディ様ですからね。このおもてなしでもお詫びし足りないくらいです。お酒もご用意しておりますから、ご遠慮なくお過ごしください」

といたずらっぽく笑って言ってくれた。リズさん最高！

「それにしても広いベッドだよね、二人で寝てもまだまだ余裕があるし」

マリーが「ふっかふかだしねぇ」と言いながら嬉しそうにベッドの上を転がっている。私もベッドの上にダイブした。

「マリーは仕事大丈夫なの？　私のせいで何日も休ませちゃってごめんね」

「大丈夫大丈夫！　ずっと働き詰めだったからそろそろ纏めて休みたかったし！　セイナが謝る事じゃないでしょ！」

「だって……」

「もうお互い謝るのは無しにしない？　じゃないと、私もまだまだセイナに謝り足りないし」

マリーはまだベンガル様に私の居場所を教えた事を悪いと思ってるのかしら。それこそ謝る必要なんてこれっぽっちも無いのに。

お互い謝ってばかりだと時間が勿体《もったい》無いよね、と二人で笑って謝るのはもうやめにした。

リズさんが用意してくれた二人お揃いのナイトウェアを着て美味しいスウィーツを食べ、シャンパンを飲みながら、沢山話した。

学院に居た頃を思い出す。まだ一年くらいしか経ってないのに、ずいぶん懐かしかった。

「それにしても、これからどうなるんだろう……」

お菓子の味見も一巡した頃、ぽつりとこぼしてしまう。

次期公爵夫人にはならないとしても、今後ルディ・オーソン以外と結婚できないとは凄い事になってしまった。いや、一生独身でもいいとは思っていたけれど、道を閉ざされるとなると不安度が上がってしまう。

「でも、私はいつかこうなる気がしてたわ」

「こうなるって？」

「ルディ様の『番』がセイナになるって」

「ええ？」

思わず変な声を出してしまう。マリーはにっこり笑って枕に頬杖《ほおづえ》をついた。

「だって、セイナは気付いてなかったかもしれないけど、ルディ様はセイナを見る時はいつも優しい眼差しをしていらっしゃったのよ。いつもの氷みたいな視線じゃなくて、ちゃんと相手を認めているようなお顔で。ベンガル様とセイナが話してる時は凄い目で見ていらっしゃったし」

「そんな事……」

「そんな事あるのよ。周囲の方が気付いているってパターンね。頭突き事件の時もだけど、ルディ様はセイナの強さを理解していて、その上で護ってくれる方なんだなって思ったわ。だから私ずっと、セイナをお嫁さんにしてくれる人はルディ様がいいなって思ってたのよ」

ロマンス小説みたいね、と嬉しそうにマリーが言うので、何だか顔が熱くなってしまう。

ルディ・オーソンが私をずっと見ていた？

確かにベンガル様と話していると殺人鬼みたいな顔で見てくる時があったけど……そんなまさか。

そんな事、言葉にされなければ分からない。

だって私は家族にすら愛された経験が少ないのだから。

正直ルディ・オーソンの顔は好きだ。あの顔面は尊い。でも今まで冷たくされすぎてマリーの言っている事は絶対、気のせいか願望か妄想にしか思えない。

「推しカプが結ばれてくれるなら、こんなに嬉しい事はないわ〜」と呑気《のんき》にニヤニヤするマリーの顔にクッションを押し付けて、私は毛布を被った。


城への登城と騎士団室入室の許可が下りたのは私のみだったので、マリーとは午前中に別れてベンガル様と馬車で城に向かう事になった。

キーライ様は、

「セイナさんが急に行ったら『匂い』で気付かれてルディがまた逃げるかもしれないから、私は先に早馬で乗り付けてルディを捕まえておきます」

と言って一足先に馬で出発した。

「オーソン公爵邸から城までは小一時間くらいだから、すぐ着くよ」

馬車の中でベンガル様が気を遣ってか色々話しかけてくる。

「……はい」

「セイナちゃん、緊張してる？」

「……そうですね、ちょっとだけ……」

緊張とは少し違うのかもしれない。あの獣に会うのだと思うと、単純に少し怖くなる。

「大丈夫だよ。あのルディはもう居ないから。あれはルディであってルディではないからね。今から会うのは、昔セイナちゃんが会った事のある無愛想で堅物《かたぶつ》なあいつだよ」

私の表情を見て何か察してくれたのか、ベンガル様はそう言ってくれた。ベンガル様は不思議な人だと思う。掴み所が無くてチャラいけれど人の心に寄り添ってくれる。

「あいつの拗らせをどうにか出来るのはセイナちゃんだけだと思うから、宜しくね」

ベンガル様の言葉に頷きで返す。

「何を拗らせてるのか分かりませんが、私は私の目的を果たすだけです。やり逃げの報復はさせて頂きます。変な期待をされても困ります」

ベンガル様は「うんうん、女の子がその言葉を使うのはどうかと思うけど、その調子」とよく分からない事を言って嬉しそう。

「ところでベンガル様、今日は雰囲気が違いますよね。軍服格好いいです」

近衛騎士団の軍服だろうか。白い詰襟《つめえり》の軍服が金髪のベンガル様を何倍も格好良くしている。超絶似合っていて、物語の中の王子様みたい。

「そう？　ありがとう。登城する時は一応ちゃんとしないとね」

一応なんだ、とまじまじ見ていると、ずいっとベンガル様が身を乗り出して来る。

「なになに？　セイナちゃんは軍服好きなの？」

「うーん、そうですね。好きみたいです。とても素敵に見えます」

ベンガル様に言われて自分の好みに気付く。

でも、イケメンの軍服姿が好きじゃない人なんて居ないと思う！

「『素敵に見えます』か。正直だよねぇ」

「え、いや、ベンガル様は普段から素敵ですよ？」

ベンガル様は嬉しそう。何だろう、ベンガル様って正直に言うと嬉しそうにする傾向にあるのよね。Mっ気あるのかしら。

そうこうしているうちに城に到着した。

平民の私が城の中へ入る機会が訪れるなんて思いもしなかった。二度と無いだろうなと思いながら荘厳な門をくぐる。

城内へ入ると大広間には美しい柱がズラリと並び、金色に輝く彫刻、美しい肖像画、天井にはまばゆいばかりのシャンデリアが目に飛び込んできた。

この広い城内の一角にある近衛騎士団の執務室に居るらしいルディ・オーソンの元へ向かう。

長い廊下を歩いて行く最中、大勢の騎士とすれ違うが、皆が何故かこちらをちらちらと見てくる。

ベンガル様がエスコートしてくれているが、近寄って来そうな騎士がいたら「しっしっ」と手を振り、追い払う。

「……あの、ベンガル様すみません。お手数お掛けしてしまって……。分不相応《ぶんふそうおう》な私がここに居る事で皆さん気分を害されているんですよね……」

平民の女が何をしに来たのかと、皆さん警戒しているのかもしれない。

「えっ!? そんなんじゃないよ。皆、物凄い美人が来たから見てるだけだよ?」

また出た。ベンガル様のお世辞《せじ》。スンッてなるからやめて欲しい。

「変なお気遣いして頂かなくて結構です。分かっていますから」

「あはは。セイナちゃんは相変わらず自分の事を分かってないよね。勿体無い」

失礼な！　分かっています。用件を済ませたらすぐに帰りますので、皆さんには少し我慢して頂かないと。

しばらく歩いて、廊下の一番突き当たりの副団長用の執務室に到着した。

「着いたよ。心の準備はいい？」

何だか緊張してきた。

この中にルディ・オーソンが居る……。

「――はい。行きましょう」

ベンガル様がノックをすると、中から返事があった。この声はキーライ様だ。

扉を開けると、部屋の奥に長い藍色の髪を一つに束ね、ベンガル様と同じ白い軍服を纏《まと》ったルディ・オーソンが居た。

あの獣に会うのは怖かったけれど、ベンガル様が言ったように彼は全く別人のように感じた。

一年前より長く伸びた髪、少し逞《たくま》しくなった体つき、相変わらず整った綺麗な顔に白い軍服が似合いすぎていて、さすがルディ・オーソンだなと思った。

一瞬、彼と目が合ったがすぐに逸らされる。

気まずいのはこっちも同じだ。キスまでされたのだから、恥ずかしくて今すぐにでも飛び出して帰りたい。

でも私は怒っているのだ。はっきりさせないと気が済まない。

「セイナさん、とりあえずこちらへどうぞ」

キーライ様が応接用のソファーへと案内してくれる。

ソファーへ座ると、ルディ・オーソンも机を挟んで向かい側へ座った。

話し合う気があるのだと、少しホッとした。

執務室には私とルディ・オーソンが向かい合って座り、ベンガル様とキーライ様は少し離れた場所で立っている。

何から話そうかと迷っていると、ルディ・オーソンが先に口を開いた。

「……すまなかった。謝っても許してもらえる事ではないと分かっている。だが君には本当に申し訳ない事をした」

そう言って深々と頭を下げる。勿論謝って欲しかったけれど、それより聞きたい事がある。

「……謝罪の言葉より、私の質問に答えて頂けますか？」

ルディ・オーソンは一瞬、躊躇したように見えたが「分かった。何でも答える」と言った。

「……では、まず、私は貴方の『番』なのでしょうか？」

これをはっきりさせないと。

違うと言われたら何発か殴って早々にこの場を後にしよう。違うのにここまで巻き込まれてあんな目に遭ったなら、話す価値もない。

目の前に座っているルディ・オーソンはいきなり核心を突かれて動揺したように見えたが、目を瞑《つぶ》り、ふーっと息を吐き出して言った。

「そうだ――君は俺の『番』だ」

正直、彼がすんなり認めた事に驚いた。

最初に言った通り、彼が私に向き合い、何でも答えようとしているのだと感じた。

私が『番』……。

にわかに信じ難いけれど、本人が言うならそうなのだろう。

だからって、これといった感情が湧く訳ではないけれど、私が襲い掛かられたのも、彼が《ヒート》状態から元に戻ったのにも納得がいった。

「私が『番』だと分かったのはいつ頃なのでしょうか？」

「……それは、多分、出会った時から何となく分かっていた」

出会った時？　そんなに前から？

「初めから君からは特別な『匂い』がしていた。それは日を追うごとに強くなり『番』だと本能で分かっていたんだと思う。だが本当に確信したのは君の十八歳の誕生日だ」

「…………そう、ですか……」

彼は出会った時から『番』かもしれないと分かった上で冷たかったという事なのね。

そもそも彼らにとっての『番』がどういう存在なのか理解出来ていないけれど、少なくとも彼にとって私は認めたくない存在だったんだ。

少し胸が痛む。何だろう、この感覚は。

彼が私の事を嫌いだっていうのはずっと分かっていたのに。昨晩の淡い温かな気持ちが、すうっと冷えていく感触がした。

「……そんなに私が嫌だったんですね」

心の声が漏れ出てしまった。

こんな事を言うつもりはなかったのに。

「――っ違う！　君の事が嫌だった事は無い！」

ルディ・オーソンがすぐさま反論するが、全く説得力がない。

「そんな訳ないです。『番』だと分かった上でずっとあの態度だったんですよね？　そんなの『番』という事実を差し引いても私が嫌いって事じゃないですか」

「それは……」

「そりゃあ、私が『番』でさぞかしガッカリしたでしょうけど、私だってなりたくてなった訳じゃなくて、むしろ勝手に、知らないうちに『番』契約されて、その上勝手に拒絶されていい迷惑なんですけど!!」

「君が『番』でガッカリしたなんて一言も言ってない！」

「嘘です。顔に書いてありました。ずっとずっと学院時代のあの無愛想な顔にずっとそう書いてありました」

「俺は元々こういう顔だ。無愛想なのも君だけにじゃない」

――ああ言えばこう言う！

ベンガル様とキーライ様がちょっとハラハラしているみたいだけど、知るもんですか！

「私は貴方の『番』になる気はありませんので、勘違いしないで聞いて欲しいのですが、何故『番』をそこまで拒絶するのですか？　初めから『番』を受け入れていれば貴方は死にそうにならずに済んだのですよ？」

私を『番』だと受け入れて欲しいという意味では決してない。

私がどうこうは関係なく、彼は自分が死んでしまうかもしれないのに、それでも頑《かたく》なに『番』を拒否した理由が分からない。

彼が言ったように本当に私を嫌いでないなら尚更。命を懸けてでも『番』を拒否したかった理由が知りたい。

「……君は私の『番』になる気はないのだから、俺の問題など無関係だろう。理由が何であれ俺は自分の意思で『番』は要らないと判断しただけだ」

何かちょっと拗《す》ねたように感じるのだけど、気のせい？

それより今の発言は納得いかない。それまで黙っていたベンガル様も見かねて口を挟む。

「ルディ！　セイナちゃんは無関係じゃないだろ！」

そう援護してくれるもルディ・オーソンはその言葉には返さない。

「――私が無関係？　そんな訳ないじゃないですか！　私がどんな目に遭ったか当の本人である貴方が一番分かっていますよね!?　貴方が『番』を拒絶し続けて、結局一番最悪な事態になって私は散々な目に遭ったんです！」

彼の辛辣《しんらつ》な言葉に沸々《ふつふつ》と怒りが込み上げてくる。

彼はどうしてこうも周りを傷つけて遠ざけようとするのだろう。

彼は自分のやった事を思い返したのか言葉に詰まり、顔をしかめた。

「私は貴方を助ける為にあの部屋に入ったのだから百歩……いや千歩譲って合意の上であったとしても、あの後目が覚めたら貴方はもう姿を消していましたよね？　あれは酷くないですか？　やる事やったら用済みで居なくなるなんて、やり逃げじゃないですか！」

「やり逃げ……」

ルディ・オーソンが絶句する。

「セイナちゃん……やっぱり言うんだ……」

ベンガル様が何か言っている。勿論言いますとも。

「何か反論でも？」

怒りが先に来たけれど、私は十分傷ついているのだ。

せめて、朝目を覚ました時に真っ先に来て謝るなり、許しを乞《こ》うなりして欲しかった。

命を救う為だったのだと自分で納得させている。

だから、彼が誠意を見せることで許せる糸口を与えて欲しかったのに……。無関係だという突き放した言葉に怒りと悲しみが溢れてくる。

「……いや、君の言う通りだ。やり逃げと言われても仕方ない」

「貴方なりの理由があるのかもしれませんが、その理由も知らされず単に姿を消してしまってはぞんざいに扱われたと感じるだけなんです」

前にも同じような思いをしたことが蘇る。

「……卒業パーティーの時もそうです。何の理由もなくすっぽかされて私が傷つかないと思いましたか？」

あのすっぽかし事件は、彼は最後まで私の事など眼中にないと思い知らされた出来事だった。

悔しさと悲しさを自分の中に閉じ込めてきたけれど、本人を目の前にして感情が溢れ出てくる。

目頭が熱くなるのを感じ、見られまいと下を向いて俯く。

「……すまない、本当にすまない。自分本意な考えで君を傷つけ続けてきてしまった」

ルディ・オーソンが酷く悲しそうな顔で謝罪をする。

――ずるい。悲しいのは私の方だ。

「……謝るなら理由を教えてください。私を避けてきたのは全て貴方が『番』を拒絶している理由に繋がっているのですから。私には聞く権利があります」

ルディ・オーソンは少し考えて観念したように言った。

「分かった。理由を……話すよ」

ルディ・オーソンはぽつりぽつりと話し始めた。

自分に群がってくる『人間』が怖かった事。その『人間』の一人が夫を裏切って自分に言い寄って来た事。

「『人間』は簡単に伴侶を裏切るんだと知ったんだ。『人間』にとっての伴侶は『獣人』にとっての『番』と同じじゃなかった。自分の『番』もあの女と同じ『人間』だと思うと怖くなったよ」

以前、ベンガル様から聞いた家庭教師の事だろう。やはり彼の心の傷になっていたのね。

「それからすぐ、母親が死んだんだ」

あの写真に写った綺麗な女性の事だろう。いざその事を聞くと胸が痛くなる。

「母は体が弱くてずっと屋敷で療養していた——と思っていたんだ」

「思っていた？」

「思い返してみれば母は元気だった頃もずっと屋敷に居て、父の帰りを待っていた。体が弱ってからは屋敷の外に出た事なんてないかもしれない」

ルディ・オーソンの表情が変わり、声も感情的になる。

「俺の父は『番』である母をずっと屋敷に閉じ込めていたんだ」

閉じ込めていたとは穏やかではない。それに、あんなに幸せそうな笑顔の写真を見るとそんな風には思えなかった。

「母が死にそうな時に、俺は名医と呼ばれる男性医師に母を診てもらおうと父に懇願したんだ。長年女性医師にかかっていたけど良くならなかったし、別の医者に診てもらったら少しは良くなるかもしれない……」

彼がギュッと唇を噛み、悔しそうな表情になる。

「でも、父はそれを受け入れなかった」

彼の予想外の言葉に驚く。

「父は医者とはいえ『番』である母を他の男に触れさせたくないと言ったんだ」

「ルディ……」

ベンガル様が心配そうに声をかける。初耳だったのだろう。キーライ様も「そんな……」と絶句していた。

「――父が母を殺したんだ。『獣人』の愚かな執着心が母の翼をもぎ取りこの屋敷に閉じ込めて、勝手な理由で死に追いやった」

私は彼の言葉を理解出来ずにいた。

あの冷静沈着《れいせいちんちゃく》そうなオーソン公爵が、本当にそんな理由で愛する人を死に追いやるだろうか……。

「俺もいつか父と同じように『番』の自由を奪い閉じ込めてしまうんじゃないか。父と同じような理由で『番』を殺してしまうんじゃないか……そう思うようになったんだ。母を失った……唯一無二の『番』を失った父が絶望に苦しむ姿も恐ろしかった」

ルディ・オーソンは伏し目がちに話し続ける。

「もう、『人間』も『番』も『獣人』も全てが怖くなったんだ。俺はただただ恐ろしくて嫌になって、『番』に振り回されない人生を送ろうと決めた。『番』を探す気もなかった。……なのに、君と出会ってしまった」

「……」

「俺は君を束縛して閉じ込めて自由を奪って……殺したくはない。だから拒絶したんだ」

ルディ・オーソンの話を聞き終えて部屋が静まり返った。

ベンガル様もキーライ様も言葉を発せずにいた。

「……納得してもらえたか分からないけれど、これが俺なりの理由なんだ」

「…………」

「セイナちゃん？」

しばらく無言の私をベンガル様が気遣う。

「分かりました――貴方なりの理由は分かりました」

彼はちゃんと本当の事を話してくれたのだと思うけど、何だかとてもモヤモヤする。

「でも正直、納得出来ない部分があって、とても腹が立っています」

「納得出来ない部分……？」

「ええ」

つまる所――彼はとても私に失礼だ。

他人への嫌悪感や酷い経験をした後に母親を亡くした悲しみ、さらに父親への不信感も募《つの》らせた結果、彼が拗れに拗れてしまったのは、仕方ない事なのかもしれない。

——でも。

「言いたい事をお伝えする前に、殴っていいですか？　それが最初から一番の目的でしたし」

「やっぱり殴るんだ！」

どうしてベンガル様が驚いてるのかしら、何回も言っているのに。

ルディ・オーソンは少し驚いたような表情を見せたが、真顔に戻り、すっくと立ち上がった。

「勿論。それで少しでも君の気持ちが晴れるなら、いくらでも好きなように」

そう言って私の前まで足を進めた。

ルディ・オーソンが至近距離までやって来たのを受けて私も立ち上がる。

向かい合って立つと、彼の背の高さを改めて感じる。軍服効果もあってか、高尚さと威圧感が物凄い。

思えば、目を見て近くに立つのは初めてかもしれない。

彼が私を見下ろす感じになり、負けじと私も見返す。

「セイナちゃん、そいつ物凄く硬いから手を痛めないよう気をつけてね」

ベンガル様がアドバイスしてくれる。

「ありがとうございます。私一応、学院の女子では格闘技の実技が一番強かったんです。なので多分大丈夫だと思います」

「そ、そうなんだ」

護身術などの格闘技の実技の授業は男女別で取り組んだが、私は女子の中では断トツ一位だったのだ。まあご令嬢達は、はしたないと言って試合を辞退したのでほぼ不戦勝だったけれども。

「散々な目に遭いましたから、思いっきり殴らせてもらいます」

ルディ・オーソンが頷く。

「ではっ」

握り拳《こぶし》を作り、軽く構えてファイティングポーズを取る。

深呼吸をしてから、フッと浅く息を吐き、右の足を半歩前に出して重心をかけ、右の拳を下から繰り出し、思いっきり目の前の標的に打ち込んだ。

ドス！　と鈍い音がする。

「ビンタじゃなくてボディーブロー!!」

ベンガル様が何か言ってるのが聞こえる。

確かにベンガル様が言った通り硬い。いい感じでボディーに入ったけれど、あまり効いてないのかもしれない。

それでも相手が少し前に屈んだので、続けざまに顔めがけて右フックからの左フックを繰り出した。

「……からのまさかのグーパンチ!!」

ベンガル様がうるさい。

遠慮なく思いっきり殴ったけれど、さすが近衛騎士団副団長、結局膝をつかなかった。

手が少し痛いけれどスッキリした、気がした。

「セイナちゃん、ナイスパンチ……。本格的に殴るとはさすがだよ……」

ベンガル様が呆気《あっけ》にとられている。隣でキーライ様は小さく拍手をしてくれている。

「ありがとうございます。あまりダメージを与えられなかったみたいで悔しいですが、思いっきり殴れてスッキリしました」

ルディ・オーソンは少し口を拭《ぬぐ》って、相変わらずの涼しい顔をしている。

「あと、ちょっと言わせて頂きます」

「ああ」

私は彼を見据《みす》えて大きく息を吸い込んだ。腹が立っている事を全部出してから帰ろう。

「ルディ・オーソン！　貴方は考えが偏《かたよ》りすぎです！　オーソン公爵がお母様を屋敷に閉じ込めたと言いましたが、お母様はそれで不幸だったのですか？　屋敷から逃げたいとお母様がそう訴えたのですか？」

私の突然の大声に、ルディ・オーソンが目を丸くする。

「いや……それは……」

「貴方は自分の考えに囚《とら》われてお母様の気持ちを分かろうとしていません。貴方の中のお母様は悲しそうな顔をしているのですか？　私はそうは思いません。屋敷に飾ってある家族写真のお母様はとても幸せそうでした。あれが全てなんだと思います。オーソン公爵も愛する人を見殺しにするようなお方ではないと思います！」

「つだが……」

「夫婦間の関係性や出来事なんて他の人には分からない事が多いと思います。ましてや子供だった貴方には理解出来ない部分も多かったのではないでしょうか。そもそも、オーソン公爵にちゃんと真意を聞かれたのですか？」

「……いや……」

「真意を聞かないで見殺しにしたのだと決めつけるのは、いささか早計《そうけい》かと思います。それでお母様を可哀想だと決めつけるのは失礼です！」

「……」

ルディ・オーソンに異論を唱えられる前に捲《まく》し立てる。

これらは私が感じた疑問だ。勿論、彼が感じた事に間違いは無いのだろうけれど、物事は捉え方によって真実が変わるものだと思う。

「あと、最後にもう一つ言わせてください」

それは、何より私が腹が立った事。

前に立っているルディ・オーソンを睨み付ける。

「私は貴方の『番』にはなりませんが、もし、もしもなったと仮定しての話ですが、貴方が私を閉じ込める事が出来ると思っているなら大間違いです。私は自分が行きたい所へ行きますし、閉じ込められたなら何としてでも自力で外へ飛び出します！」

彼は私を何も分かっていない。

「学院での二年間、私は貴方には敵わなかったかもしれないけれど、貴方をいつか蹴落としてやると必死で食らい付いて頑張りました。なのに、貴方は全く私を見ていなかったのですね。それが、一番腹立たしいです。私を甘く見ないでください。私を簡単に殺せると思わないでください！」

――ハァハァと少し息が荒くなってしまった。

彼の中では私はどんなに弱い存在なのだろうか。

私の強さを全く認めてくれていなかった事が悔しくて仕方なかった。

ルディ・オーソンを見ると少し驚いたような顔をして固まっていた。このムカつくほど綺麗な顔も見納めだなと冷静に見つめる。

――うん。言いたい事は言ったし、もう帰ろう。

くるりとベンガル様の方へ向きを変える。

「用件は済んだので帰ります。ベンガル様、すみませんがお城の外まで案内お願い致します」

そう言うと足早に歩き、慌てて後を追ってきてくれたベンガル様と共に部屋を後にした。

第五章　求愛

「ランさん、痛み止めの薬が出来上がりましたのでいつもの棚に補充しておきます」

「はーい。ありがとう。あと、痒《かゆ》み止めの薬も少なくなってきたからお願いできる？」

「はい。了解です！」

慣れた手付きで薬品ペーストを取り出し、複数の薬草を混ぜて自分の治癒《ちゆ》魔法を注ぎ込む。ベースになる自分の治癒魔法に、効能の異《こと》なる薬草などを混ぜて配合する事によって様々な薬が出来上がるのだ。

　これはほとんどの薬師《くすし》が同じ作り方をするが、薬の出来上がりは薬師の治癒魔法の精度に左右される。

「やっぱりセイナの薬はいいよ。効き目が抜群に良いって評判だし。うちの売上も右肩上がりで感謝、感謝！」

　そう言ってランさんは豪快《ごうかい》に笑う。

　ランさんはこの薬局のオーナーだ。私の雇い主であり、黒髪短髪の、背がとても高い、スラッとした女性だ。

「そう言ってもらえると嬉《うれ》しいです」

「セイナがいきなり数日休んでそのまま辞めてしまうんじゃないかと心配したけど、戻ってきてくれて本当に良かったよ」

「辞めたりしませんよ。その節は本当にご迷惑お掛けしました」

「いやいや、ちゃんと代わりが来てくれたし、うちは迷惑なんて少しもかけられてないよ。代わりに来てくれたエクドアさんはとても優秀でいい人だったしね」

ベンガル様が手配してくれた私の代わりの方は、エクドアさんという少し白髪《しらが》の交じったナイスミドルなイケオジである。入れ代わりの際に一度だけお会いしたけれど、優しそうな方で、すっかりランさんや他の従業員と打ち解けていて、ちょっと嫉妬《しっと》してしまった。

私が突然ベンガル様に連れて行かれて仕事を休んだのはもう二週間も前の事になる。結局四日もお休みを頂いてしまった。

精神的にも疲れたけれど、ようやく以前のような日常が戻ってきたと感じつつある。

マリーには戻ってすぐ魔法小鳥で手紙を出した。

ルディ・オーソンを思いっきり殴った事と、言いたい事を言ったと知らせると、

『あの綺麗なお顔を躊躇《ちゅうちょ》なく殴れるのはセイナくらいのものよ』

とお褒めの言葉が返ってきた。

「セイナが金髪の超イケメン貴族に連れて行かれたって聞いた時は、彼氏と結婚でもするのかと思ったよ」

あははと口を開けてランさんが豪快に笑う。金髪の超イケメンとはベンガル様の事ね。

「違いますよ。そもそも、ベンガル様は恋人でも何でもありません。ただのチャラい元同級生で

す」

ランさんには、ベンガル様にオーソン公爵家《こうしやくけ》へ連れて行かれて、薬師としての仕事を頼まれたと説明しておいた。公爵家から代役が派遣されてとても驚いていたが、それで納得してくれていた。

「そんな事言ってるけど、ランはセイナが実は貴族に無理矢理連れて行かれたんじゃないかって、毎日心配してたんだぜ」

奥の部屋から、ランさんとよく似た、黒髪で背の高い男の人が顔を出す。この人はシオンさん。ランさんの弟だ。ランさんとシオンさんは二人でこの店をやっている。

「余計な事言わなくていいから」

ランさんが少し恥ずかしそうにシオンさんの頭を軽く叩く。

「すみません、ご心配をお掛けしました」

「いやいや、いいの。勝手に色々考えちゃっただけだから」

「勝手に長く休んでしまったのに、クビにならなくて本当に感謝してます」

「クビにする訳ないでしょ。こんなにいい薬師、手放すもんですか！」

ランさんとシオンさんは気さくでとても優しい。

雇い主だけれど、偉そうな所はなく仕事上でも私を尊重してくれていると感じる。

セントラル学院の卒業証書は見せたけれど、実家の場所や身元を明かさず、思いっきり訳ありの怪しい私を快く雇ってくれた。二人には頭が上がらない。いい人達に出会えたなぁと自分の運の良さに感謝だ。

「それにしてもセイナが貴族の金髪イケメンや、あのオーソン公爵家の獣人様と知り合いだとはびつくりしたよ」

「ランさん、金髪イケメンは伯爵家《はくしゃくけ》のベンガル・タイル様です」

ランさんは何故か何度言ってもベンガル様の名前を覚えない。金髪イケメンが名前みたいになっている。

「セイナは美人だから、彼らはセイナに気があるんじゃないの？」

「……それはないです」

ルディ・オーソンはこんな小さな村でも有名人で、ランさんも勿論《もちろん》彼を知っていた。

実物を見た事が無いからどんな感じの人物なのかと、聞かれたが「藍色の長髪で綺麗な顔をしていて優秀だけど、無愛想《ぶあいそ》で性格が悪い残念な人だ」と伝えた。

私が彼の『番《つがい》』だなんて言うつもりはない。彼とは二度と会わないだろうし。

「セイナも彼らに気持ちはないの？」

——少しドキッとする。

藍色の長髪男の顔が浮かんできたのは、きっと間違いだ。マーキングの一件で私の脳内がバグっているに違いない。

「ないです。全く」

私のぶっきらぼうな回答に、ランさんが「噂《うわさ》のイケメン達にときめかないなんて、セイナは結婚出来ないね」と笑った。

今日は残業して薬を作り上げたので、明日の朝は少し遅めに出勤するようランさんに告げられる。

労働環境も超ホワイトでありがたい！

薬局を出たのは二十時を過ぎた頃で辺りはもう真っ暗になっていた。薄手の長袖じゃ肌寒く感じる。帰りに食材を買って帰ろうと思っていたけど、今日はこのまま真っ直《まっす》ぐ帰ろう。

——帰り道、ランさんの言葉を思い出す。

「結婚かぁ」

そっと首元に手をやる。

誰にも見せていないけれど、私の首元にはしばらくして薔薇《ばら》のような模様の痣《あざ》が現れた。赤みを帯びたそれは痛々しい傷痕のようにも、本物の薔薇のように美しくも見える。

これが刻印で、私とルディ・オーソンは番契約が成立したのだと、他人事のように理解した。

今まで考えないようにしていたけれど、マーキングをされてしまった私は、もう誰とも結婚できない。

ルディ・オーソンにとっての『番』は私だった。

『番』とは運命の相手なのだろうか。

じゃあ、私にとっての運命の相手は？

お互いにとって運命の相手なら、私はもう彼以外居ないという事なのだろう。でも私は、彼と結ばれる気はない。

「——仕事、頑張《がんば》ろ……」

切実に思った。

昨日食材を買いそびれたので、少し早く家を出て市場で買い物をしてから職場へ向かう事にした。

市場で新鮮な野菜と果物と卵を買い、ベーコンはどうしようかなと迷いながら歩いていると、何かいつもより市場が騒《さわ》がしいのに気付いた。

店の外へ出てキョロキョロしている人や、店の内外至る所で皆が何やら話をしている。

何かあったのだろうかと不思議《ふしぎ》に思っていたら、店の外に出ていた顔見知りの本屋のカロリーナさんが、慌ててこちらへやって来た。

「セイナちゃん、今日は仕事は休みかい？」

「いいえ、これからですけど、今日は何かあったのですか？」

周りの様子を窺《うかが》いながらカロリーナさんに聞いてみる。

「それがね、私もチラッと聞いただけなんだけど、物凄く有名な騎士様がこの村にやって来たらしいって」

「え？　有名な騎士様ですか？」

「そうそう。三人居て、全員が物凄い美男子だとかで村の若い女の子達がその人達の後を追いかけて行ったんだよ。私も一目見たかったんだけどねぇ」

──三人のイケメン騎士……。胸の奥がざわりとする。

「それでね、その三人は薬局に向かったみたいなんだよ。セイナちゃんの仕事場だろ？　何か知ってるかい？」

「い、いえ、何も……」

「そう。じゃあ偶然立ち寄っただけなのかもしれないね。今から行ったら会えるかもしれないよ」

ウキウキと話すカロリーナさんに、私は苦笑いで返す。

三人のイケメン騎士……いやいや、まさかね。

騎士様がこんな田舎《いなか》の薬局に用があるというのは、戦いで不足した薬でも急遽《きゅうきょ》求めに来たのかしら……？　きっとそうに違いない。

カロリーナさんと別れ、買い物を切り上げて足早に薬局へと向かう。もし騎士団用の補充目的なら、薬の大量注文や特別注文など、不測の事態が起こっているかもしれない。

薬局へ着くと、村中の女の子達が集まっているんじゃないかってくらいの人だかりで店の入り口が塞《ふさ》がれている。

こんな田舎じゃ騎士様を見る事なんてそうそう無いものね、しかもイケメンみたいだし。

物珍しさで集まっているのだろうけど……何だかこの人だかりの雰囲気は覚えがある。

ふと、学院時代のルディ・オーソンを思い出す。

確かこんな感じで女の子達が群がっていたなぁと思いながら、女の子を掻《か》き分け店の奥へと進む。

「すみません、従業員です。通してください」

ひたすら謝ってようやくカウンターの中へとたどり着いた。

店内にはシオンさんが居て、私を見つけるなり手を摑《つか》んで奥の休憩室へと連れて行く。

「セイナちゃん！　待ってたんだよ。とにかく来て！」

「えっ？　えっ？」

シオンさんが休憩室の扉を開けると、そこには見覚えのあるイケメン騎士が三人居た。

白い軍服を着たベンガル様とキーライ様。そして、真っ黒の軍服を着たルディ・オーソンだった。

目の前の光景に絶句し、体が固まる。

「……黒い軍服だと？」

あまりに自分のツボに入る格好良さに、思わず口に出して突っ込んでしまう。

黒い軍服を身に纏《まと》ったルディ・オーソンは悪魔なのかと思うくらい冷たい美しさを放ち、そして恐ろしいほど似合っていた。

もはや本人が目の前に居ることを理解出来ていなかったのかもしれない。こういう時は思考回路もおかしくなるのかもしれない。

「セイナちゃん！　おはよ～」

ベンガル様の緩《ゆる》い挨拶《あいさつ》でハッと我に返る。

――え？　現実なの？

私の妄想が生み出したのかと思った黒軍服のルディ・オーソンは、間違いなくそこに居た。

「どうして……こんな所に……」

こんな所ってランさんに失礼だけど、小さな村の小さな薬局の休憩室にはあまりにも不似合いな美形三人衆に問いかけてしまう。

「どうしてって、セイナちゃんに会いに来たに決まってるじゃん」

「えっ会いに……？」

動揺する私の元にランさんがやって来た。

「セイナ、この獣人様達がセイナに用があるらしいんだけど……あの人は例の金髪イケメンだよね!?」

ランさんが小声で耳打ちしてくる。

「……ベンガル様です。そしてお隣の方はキーライ様……」

「じゃあ、あの黒軍服の超絶イケメン獣人様ってもしかして……」

「……ええ、あの人は公爵家のルディ・オーソン様です」

「やっぱり！　噂に聞いてた通り、いえ、噂以上にヤバいわね。黒軍服は破壊力凄いわ」

同感です。ランさん。ただでさえ目立つのに、どうしてわざわざ黒軍服なんか着て……とルディ・オーソンを見ると彼と目が合った。

彼は椅子から立ち上がると、軍靴《ぐんか》を鳴らし、つかつかとこちらへ向かって歩いてくる。

彼が自分に向かって来るなんて今までなかった状況に驚き、後退《あとずさ》りするも、後ろが壁で行き詰まる。ルディ・オーソンは私のすぐ前までやって来て立ち止まった。

……なんか、近くない？

「つな、何かご用ですか？」

あまりに好みな彼の格好のせいか、何か恥ずかしくて顔を合わす事ができず下を向く。

「……君の様子を見に来た」

「は？　どうして貴方《あなた》が私の様子を見に来る必要が？」

言葉の真意が分からず、思わず噛《か》みつく口調になってしまう。

思わず顔を上げると、ルディ・オーソンがじっとこちらを見つめていた。金色の瞳が以前より優しくなっているように感じる。

「――君はもう俺以外には嫁に行けない体だろう？」

「なっ！　何を言ってるんですか！」

誤解を招く言い方!!　突然の爆弾発言に慌てふためく。

「ん？　嫁？」

ランさんに聞こえてるし！

「な、な、何でもないです！」

ランさんの方を向いてフォローしようとしたが、続けざまにルディ・オーソンが爆弾を落とす。

「君が俺のものになった印が見たい」

「わあああああっ!!」

慌ててルディ・オーソンの口を両手で塞ぐ。

「――え？　印？　何？」

「だから、何でもないですっ！」

ランさんには伝わってないみたいでセーフ！　でもベンガル様とキーライ様には聞こえてたみたいで、それぞれ何とも言えない表情を浮かべている。

「人前で何て事言うんですか！　やめてください！　っていうか見せませんから！」

ルディ・オーソンの口を手で塞いだまま小声で注意する。

咄嗟《とっさ》に取ってしまった行動だったけど、あまりの至近距離と手のひらに感じる彼の吐息に、慌てて離れようとするも、私の手の上から彼が手を重ねて押さえてくる。

――次の瞬間、ルディ・オーソンが私の手のひらにちゅっ、と唇を付けた。

「！　わあああああっ!!」

慌てて手を振り払うも、ルディ・オーソンはいたずらな笑みを浮かべている。

「セイナ？　どうしたの？」

「い、いえっ、何も」

キスされた事には誰も気付いてないみたいで良かったけれど、今のは何？　何でそんな事するの？　頭の中が大混乱で顔が熱い！

ランさんが心配そうに「大丈夫？」と声をかけてくれた。

「セイナ、顔が真っ赤だよ」

指摘されて、また顔が熱くなる。

「本当に大丈夫です！」

ルディ・オーソンはいつも通りの冷静な顔をしている。

さっきの感触は気のせいだったのかと不安になる。まるで私が自意識過剰みたいじゃないか。

「セイナちゃん、ここまで来たのはルディから話があるからなんだ。申し訳ないけれど時間を作ってくれないかな？」

ベンガル様の申し出に戸惑う。

これから仕事だし、今さら話なんて……。考え込む私を見てランさんが手を振る。

「いいよいいよ、セイナ今日は有給で休み取りな」

「いや、でも……」

「あ、セイナちゃん借りるし、お騒がせしたお詫びとして、何種類か薬を買わせてもらうよ、店長さん。在庫の分も全部」

ベンガル様がぱちんと指を鳴らして言う。

「ここの薬は効能がいいって評判だから、騎士団の薬をストックしておきたいしね」

「それはありがたい！　じゃあ、今日は無くなる分の薬を作らないといけないから臨時休業にするよ。セイナは遠慮なく話をしといで。二階の部屋を使ってもいいからね」

ランさんとシオンさんは嬉しそうに休憩室を出てカウンターへ向かった。在庫分も買ってくれるとなると、かなりの売上になる。

「じゃあ、僕らは薬の発送手配をしてから行くから、ルディとセイナちゃんはゆっくり話をしておいでね」

そう言うとベンガル様とキーライ様は部屋を出て行った。

――え？　話って……ルディ・オーソンと二人なの？　物凄く気まずいんだけど。

どうしたものかと戸惑っていると「とりあえず、お言葉に甘えて二階の部屋へ行こう」とルディ・オーソンは一人で勝手にスタスタと二階へと続く階段へ向かうので、仕方なくついて行った。

薬局の二階には研究部屋がある。この部屋には色々な薬品と器材が置いてあり、主に私が使わせてもらっていて、新しい薬の開発や研究をしている。

ルディ・オーソンが部屋の中を物珍しそうに見て回る。

「この研究は君が？」

机の上に置きっぱなしの書類に目を留め、興味深そうに見ている。

「ええ……それは私が今研究している、幼い子供でも副作用無く服用できる痛み止めの薬です」

子供には大人の薬を量を減らしてそのまま与えるのが一般的だが、それでは子供には作用が強いらしく、眠くなったり吐き気を感じたりする副作用が出る。

使っている薬草がそもそも体の未熟な子供向けではないのだと思い、違う薬草で副作用の少ない痛み止めを作ろうと研究しているのだけど、あと一歩という所で行き詰まってしまった。

「あともう少しで完成なのですが、どうしても苦味が消えなくて……」

子供に苦味は大問題だ。嫌がって飲んでくれないのでは意味がない。

「……では、苦味を消すのではなく、苦味があって子供が好む味を加えればいいのでは？」

「えっ？」

「そうだな……例えば、ショコラ――」

「なるほど、そうか！　そうですね。いい考えです！」

食い気味に答える。私からしたら目から鱗《うろこ》の発想だ。

さすがルディ・オーソン。私の悩みを瞬時に解決してしまった。

万年二位のトラウマが蘇《よみがえ》りそうだけどやっぱり彼は凄いと改めて痛感する。

「ショコラ味ならきっと子供達も嫌がらず服用してくれます！　ありがとうございます！」

興奮気味に話していると、ルディ・オーソンがフッと柔らかく微笑《ほほえ》む。

「君はいい仕事をしているな」

初めて見るルディ・オーソンの表情に目を見張る。

何この笑顔……物凄い破壊力なんだけど。

というか、この人は本当にあのルディ・オーソンなのだろうか。

雰囲気が違いすぎて別人じゃないかと疑ってしまう。笑うなんて反則だ。

何やら恥ずかしくなり、まともに彼の顔が見れなくなる。

「あ、ありがとうございます。そんな事よりお話というのは何でしょうか？」

早く話を終わらせてこの部屋から出たい。

「ああ、そうだったな」

ルディ・オーソンは神妙な面持ちでこちらに向き直る。

「君に謝りたくてやって来た」

「え？　謝罪はもうして頂きましたが……」

「いや、それとは別の、先日君が話してくれた事についてだ」

私は首をかしげる。先日話した事と言えば……お母様とオーソン公爵の件かしら？

「君が言ったように、あれからすぐに屋敷に帰って、父にあの時の言葉の真意を確かめたんだ」

「……お医者様の件ですか？」

「そうだ。あの件で『俺は貴方が母を見殺しにしたとずっと思ってきた』と父に伝えたら酷く驚かれたよ。そして謝罪し真実を語ってくれた」

真実。やはり、別の意味があったのだ。私はごくりと唾《つば》を呑む。

「俺が探し出した名医――アダム・マグリルナは昔、父が真っ先に母を診察してもらった医者だったんだ。そして彼に不治の病である事と、余命を宣告され、母はあの屋敷で療養しながら過ごしていた。何も知らない俺に、父は誤魔化《ごまか》そうとして思わずあの言葉を口にしてしまったらしい」

「誤魔化す……？」

「アダム・マグリルナの事を話すと、母の病気や余命の事までバレてしまうかもしれない。家庭教師の件があったばかりで傷ついている息子に、これ以上追い討ちをかけられないと、咄嗟に出た言葉だったらしい」

　なるほど。大切な人を無くす衝撃を味あわせたくない、不器用なオーソン公爵の優しさだったのね。真実を隠す為に、「他の男に妻を触れさせたくない」なんて言ってしまったのか。

「父ももう少しマシな嘘《うそ》をついてくれれば良かったのに……」

　ルディ・オーソンが少し悲しそうに顔を歪《ゆが》める。

「母が死んで……父は目も当てられないほど落ち込み、俺も悲しみと父への怒りを抱え、自分の考えに囚《とら》われて父を気遣う事すらしなかった。ちゃんと話をしていれば、こんな馬鹿げた勘違いを長年せずに済んだのに……」

「オーソン様……」

　長年、彼を苦しめた言葉は彼を想っての言葉だったのだから、やりきれない部分があるだろう。

　——きっと、オーソン公爵も同じように後悔されたのだろう。

「でも、君のお陰で誤解が解けた。心から感謝している」

　またルディ・オーソンが優しく笑う。くうっ！　だからその笑顔は反則です。

「乳母《うば》のリズにも話を聞いたんだ。元々派手を好む人ではない上に、体も弱かったから外出やパーティーなど人と関わる事を拒《こば》んだのは母の方だったそうだよ。父の独占欲も嬉しく受け止める人だったみたいだ」

「そうなんですね」

　リズさんが言うのなら、間違いなく本当なんだと思う。彼もリズさんの事は相当信用しているのだろう。

「君が言った事を考えてみたんだ。俺の中の母はどんな顔をしているのか……」

彼は自分の中の母親を思い出すように目を閉じる。

微《かす》かに揺れる長い睫《まつ》毛《げ》に見《み》惚《と》れてしまう。

やがてゆっくり目を開けると、私と目が合った。吸い込まれそうな金色の瞳があまりにも美しくて目が離せない。

「何度思い出しても、母はとても優しい笑顔で幸せそうに見えるよ。君が言った通り、それが答えなんだ」

嬉しそうに微笑む彼の笑顔に釘付けになる。

さっきから——変だ。

初めて見る表情のせいだろうか、自分の胸がドキドキして落ち着かない。

「君に一番謝りたかったのは、君が最後に言った事についてだ」

最後に啖《たん》呵《か》を切った覚えがあるが、謝られるような事はあっただろうか、と戸惑う。

私の不思議そうな顔を見て、またルディ・オーソンが微笑む。

「君は大人しく監禁されるような人ではないし、俺が殺せるほど弱い人間でもない。君の強さや逞《たく》しさは俺が一番分かっていたはずなのに……。不《ふ》愉《ゆ》快《かい》な思いをさせて申し訳なかった」

ルディ・オーソンが頭を下げる。

「……分かってくれたならいいんです」

『君の強さや逞しさは俺が一番分かっている』

その言葉がやけに嬉しかった。

一方通行のライバルだったけれど、やっと彼も私の事を認めてくれたのかもしれない。

「決して君を見くびっていた訳じゃないんだ。俺は自分の考えに囚われて君自身を見ず、君と母を重ね合わせていたのだと思う。でも君のパンチとあの言葉で目が覚めたよ」

そう言うとルディ・オーソンはおもむろに、さらに距離を詰めてきた。

「な、何ですか？」

ちょっと今日は距離感おかしくない？

ルディ・オーソンは少し前屈《まえかが》みになり、右手で私の髪を取ると――口付けした。

目の前で自分の髪に口付けされ、パニックになる。

「な、な、何をするんですか！」

顔が熱い。きっと私は今、顔が真っ赤だ。

ルディ・オーソンが目と鼻の先ほどの至近距離で真っ直ぐ目を見つめてくる。

「――セイナ・アイリソン、どうか俺の『番』になって欲しい」

「……え？」

突然の言葉に頭が真っ白になる。

今、何て言った？　『番』って言った？

――彼の『番』に？

「――なっ、なりません！」

ほとんど反射的に、力一杯答えた。

「どうして？」

「どうしてって……」

彼の近さに後退《あとずさ》りするも、同じ距離を詰められる。

一体この状況は何なのだろう。とにかく近いし、物凄く見てくるし、私の心臓はうるさいし！

「ちょっ！　ち、近い！　近いです」

近づく彼を両手で制止するも、気にする様子もなく近づいてくるので、両手に彼の胸筋が触れる。

——硬い。胸筋カッチカチだわ。

「この前も、私は貴方の『番』にはなりませんと伝えたはずです」

「うん。だからお願いしに来たんだ。どうして無理なのか教えて欲しい」

ついに壁際まで追い詰められ、ルディ・オーソンが壁に手をつき私を囲いこむ。俗に言う壁ドンではないか、これでは。

——どうして？　どうしてかなんて考えた事がなかった。学生時代、拒絶されたから意地でも受け入れたくないと思っていた。

彼にライバルとして認めて欲しかったのに、軽んじられたことが悔しくて。

でもその理由が、彼が私を『番』だと知っていて、あえて目を背《そむ》けようとしていた事が原因だと分かった今、私はどうすればいいんだろう。

「……と、とりあえず、ちょっと離れてください！　その顔で来られたら心臓に悪いです！　それに黒軍服なんてずるいです！」

「——顔？　軍服？」

あ、焦りすぎて言わなくてもいい心の声が漏れてしまったかも。

「君はこの顔が嫌い？」

「えっ？　嫌いじゃないです。綺麗だし黒軍服が死ぬほど似合っています！」

引き続き、心の声が出てしまった。

はっと、口をつぐみ、ルディ・オーソンを見上げると、とても悪い顔で微笑んでいた。

「それは良かった。生まれて初めてこの顔で良かったと思ったよ。軍服もベンガルに勧められて着たのだが、君の好みに合ったみたいだな」

くぅ！　ベンガル様が犯人だったのね！

うっかり彼に好みを話してしまった自分を恨《うら》む。

「顔が嫌でないのなら、俺は添《そ》い遂《と》げる相手として条件は悪くないと思うが。金は持っているし、騎士団という安定した仕事にも就いている」

超お金持ちで超エリート……。

「そしてなんと、俺は一生浮気しない」

超一途《いちず》……。

本当だ！　その上とんでもない美形で、文句のつけようがない優良物件！

「で、でも性格に問題が……」

かなり失礼な発言をするが、ふ、と彼は微笑む。

「今までは拗《こじ》らせに拗らせてきたから無愛想で申し訳なかったが、もう違う。君と居ると本当の自分を出せる。それに君とはろくに話もしてこなかった。これから一緒に居てお互い分かり合っていきたい」

確かに、ルディ・オーソンは今までと雰囲気が変わった。

壁が無くなったというか、柔らかくなった。ギャップがありすぎて戸惑うけれど……。

その姿に私もドキドキしてしまう。何だろうこれは。もしかしてマーキングをされた事で、私の中の何かも作り替えられてしまったのだろうか？

「他には？」

ルディ・オーソンが自信ありげに微笑む。

「何ですか、その余裕は」

「いや、動揺する君を見るのは初めてで可愛《かわい》いなと」

「――っか!?」

この男からそんな言葉が出るなんて！

あり得ない。やっぱり別人なんじゃないだろうか。

ちょっとベンガル様のチャラさが移ったのだろうか……。

あまりの恥ずかしさに冷静に考える事ができない。

「とりあえず無理です。急にそんな事言われても無理です！」

「ふむ……」

ルディ・オーソンは少し考え込むと、胸ポケットから折り畳まれた書類を取り出した。

「これに見覚えは？」

目の前に広げられた書類を見ると、そこには私のサインがあった。

「――この書類はもしかして……」

「そう、君が俺の部屋に入る前にサインした、もし『番』だった場合の誓約書だ」

そういえば、そんなのにサインした覚えがある。

でも中身は結局読んでいない。『番』だけど『番』にはならないと合意したと思ってすっかり無かった事になっているつもりだった。

「これは実質、結婚の誓約書でもある」

「ふぁっ!?　けっこん!?」

びっくりしすぎて思わず変な声が出た。

そんな事聞いてない！　ベンガル様めぇぇ！

「これに君がサインしているという事は結婚を了承しているという証だし、これを国に提出すれば俺達は婚約した事になる」

「こんやく!?」

「ああ」

ルディ・オーソンがニヤリとまた悪そうな顔をしている。

「……まさか、勝手に提出したりしませんよね？」

恐る恐る聞くと「さあ？」と答える。

やっぱり性格悪い！　ドSだ！　根っからのドSだ！

「そもそも、君は他の男と結婚なんて無理だろう。だったら俺でいいんじゃないか？」

「無理だなんて決めつけないでください！　失礼な！　貴方と結婚するほうが無理です！」

番契約も結ばれてしまったし、誰かと結婚する気なんて元からないけれど、無理だと言われると腹が立つ！　目の前の胸筋を思いっきり叩く。

「はは。案外口が悪いな、君は」

「そっちはやっぱり性格悪い！」

思いっきり叩いているのに、びくともしないし、やっぱり硬い。くそぅ。

「ははっ確かに」

やけに嬉しそうに笑っているのが納得できない。

「それに、俺と結婚する事は君にとってマイナスではないと思うんだが？」

「優良物件だからですか？」

「まあ、それもあるが、君は俺に勝ちたいだろう？」

「え？」

――心の奥を見られたようでドキッとする。

ルディ・オーソンに勝つのはもはや、夢だと言ってもいいくらいの目標だった。

「俺と結婚して人生を共に生きれば、いつでも勝負ができる」

なるほど、確かにそうだ。

何故かその言葉に妙に納得してしまいそうになるけれど……結婚ってそういう事で決めるものなのだろうか？

「――あともう一つ」

「まだ何かあるんですか？」

「君は実家と縁《えん》を切る事が出来る」

ルディ・オーソンから出た思わぬ言葉に固まった。すうっと脳が冷える。

「――実家と……ですか？」

「ああ、君が実家から身を隠している事は知っている」

きっと、マリーからベンガル様に伝えられたのだろう。

「まあ、色々ありまして……」

「君は実家と縁を切りたいと願っているが、絶縁するには相手の同意が要る。だがそれを易々《やすやす》と受け入れるような家族ではないから、仕方なく身を隠しているんだろう？」

「……その通りです」

最近ではすっかり忘れていたけれど、一番の悩みは実家の事だった。

今は身を隠せていても、いつか居場所を突き止められてしまうかもしれない。いつまでも逃げている訳にはいかない。

俯《うつむ》きかけると、ルディ・オーソンが目の前に手を差し出してきた。

「俺と結婚して次期公爵夫人になれば、実家と縁を切る事が出来る。貴族と平民の結婚は許されていないが、俺達獣人の場合は違う。『番』が平民だとしても結婚は許される」

――それは聞いた事がある。

『番』としか子どもを設《もう》けられない獣人に対し、国も特例で身分差の結婚を認めているらしい。だからこそ夢物語のように皆『番』の結婚にあこがれるのだ。

けれど。

「……あの人達なら嫁《とつ》いだ義娘の家にやって来て、平気でお金の無心《むしん》くらいしそうです。それがたとえ貴族相手だろうと。結婚しただけで縁を切るのは難しいと思います」

権力に臆するような人間ではない。逆に公爵家なんて知ったら嬉々《きき》としてやって来そうだ。迷惑をかける事になるのではないかと思う。

だが、ルディ・オーソンは笑みを深くする。

「婚約はあの誓約書を出せばできるが、結婚となると手続きが必要だ。一旦、貴族の養子となって平民から貴族になってもらう必要がある」

「養子ですか。それじゃあ、今の家族とは……」

「戸籍上は縁が切れる」

「……なるほど、そういう事なら納得です。ですが、婚約して養子に出る事自体に、実家の了承が要るのではありませんか？」

獣人の『番』として公爵家に嫁ぐとなれば、平民の実家が反対なんて出来ないだろうけど、義母が素直に了承するとは思えない。

「必ず了承を得なければ手続き出来ない訳ではないが、実家の了承があればスムーズに事が進むのは確かだ」

「――そうですか……」

やはりそう簡単にはいかないのだと考え込む。すると。

「君に無断で申し訳ないとは思ったが、実はここへ来る前に君の実家へ行ってきたんだ」

「――は？」

予想だにしてなかった言葉に戸惑う。

私の実家に？　何で？

「君の状況は分かっていたから、とりあえず籍《せき》を抜く事が出来ればいいと思って、養子縁組の書類にサインをしてもらえないか、交渉に行ってきた」

「私は結婚するとは言っていませんが！」

畳みかけるような衝撃の事実に私は声を荒らげる。

「とりあえず養子縁組を了承させれば縁が切れるから問題ないだろう？　君の義母には、君は俺の『番』で結婚をする為に、との説明はしたが、結婚はそのあと考えてくれればいい」

何か外堀を埋められていると思わないでもないけれど……。そんな事より、どんな結果になったのかが気になる。

「義母《あのひと》はサインをしましたか？」

そう聞くとルディ・オーソンは静かに首を横に振った。

「残念だが、君の義母という人はなかなか癖《くせ》があって、こちらの条件を素直に受け入れる人じゃなかったよ」

「……やっぱり」

行方《ゆくえ》を眩《くら》ましていた義娘が次期公爵夫人になるという、またとない話にちょっとやそっとの条件では頷《うなず》かないだろう。

お金を受け取れたとしても、結婚と養子縁組を了承し縁が切れてしまえばそれまでだ。あの人はきっともっと多くの事を望むはずだ。

「君の義母と義妹は、条件としてまず君に会いたいと言ってきたよ」

「え……」

あの人達が私に会いたがっている。その言葉に寒気《さむけ》がした。

間違いなく、寂しさからではない。私に何を要求してくるつもりなのだろうか……。

「あの類《たぐ》いの人間はまともに相手するときりがない。際限なく、欲望をぶつけてくるだけだ」

ルディ・オーソンの冷たい表情に嫌悪感が交じる。きっとあの人達と会って相当不愉快な思いをしたのだろう。もう三年会っていないがきっと彼女達は変わっていない。少し気の毒に思う。

「大人しく条件を呑むならそれで終わらせようと思ったが、向こうにその気は無いみたいだ。あちらの了承が無くても公爵家の権限で養子縁組の手続きは出来るが……君はどうしたい？」

「え？」

「俺に任せてもらえれば、君はこのままあの家族とは会わずに縁を切る事が出来るが、君はそれを望むか？」

あの人達と会わなくてもいい……。

正直、二度と会いたくないとは思っている。

幼い頃から受け続けた理不尽な仕打ちは私の思考能力を失わせ、ただ奴隷《どれい》のように言いなりになるしかなかった。義母と義妹が私を家族として扱ってくれた事など一度もない。

私は孤独で、何の力も無かったけれど、家を出てからの三年間で変わった。

あの人達から受けていた洗脳とも呼べる価値観は間違いだと理解したし、外の世界を知ってあの人達がどんなに愚《おろ》かか分かった。

会いたくはないけれど、このまま何も言わずに許してしまうのは悔しい。

――だけど、出会って顔を見れば、幼い頃からの恐怖が今の私を支配してしまうのではないかと怖くなる。

答えに迷う私の頬《ほお》にそっとルディ・オーソンが触れる。

「君の事は俺が護るから大丈夫だ」

心の中を見透かされてドキッとする。

「君は俺を利用してこの機会に問題を解決すればいい。会うのが嫌なら無理しなくてもいい。俺が全部やる。俺は君の為なら人間の一人や二人葬《ほうむ》り去ってやる」

本当にやりかねない悪い顔をしているなぁとルディ・オーソンの顔を見つめる。

結婚は別にして、彼の申し出は正直ありがたいと思った。

私だけだったら何年かかっても無理だったかもしれない問題を、一緒に解決してくれる……。それがあの無敵のルディ・オーソンなのだから心強さが半端ない。

ここは一つ、お言葉に甘えて彼を利用させてもらおうと思った。

「……会いに行きます」

彼は私がそう決断すると分かっていたかのように、ニヤリと笑った。

◇　◇　◇

離れ難《がた》いが、今日の所は一旦引き上げて後日、セイナと一緒に彼女の実家へ行く事になった。

帰りの馬車でベンガルがニヤニヤしているのが気持ち悪い。キーライもいつになく微笑んでいる。

「――……何だお前ら、その顔は」

「いや、ルディがやっと素直になって嬉しいなと思ってね」

「…………」

「本当に今まで大変だったよね。誰かさんが何の相談もなく一人で勝手に拗れてさぁ」

ベンガルの言葉にキーライも隣でうんうんと頷く。

「ま、結婚は断られたみたいだけど、大丈夫大丈夫。落ち込むな。まだ望みはあるって」

ベンガルがポンポンと肩を叩いてくる。――こいつに慰《なぐさ》められると無性に腹が立つ。

「別に落ち込んでなどいない」

もとより、今まで最低な事をしてきた俺がすぐに許されるなんて思ってない。一生かかってでも側に居て欲しいと乞《こ》うつもりだ。

ふと、ベンガルが尋ねてくる。

「念の為に聞くけど、ルディはちゃんと気持ちを伝えたんだよね？」

「ああ。俺の『番』になって欲しいと伝えた」

「うん。それと？」

「？」

「え？　それだけ？」

やけに二人が驚いている。

「いや、あとは結婚のメリットなどを伝えたが……」

何故か二人がドン引きしている。

「メリットとかじゃなくて、好きだとか愛してるとかそういうルディの気持ちは伝えなかったの？」

——好き？　——愛してる？

思い返す限り、俺はそんな言葉は使っていない。

『番』にと望むのは勿論愛してるからだ。

そんな当たり前の事は伝えるまでもないと思っていたが……。

「……それは、言うべき言葉だったか？」

ベンガルとキーライが眉間《みけん》に手を当てる。

「これだからモテまくりのイケメンは……」

「ですね」

二人が憐《あわ》れみの目で見てくる事にイラつく。

「まあ、ルディは最近まで闇落ちしてたから仕方ないかぁ。超絶イケメンでもこういう事は初心者だもんね。僕が事前にアドバイスするべきだったよね」

分かったような口を利くベンガルに軽く殺意が湧く。

「ベンガルは一言多いですが、私もきちんと気持ちを伝えるべきだったと思います。そもそも『番』がどれほど大事な存在かなんて『獣人』にしか分からないのです。彼女にはきちんと、愛してるから『番』になって欲しいと伝えるべきでした」

「……そうか」

キーライに言われると妙に納得だ。

「まあ、とりあえずセイナちゃんの実家の件が終わったら、改めて気持ちを伝えてトライだね！」

「そうだな、まずはあの二人をどうにかしないとな」

――あの二人……彼女の義母と義妹を思い出すだけで虫酸《むしず》が走る。

彼女の境遇は聞いていたが、あの二人は性質《たち》が悪い。

短時間しか話していないが、言葉の端々《はしばし》に彼女への蔑《さげす》みや自分達の欲を押し通そうとする醜悪さが感じられた。一緒についてきてくれたベンガルも、遠い目をしている。

「セイナちゃんの義母と義妹、凄かったよね。セイナちゃんがルディの『番』だって言ってるのに、こっちの話なんてまともに聞かず、ルディに相応《ふさわ》しいのは自分達だと言わんばかりの態度でさ。何で自分が成り代われると思うのか思考回路がヤバかったよ。おまけに義妹ならまだしもあの義母もルディに色目を使ってきて、僕は笑いを堪《こら》えるのに必死でさ。何なら僕とキーライの事も気持ち悪い目で見てたからね。ルディもよくキレずに耐えたよね」

思い出して眉間にしわを寄せる。あの二人は俺が一番嫌いな目をしている人種だった。

彼女の為にと行動したが、ああいう人種に関わった彼女の心の傷は深く複雑だろうと理解した。

だが彼女の性格なら、きっといつか決着をつけたいと願っているはずだ。

「あの二人にキレるのは俺の役目じゃない」

「まあ、確かにね。天下の獣人公爵にボディーブローをお見舞いした今のセイナちゃんならあれくらいの人間、ルディが助けるまでもないと思うけどね」

確かに今の彼女ならあんな未熟な人間に負ける事はないだろう。

「だが、幼い頃からのトラウマは根深いからな……」

自分もそうだったから分かる。

幼い頃に感じた恐怖や悲しみは、大人になっても根を張り、太刀打《たちう》ち出来ない無力さは簡単に自分を絶望へと追いやる。それがいつまでも、そのままの形で自分の中に居座り続けるのだから性質が悪い。

ふ、とベンガルが目を細める。

「……そうか、ルディなら分かってあげられるな」

「……」

彼女の気持ちが分かるなんておこがましい事を思っている訳じゃない。

ただ、寄り添って彼女が昔の自分に打ち勝つ手助けをしてやりたいと思った。

◇◇◇

翌日ルディ・オーソンとの待ち合わせの時間、玄関を開けるとそこには荷物を抱えたリズさんが立っていた。

「あれ、リズさん？　お久しぶりです」

会えて嬉しいけれど、どうしてリズさんが……。考えていると、リズさんが私の向きをくるりと変えて背中に手を当て、再び家の中に押し込んだ。

「え、あの？　これから外出――」

「ええ。その前に準備をさせて頂きます」

と言うや否や私のワンピースの背中のファスナーを下ろし、一気に脱がされた。

「ちょっ！　リズさん!?」

動揺する私をよそに、リズさんが恐ろしいほどの速さで持ってきたドレスを着せ、ヘアメイクと化粧を施《ほどこ》した。

「完成しました。セイナ様完璧です！」

やり終えたリズさんは満足そうだが、意味も分からずされるがままだった私は「はぁ」と気の抜けた返事をする。

上質なシルクだと一目で分かる、光沢のあるゴールドのドレスに、大きなブルーサファイアが一粒ついたネックレスとピアス。

ルディ・オーソンが手配してくれたのだろうけど……。あの人達に会いに行くのにこんなにドレスアップする必要あるのかしら。

「あの……リズさん」

「セイナ様、ルディ様達は外の馬車でお待ちですので急ぎましょう」

有無を言わさずリズさんに急かされてとりあえず外に出る。

外には小さな村に不似合いな、豪華な馬車が二台止まっていた。幸い、早朝で村の皆は気付いていない。

危ない所だったわ……。

とんでもないドレスを着て、豪華な馬車が迎えに来る所なんて誰かに見られたら、明日から質問責めに合うに違いない。

誰かに見られる前にと、リズさんが案内してくれた馬車の一台に足早に乗り込む。

馬車の中には深紫《こきむらさき》の軍服に身を包んだルディ・オーソンが居た。

今度は深紫の軍服だとぉ!?

高貴な色合いに金色の勲章が映えて、とにかくルディ・オーソンの美しさが際立つ！　黒軍服もいいが、こっちの深紫軍服も捨て難い！

一瞬の間に頭の中でぐるぐると興奮が飛び交《か》う。勿論相手に気付かれないよう、顔は無表情ですが。

一応、昨日プロポーズらしき事をされたので会うのは気まずいかもと思ったけれど、深紫軍服の衝撃でそんな事は吹き飛んだ。

眼福《がんぷく》とはこの事だわ、とまじまじとルディ・オーソンを眺《なが》める。

何故か彼もしばらく固まっていたが、眉間にしわを寄せ顔を背けられる。

「——そう見つめられると、我慢が利かなくなりそうだ」

彼が何かを呟《つぶや》いたが、あまり聞こえなかった。

「え？　すみません。お待たせしました」

馬車に乗り込み、ルディ・オーソンと向かい合う席に腰を下ろす。

「いや、大丈夫だ。そのドレス、とても似合っている」

「あ、ありがとうございます。こんな素敵なドレスを用意してくださって……それにリズさんまで……」

「礼を言う必要などない」

少しルディ・オーソンが照れているのはどうしてだろう。

「でも……あの人達に会うのにこんな格好する必要はありますかね？」

正直、めちゃくちゃ高そうなブルーサファイアのネックレスを身に付けている事が怖い。落としたらどうしよう。

「君が俺の『番』だと知らしめるには一番いい方法だろう？」

ルディ・オーソンが意味ありげにニヤリと笑う。

このドレスには意味があるって事？

ゴールドのドレスにブルーサファイア。金色と藍色……。

気付きルディ・オーソンを見ると得意気にこちらを見ている。

「……なるほど、そういう事ですか」

その意味に気付いて無性に恥ずかしくなる。

これは彼の瞳と髪色なのだ。

「君が俺の色を身に付けてくれて嬉しいよ」

「…………」

こんなに意味ありげなドレスを着ていいものかと迷ってしまう。

いやでも、一応今日は結婚する為に養子縁組の了承を貰いに行くというていであの人達に会いに行くのだから効果的なのかも？

という事は彼の深紫軍服は……私の髪色の紫!?

私の発見に気付いたのか、ルディ・オーソンがまた悪そうな顔でニヤリと笑う。

「君の為に着たこの軍服はお気に召したか？」

「——……ええ。悔しいですが見た目だけは最高です」

「それは良かった」

ルディ・オーソンは完璧な笑みで微笑んだ。

◇◇◇

——恥ずかしそうに馬車の窓の外に目を逸《そ》らす彼女の横顔を見つめる。

今日の彼女は、一段と美しい。目が合った時、あまりの美しさに時が止まった。

相変わらず香るこの『匂い』は一時期より格段に弱くなった。きっと『手に入れた』からだろう。

未だにこの『匂い』にはクラクラするし、気を許すと食べてしまいたくなる。

彼女を傷つける全ての事から彼女を護り徹底的に甘やかして、ひたすら愛せたらどんなにいいか。

やはり、彼女を外部から遮断して誰の目にも触れない所に閉じ込めてしまおうか……。

——そんな考えがちらつき、いかんと頭を振る。

まあ、彼女なら俺が実行に移したとしても逃げ出してくれるだろう。そう考えると気持ちが楽になる。

彼女をドレスアップさせたのは、勿論俺の『番』だと知らしめたかったのもあるが、彼女の圧倒《あっとう》的な美しさで、彼女を蔑み続けたあの二人を見返したかったからだ。

これほどの美しさに自分が勝てると思う人間は心底馬鹿だ。まともな思考能力のない人間だ。

だがもし、あちらが彼女を優しく迎え入れる素振りをし、その事がほんの少し残っているかもしれない彼女の義家族に対する情を大きくしてしまったら厄介《やっかい》だ。

そこで、最高級のドレスと宝石で財力を見せつければあちらも調子づいて強欲になるだろう。欲に釣られてあちらがいつも通りの本性をさらけ出してくれたら、彼女も心置きなく見捨てる事が出来るだろう。

そうして一件落着したら、必ず彼女に伝えよう。

俺が君を『愛している』と。

◇◇◇

馬車の外に見慣れた景色が広がり、故郷の町へ帰って来たのだと実感する。

この先の丘を越えた所に私の実家がある。

大丈夫だと思っていたけれど、実家に近づいていると感じる度に、動悸《どうき》がして手先が冷たくなっていく気がした。

——大丈夫。私は昔とは違う。あの人達に会っても、もう言いなりにはならない。

目を瞑《つぶ》って自分に言い聞かせていると、自分の手に温かさを感じた。

目を開けるとルディ・オーソンが膝の上に置いている私の手に自らの手をそっと重ねていた。

「——君は大丈夫だ」

優しく言い聞かすように言われる。

「……はい」

自分でもびっくりするくらい弱々しい声が出てしまった。緊張のせいだろうか。

「何だその声は、君らしくもない」

ルディ・オーソンが重ねた手をギュッと握る。

「君は君が俺にそうしてくれたように、客観的に相手を見ればいい」

「え？」

「君は俺の一方的な思い込みを客観的に見て指摘し、偏《かたよ》った価値観を正してくれた。今回も同じ事をすればいい。今から会う人物は義理の親でも妹でも何でもない。初めて出会った人物だと思って接したらいい。そうすれば相手の言動を冷静に見る事ができる」

何となく、彼が言っている事は分かる。

「もし君の中の『小さな子供』が出てきてしまってもそれは今の君じゃない。あの二人が優しい言葉と態度を君に向けたとして、それをもし嬉しいと感じたなら、それは昔の『小さな君』が望んだ言葉だからであって、今の君に必要な言葉ではない」

――昔の私が望んだ言葉……。

様々なシーンが胸の中を飛来する。「こうなったら嬉しいのに」と何度も思い浮かべた事が。

「そして、万が一あちらが今までの事を謝って許しを乞うてきたとしても、君が許す必要など全くないし、たとえ許しても、それであちらの望みを受け入れる必要なんてない。今日限り縁を切る事に罪悪感なんて覚えなくていい」

彼の優しい金色の瞳が私の不安を取り除こうと気遣ってくれているのが分かる。もしかして、私以上に色々考えているのではないかしら。

この人はめちゃくちゃ私を心配してるわ。

そんな事を考え、さっきまで感じていた不安が嘘のように消えていくのを感じた。

「ふふっ、色々ありがとうございます」

嬉しくて微笑むと、彼が一瞬驚いたような顔になり、フイッと目を逸らした。

「──ヤバい」

何かを呟いたが聞き取れず。

「どうかしましたか？」

「可愛すぎ……いや、何でもない」

「そうですか？」

ルディ・オーソンは「とにかく」と仕切り直す。

「君は強くて知的で聡明な女性だ。君に勝てる人間なんてそうは居ない。そして何より美しい──」

──私の髪を手に取り、口付ける。

「このアメジスト色の髪も透き通るように白い肌も眩《まぶ》しいほど綺麗だ」

真剣な眼差しで見られ、胸の鼓動が速くなる。

「あの二人に蔑まれる所なんて一つもない」

目が離せない。この美しい獣が自信満々にそう言うと不思議とその通りだと納得出来た。

いつの間にか到着していたらしく、馬車にノックの音が響く。

「さあ、行こうか」

ルディ・オーソンが差し出した手を取る。

馬車の外に出るともう一台の馬車に乗っていたベンガル様とキーライ様、リズさんが居た。

「セイナちゃんお疲れ様ー。今日はとびきり綺麗だね」

ベンガル様がいつものように褒めてくれる。今日は素直に受け取っておこう。

「ありがとうございます」

「心の準備はいい？」

「ええ。オーソン様が準備を手伝ってくださったので大丈夫です。行きましょう」

「えっ！　ルディが何かしたの？」

と無駄に詮索《せんさく》するベンガル様を無視して、三年ぶりに帰って来た我が家のベルを鳴らした。

第六章　過去の清算

てっきり義母か義妹が出てくるかと思って身構えていたのに、ドアが開くと、見知らぬ年配の女性が迎え入れてくれた。

「お待ちしておりました。奥様とお嬢様がお待ちです。ご案内致します」

この方は使用人なのね。

私の父は生前、貿易の仕事をしており、そこそこ家は裕福だった。その頃には、使用人が居た記憶がある。

ところが母が亡くなって、義母と義妹が来てから段々と私が使用人の仕事をするよう強要され、気付いた時には私一人で家の事をしていた。父もその事が当たり前のように振る舞い、この家の中で私は家族ではなく無償で働く使用人だった。

私が出て行った後、雇ったのかしら。あの人達が家事なんて出来るはずないものね。

でも、使用人を雇い続けるお金なんてあるのかしら……。

応接室に案内され、部屋に入ると三年前とはガラリと変わり、ソファーも椅子もテーブルもカーテンも全てが新しく豪華になっていた。

どれもこれも最高級品だと分かるほどきらびやかで、しかも最近購入した新品の匂いがしている。

「…………」

嫌な予感がして絶句してしまう。

新しいソファーに座り、少し待つと義母と義妹が入ってきた。

大丈夫だと思っていても、条件反射というものなのか、少し体が強ばる。隣に座っているルディ・オーソンが私の手を握り無言で「大丈夫」だと伝えてくれる。

そうだ。隣にこの人が居てくれる。

ベンガル様やキーライ様、リズさんも同席してくれている。私は一人じゃない。昔の孤独で無力な自分じゃない。

いい加減この人達に怯《おび》え、逃げ回るのは馬鹿らしい。

きっちり、決着をつけようと顔を上げ、二人を見据《みす》えた。

義母と義妹はよく似ている。

二人とも美しく豊かなブロンドで、目鼻立ちがくっきりとした美人だ。

久しぶりに見る二人はまるで貴族のような派手なドレスを身に纏《まと》い、高そうなネックレスを付けていた。

——どうしてこんなに裕福なのかしら。

父が残してくれた財産は贅沢《ぜいたく》をしなければ細々と一生暮らしていけるくらいはあったと思う。だけど、この二人は父が亡くなった途端散財を繰り返し、私が学院に入学する三年前にはもうかなりの額を使ってしまっていた。

この三年間どう暮らしていたのか……。少なくともお金に困っている様子はない。

「オーソン様。お待ちしておりました」

義母がルディ・オーソンに挨拶《あいさつ》した後、こちらを見る。

目が合うと義母は少し驚いたような表情を見せたが、すぐに笑顔を作り「久しぶりね。セイナ」と話しかけてきた。

「……ええ、お久しぶりです」

言葉少なに答える。

「学院を卒業してから行方《ゆくえ》が分からなくなってしまってとても心配してたのよ」

義母が大袈裟《おおげさ》に心配そうな声を出す。

「でも、貴女《あなた》には勿体《もったい》ないくらい、いいドレスを着せてもらって……私達の事は忘れて楽しく過ごしていたみたいね」

「…………」

私が黙っていると義妹のコートニーも話しかけてきた。

「お義姉《ねえ》様ったら酷いです。お義姉様が家を出てから、ご飯作ってくれる人やお掃除してくれる人が居なくてとっても大変だったんですからね！　なのに、お義姉様だけそんないいドレス着てずるいですぅ！」

ほっぺたを膨《ふく》らませ私を責めるコートニーを見て呆気《あっけ》にとられる。

……そうだった、この子は昔からこういう子だった。

父と義母に可愛《かわい》がられひたすら甘やかされて育ったコートニーは自分中心の我《わ》が儘《まま》女だ。

私は『義姉』とは名ばかりの彼女の奴隷《どれい》だった。

義妹の為に何でもしなければならないし、機嫌を損《そこ》ねてはいけない。

コートニーはドレスも指輪もネックレスも靴も何でも沢山持っているのに、どうしてか私のものを欲しがった。

彼女に欲しいと言われたら最後、私が差し出すまで諦《あきら》めない。「酷い」「ずるい」と繰り返し泣きわめき、義母に訴え、奪い去って行く。

そして手に入れると満足するのか、すぐに捨ててしまうのだ。

久々に聞く彼女の「ずるい」に嫌な予感がする。

「お義姉様、私そのドレスとネックレスとピアス、全部欲しいです」

――やっぱり出た！

非常識だとは思っていたけれど、三年ぶりに会ってすぐ言う事？

今日は婚約者――しかも公爵《こうしゃく》子息を連れて養子縁組の為の話し合いというていで来てるのに……。その彼の前で彼がプレゼントしたドレスをねだるなんて、この子の神経はどうなってるんだろう。

「コートニー、それは無理です。これはオーソン様から贈られたドレスなので。ひとまず今日の用件を済ませましょう」

とりあえず話を変えよう。

コートニーの無礼さはルディ・オーソンやベンガル様、キーライ様達貴族には耐《た》えられないかもしれない。ところが彼女は食い下がる。

「えー、そんなのずるいです！　お義姉様だけルディ様からそんな素敵なドレスを贈ってもらって！　そのドレス、私が着た方が絶対似合いますし、宝石もお義姉様より美人で優《すぐ》れている私が持つべきです！　お義姉様には勿体ないと思います」

めちゃくちゃな事を言い切った。

せっかく話を逸《そ》らそうと思ったのに、全然空気読まない！

その上コートニーは、どや顔でルディ・オーソンに視線を送っている。

案の定、ルディ・オーソンは殺人鬼かというほど冷たい目で彼女を見ているが、コートニーは全く気付かない。

コートニーのメンタル凄いわ！

キーライ様とリズさんは呆気にとられているが、ベンガル様は口に手を当てて小刻みに震えている。笑ってるわね、アレ。

どうしたものかと思っていると義母がそっとコートニーの肩を抱き落ち着くよう促《うなが》す。

「コートニー、気持ちは分かるけれど今は我慢なさい。あとでいくらでも買ってもらえばいいから」

ボソッとコートニーの耳元で言った言葉は聞き間違いだろうか？

あとでいくらでも買ってもらえばいい――？

我慢する事に慣れていないコートニーは不満そうにしぶしぶソファーに座った――が席はまさかのルディ・オーソンの隣だった。

変な空気が流れる。

「コ、コートニー？　貴女の席はあちらでしょう？」

向かい合って座っている義母の隣へ移るよう促すも、聞く耳を持たない。

「嫌です。私はここがいいんです。ルディ様の隣がいいんですぅー」

そう言うとコートニーがルディ・オーソンの腕に抱きつく。部屋の空気が凍りつくがコートニーには伝わらない。すぐさまルディ・オーソンがコートニーの手を引き剝《は》がす。

「無礼だ。触るな」

「えー、いいじゃないですか、これくらい」

引き下がらないコートニーのメンタル！　あとルディ・オーソンめちゃくちゃ怒ってる！

どうしようとハラハラしながらベンガル様を見たらお腹抱えて震えている。爆笑してるわね!?

「何度も言わせるな。無礼だと言っている」

さすがのコートニーも絶対零度の視線を浴び、怖《お》じ気《け》づいたのかしぶしぶ引き下がった。

「はぁーい。ルディ様って意外と恥ずかしがり屋さんなんですね」

コートニー一言多い！

「そちらの要望通りセイナを連れて来た。これで先日お願いした件は了承してくれるという事でいいだろうか」

ルディ・オーソンがコートニーを無視して本題に取りかかる。

分かります。早く終わらせて帰りたいですよね。

「……セイナを連れて来てくださった事は感謝しています。ずっと会いたかった義娘《むすめ》ですもの……ですが、オーソン様とセイナの結婚には問題がありまして……」

「問題？」

「ええ。実はセイナには婚約者がいるのです」

「婚約者⁉　私に⁉」

ルディ・オーソンが私をチラッと見るが、ブンブンと首を横に振る。

そんなもの初耳なんですけど！　そもそも相手が誰かも見当がつかない。

「私は婚約なんてした覚えはありません！」

抗議するとコートニーが喋り出した。

「私が説明するわ。お義姉様は三年前にナダル・フェルマーと婚約したのよ」

「えっ、ナダル・フェルマー？」

その名は、この町に住む同じ三つ年上の幼馴染《おさななじ》みのものだ。

裕福な商家の一人息子で態度が大きく、昔から私を執拗《しつよう》に苛《いじ》めてきたのでいい印象はない。

髪を引っ張ったり、私の母が死んだ事をからかってきたり、突き飛ばしてきたり……。むしろ大嫌いだ。そんな男と婚約だなんてする訳ない。

「お義姉様には言わなかったかもしれないけど、ナダルがお義姉様と結婚したいって言ってきたから了承してあげたの」

——は？　ナダル・フェルマーが私と結婚したいって？　あり得ない、絶対に嫌なんですが。

「了承してあげたのって……私の承諾《しょうだく》無しにですか？」

「うん。面倒だったし、お義姉様が学院に入学した後だったから報告は卒業してからでいいかなって」

いやいや、そういう事じゃなくて、勝手に婚約って出来るの？

「――婚約には本人のサインが要るが、それは？」

黙って聞いていたルディ・オーソンが口を挟む。

「サインは私がしましたよ！　お義姉様の代わりに」

――ん？　コートニーが私の代わりにサインして私が婚約？

「いや、それは無効では？」

この国の法律では、婚約や結婚には本人のサインが不可欠だ。本人以外のサインは偽証罪《ぎしょうざい》となる。堂々と罪を犯したと言ってのける義妹が馬鹿で怖い。この子は学校で何を学んできたのかしら……。

「だって、お義姉様と婚約したら私達の生活費を援助してくれるってナダルが言うから。ナダルはずっとお義姉様の事が好きだったんですって。私達はお金に困らなくなるし、ナダルは想いが成就するし、お義姉様は結婚相手が決まって全員幸せになるいい方法でしょ？」

――開いた口が塞《ふさ》がらないとはこの事だ。

この人達がどうやって暮らしていたのか不思議《ふしぎ》だったけれど、これで腑《ふ》に落ちた。無断で私を売ったお金で暮らしていたのね。

「でも、卒業してお義姉様がやっと帰ってくると思ったら行方不明になっちゃって、ナダルも約束が違うって怒り出しちゃって大変だったんですよ！　お義姉様酷いです」

酷いのはどっちだよ、と思いっきり心の中で突っ込む。

本当に帰らなくて良かった……と胸を撫《な》でおろしていると、コートニーはさらに衝撃的な発言を繰り出した。

「それで、仕方ないから私がナダルと婚約したんです」

「え？」

「ん？」

その場にいる全員の頭にハテナマークが浮かぶ。

「じゃあ、今はコートニーがナダルと婚約してるって事？」

「そうです。お金の為に仕方なく」

ナダルもそれでいいんだと突っ込みたくなるが、そもそも私と会うことなく婚約が成立したと思っている馬鹿だから、コートニーとお似合いかもしれない。

「じゃあ婚約者がいるのはコートニーよね？」

何が問題なのだろうと尋ねると、コートニーはやれやれといった様子で首を左右に振った。

「お義姉様は分かってないなぁー。お義姉様が見つかったんだからナダルと結婚するのはお義姉様です。だからルディ様とは私が結婚します」

時が止まった。

コートニーの言葉を反芻《はんすう》し、理解しようとするも全く意味が分からない。

――だからルディ様とは私が結婚します……？

……だからって!?

「ちょっと何を言ってるか分からないわ。私がナダルと結婚するべきだっていう貴女の言い分は、あり得ないけれど理解は出来たわ。だけど、それでどうしてオーソン様と貴女が結婚する事になるのかしら？」

「お義姉様、頭が悪いです。だってお義姉様がナダルと結婚するのだからルディ様がフリーになるじゃないですか。だから私がルディ様と結婚して次期公爵夫人になります」

んー……やっぱり何言ってるか分からない！　視界の端に入ったルディ・オーソン達も怪訝《けげん》な顔をしている。

「コートニー、私はナダルとは婚約しないわ。だから結婚もしない」

「お義姉様！　何て事言うのですか！　それは我が儘です！」

「そうですよ。セイナ！　行方を眩《くら》まして勝手な事をしていた貴女が我が儘を言うものではありません。貴女のせいでコートニーがしたくもない婚約をしているのですよ！」

義母も参戦してきたが、やはり言っている事がおかしい。

「我が儘ではありません。二人とも正気ですか？」

「正気に決まっています」

「そうよ！　おかしいのはお義姉様です」

駄目だわ。この人達は話が通じない。何を言っても自分の都合のいいようにしか捉《とら》えない。

「ねぇルディ様、ルディ様だって本当はお義姉様みたいな人、嫌ですよね？」

「――お義姉様みたいなとはどういう意味だ？」

恐ろしいほど低い声でルディ・オーソンが訊ねる。

「だってお義姉様は不吉な髪色だし、惨《みじ》めな容姿で愚図《ぐず》で頭が悪くて、おまけに今だって凄く意地悪だし……」

本人を目の前にしてめちゃくちゃ悪口言う！

　でもこれは義母が昔から私に言ってきた言葉だ。幼い頃からそれを聞いて育ったコートニーは、当たり前のようにそう思っているのだろう。

「……彼女は俺の唯一無二の『番《つがい》』だと分かって言っているのか？」

　ルディ・オーソンが地の底から這《は》い出てきた魔王みたいな顔になってる！

「えー？　分かってますよぉ。『番』ってだけでお義姉様と結婚しなくちゃいけないんですよね？　ルディ様可哀想です。でももう大丈夫ですよ！　私がルディ様と結婚して次期公爵夫人になってあげますからね」

　ね、じゃない！　何て自分本位な答え！

　魔王から漏《も》れ出る殺気に全く気付かないコートニーは只者《ただもの》じゃない！

「――ふざけるな」

「え？」

「ふざけるなと言ったんだ！」

　勢いよくルディ・オーソンが立ち上がり、部屋の空気が凍りつく。

「何故俺がお前みたいな馬鹿と結婚しなければならないんだ？　お前みたいな自己中心的で頭のおかしい女に次期公爵夫人が務《つと》まるはずがないだろう！　俺は唯一無二の『番』であるセイナ・アイリソンと結婚したいんだ。『獣人』にとって『番』は何より大事な事くらい分かっているだろう！　この国の常識だ！」

　捲し立てられ、あまりに冷たい目で睨《にら》まれ、さすがのコートニーも面食らった顔をしている。

「それにお前は今何と言った？　惨めな容姿？　頭が悪い？　笑わせるな！　彼女は俺の知る限り

一番美しい女性だし、この国でトップクラスの頭脳を持っている！　美しいアメジストの髪が不吉だ？　そんな馬鹿げた妄言を吐いている奴は誰だ！　連れて来い！」

こんなに感情を露《あら》わにする彼を初めて見た。ベンガル様はピューと口笛を吹き、軽く拍手をしている。

私はルディ・オーソンの横顔を見つめながら、胸がドキドキするのを感じていた。自分の事でこんなに怒ってくれている事が嬉《うれ》しかった。

「――ふっ……ふぇ～ん！　ルディ様怖いです～」

コートニーが両手で顔を覆《おお》い、子供のように泣き出してしまった。

コートニーって私の二つ下だから……確か十七才だったかしら……。「ふぇ～ん」て……。

義母が慌ててコートニーに駆け寄り、抱きしめるように背中をさする。

「オーソン様、そのように女性に声を荒らげるのはいかがかと思います！」

「そちらが俺とセイナを侮辱《ぶじょく》するからだろう。あまりに不愉快《ふゆかい》だ！　帰らせてもらう」

ルディ・オーソンが私に手を差し出す。

まあ、ここまで話にならないんじゃ仕方ないか、と私も彼の手を取り立ちあがった。

「おっ、お待ちください！」

義母が慌てて引き留める。

「セイナ、貴女がこの家に置いたままの大事なものがあるのよ。それを渡したいからまだ帰らないでちょうだい。コートニー、泣いてないで持ってきてあげて？」

私の大事なものなんてこの家にあったかしら？

本当の母の私物は、捨てられたか売られたかして、手元には一つも残ってないし……。

義母がコートニーをあやして必死で目配せをしている。

するとコートニーがすっかり泣き止んで、何かを理解したかのように頷《うなず》く。嘘《うそ》泣きだったのね。

分かりやすくて笑ってしまいそうになるけれど、明らかに何か企《たくら》んでいるわ。

「そうだったわ！　お義姉様、私が取ってきますので少しお待ちくださいね」

こちらの返事も聞かず、パタパタと急いで部屋を出て行くコートニーを見て、こうなったら何を企んでいるのか見届けようと思い立つ。

「……分かりました。オーソン様、もう少しお時間宜しいでしょうか？」

私の意図を汲《く》んだのかルディ・オーソンが頷き、ソファーへ座り直した。

明らかにホッとした義母がティーカップを手に取り、お茶を飲む。

「セイナ、貴女は今どこで暮らしているの？　仕事は？　働いているのかしら？」

にこやかに雑談を始める義母。

「……仕事はしております。どこで暮らしているのかはお話ししたくありません」

今日限りで二度と会うつもりはないのだから、少しの情報も与えたくない。

「セイナ、酷いわ……。小さい頃から実の娘のように貴女を育ててきたのに……。そんな冷たい事を言うなんて思わなかったわ。この一年、貴女の居場所が分からなくて物凄く心配したのよ。なのに……」

大袈裟に嘆《なげ》き、ハンカチで目元を拭《ぬぐ》う仕草《しぐさ》をし、チラリとルディ・オーソンを見る義母を冷めた目で見つめる。なかなかの演技ですが、彼は全く見ていませんよ。

私はこんな人が怖くて恐ろしかったのだろうか。

ルディ・オーソンが言った通り、客観的に見ると義母も義妹も常識からはかけ離れた思考の持ち主で、突っ込み所が満載だった。一緒に居る時は麻痺《まひ》して分からなかったけれど、この人達の言い分は滑稽《こっけい》ですらある。

「お義母様、そんな事よりコートニーは遅くありませんか？」

「えっ？　ああ、そうね……」

もう十五分は経《た》っているだろうか。そこまで広くない屋敷でものを持ってくるには時間がかかりすぎだと思う。

「じゃあセイナ、二人で様子を見に行きましょう」

セリフのような口調に、これが本当の目的なのだなと直感した。

私を一人にすれば昔のように扱えると思っているのだろうか。その挑戦、受けて立ってやる。

「分かりました。私の大事なものを持ってきてくれようとしているのですものね。様子を見に行きましょうか」

立ち上がりルディ・オーソンを見ると、ニヤリと悪い顔で微笑《ほほえ》まれた。

「オーソン様、用を済ませてきます。少しお待ちくださいね」

「ああ、思い残す事が無いようにな」

応接室を出て、義母と二階にある私の部屋へ向かう。

そこにコートニーが居るらしい。一応まだ私の部屋があることに驚きだわ。

応接室から離れて廊下を歩いていると、義母が喋りかけてきた。

「セイナ……貴女、自分が何をしているか分かっているのかしら？」

「……何の事でしょうか？」

「貴女は醜《みにく》い髪で惨めな容姿だと、昔から教えてあげていたでしょう？　貴女を見るだけで周りが不愉快になるの。あの女そっくり。そんな貴女がオーソン様と結婚して次期公爵夫人になるなんて、到底無理に決まっているじゃない。華やかな貴族の世界に貴女なんかが馴染める訳ないじゃないの。恥をかくに決まっているわ。私はね、貴女の為に言ってあげているのよ」

ねっとりとした声で諭《さと》すように喋りかけてくる義母が気持ち悪い。

私が黙っているとさらに饒舌《じょうぜつ》になる。

「コートニーが貴女と代わってあげるのが一番いいと思ったのだけど……オーソン様はコートニーではご不満みたいね。あの子はまだ十七才だし少し未熟だったかもしれないわ。次期公爵夫人になるにはもう少し教養と大人の魅力が必要よね……」

含みを持たす言い方に、真意を図《はか》りかね、彼女の方を見る。

「……何が言いたいのですか？」

「だから、私がオーソン様と結婚して次期公爵夫人になります」

思わず階段を踏《ふ》み外しそうになる。

デジャブ!?　さっきも聞いた!!　いやそれより、だからって何が!?

「私なら十分な美しさと教養があるし、次期公爵夫人に相応《ふさわ》しいわ。オーソン様には年上の方が釣り合いが取れると思うの。だから貴女はオーソン様に私を妻にするよう提言しなさい！　分かったわね？」

荒唐無稽《こうとうむけい》な提案をしてくる義母を、信じられない思いで見る。

私はこんな非常識な人を恐れていたなんて……幼い子供だったとはいえ、この人の言葉で苦しんできた事が馬鹿らしい。

「……それは無理な話です」

「何ですって？」

「無理だと言ったのです。いいですか？　よーく考えてみてください。私は『番』だからオーソン様に選ばれたのですよ？　『番』でも何でもないただの平民の貴女を、オーソン様が妻に望むと思いますか？」

そもそも『番』ではない貴族と平民は法律的にも結婚が無理だというのに、その事がすっぽり抜けているんだろうか。

「お黙りなさい！　そんなの無理かどうかは分からないわ」

分かりやすく説明したつもりなんだけど、やっぱり通じない。

「コートニーも貴女もオーソン様が私のものだから簡単に奪えると思ってませんか？」

——この人達は私を見下していて奴隷か何かと思っているから、私のものは自分のものだと錯覚《さっかく》しているのだろう。

「それは大きな間違いです。オーソン様は私の『もの』ではありませんし、貴女ごときが手に入れられる方ではありません」

そもそもルディ・オーソンは次期公爵家当主で超天才で超イケメンという神ハイスペックの持ち主で、普通であれば私達平民が声をかける事すら出来ない雲の上の人なのに。私のせいでこの二人が、彼を簡単に手に入れることが出来ると軽く見ている事に腹が立つ。

私の言葉を理解出来たのか分からないが、義母が顔を真っ赤にしてぷるぷると震え出した。

「……貴女、一体誰に向かってそんな口を——」

そう言うと、廊下の壁に掛けてあった家畜用の鞭《むち》を手に取った。

それを見た途端に体が強張るのを感じる。

「……っ」

私の動揺を感じ取ったのか義母がニヤニヤと意地の悪い笑みを浮かべている。

「これが何か馬鹿な貴女でも覚えているようね」

——あの鞭は義母が私をしつける時に使ったものだ。打たれた時の皮膚《ひふ》が裂ける痛みが、その鞭を見るだけではっきりと蘇《よみがえ》るのを感じた。

「貴女が聞き分けないなら、またしつけないといけなくなってしまうわ」

義母が鞭を片手で弄《もてあそ》びながら近づいてくる。

「それでもいいのかしら？　自分の態度を反省して許しを乞《こ》うなら今のうちよ？」

自分の優位を確信したのか勝ち誇ったかのように笑う。

「——ふっ」

「？」

「ふふふっ」

「!?」

——堪《こら》えきれず笑い出してしまった。

「なっ何がおかしいの！　セイナ！　自分の立場が分かってるの!?」

「すみません。私から言わせてもらえば、貴女こそご自分の立場を分かっておられるのかと思いまして」

「何が言いたいの!?」

義母の足が止まり、ほんの僅《わず》かに後退《あとずさ》りするのが見て取れた。私が予期せぬ態度に出たものだから少し動揺しているみたいだ。

「貴女は私には全く関心が無かったからご存じないでしょうが、私は『セントラル学院』を次席で卒業したんですよ」

在学中、実家からの援助は無く一切連絡も取り合わなかった。

私が何を学び何を身に付けたかなんて、この人は全く関心が無いのだろう。

「それが何なの!?　たかがエリート学院を出たくらいで偉そうに！」

「……ええ。エリート学院です。この国の魔力持ちが集まるエリート学院なんです。そこを次席で卒業したという事がどういう事か分かりますか？」

今度は私から歩み寄る。

一歩一歩少しずつ近寄る度に義母の動揺が増すのが分かる。

「私は魔法も実技もトップクラスなんです。正直、そこらの男性より断然強いんですよ。ご存じなかったでしょう？　そんな私がたかが鞭に怯えると思いますか？」

そう言うと手を伸ばし義母の持っている鞭めがけて魔法で風を飛ばす。鋭《するど》く細くした風が「チッ」と鞭を弾き、義母の手から離れて転がる。

「あっ！」と義母が小さく叫び、急いで鞭を拾おうとするが手にする直前で今度は火魔法を放ち、鞭を燃やした。

「きゃ！　あつっ！」

義母が急いで手を引っ込める。

黒焦げになり跡形も無くなった鞭を見て、心がすっと軽くなる感じがした。

「お義母様の大切な鞭が無くなってしまいましたね。残念です。でも私は燃やしてスッキリしました。あの鞭はとっても痛かったですから」

義母の目の前に立ち、にっこり笑ってそう言うと、ガタガタと震え青ざめているのが分かった。普通の人は魔法を見る機会なんて、そうそうないだろうから仕方ない事かもしれない。

「いつまでも私を思い通りにできると思わないでくださいね」

力無く座り込んだ義母を見下ろすと、とても小さく見えた。

――こんなに弱い人だったのね……。

義母を置いて、コートニーを探しに二階の私の部屋へ向かう事にした。彼女が何を企んでいるのかも見ておかないといけない。

私の部屋は日当たりの悪い二階の一番奥にある。

私が残してきたものなんて、ガラクタ同然のものばかりだ。大切なものなんてない。

あれは口実に間違いないだろうけど……私をこの部屋に呼び出して何をしようというのだろう。

考えながら部屋のドアを開けるとそこには三年前のままの自分の部屋があった。簡素なベッドと、粗末《そまつ》な机と椅子という、最低限のものしか置かれていない殺風景《さっぷうけい》で暗い部屋だ。

懐《なつ》かしいと思いつつ、数歩部屋の中へ入ると勉強机の椅子に誰かが座っているのが見えた。

「コートニー？」

そう呼び掛けると椅子がくるりと周り、こちらへ向く。

そこに居たのは――ナダル・フェルマーだった。

「……ナダル？」

そう言った途端、背中越しにバタンとドアが締まり、ガチャリと鍵の掛かる音がした。

閉じ込められた？

恐らく鍵を掛けたのはコートニーね。なるほど、彼女が先に出て行ったのはそういうことか、と瞬時に理解する。コートニーはナダルと打ち合わせでもしていたのだろう。

私とナダルを二人でこの部屋に閉じ込めて……そこからどうするつもりかしら。

「久しぶりだな。セイナ」

ナダルが椅子から立ち上がり、こちらへ歩み寄ってくる。

昔と変わらない、茶色に近い金髪と垂れぎみのやらしそうな目。

幼い頃から顔見知りだけれど、私はこの男が嫌いだった。

家が裕福で甘やかされて育ったせいか、偉そうで意地悪で暴力的で、よく泣かされたのを覚えている。もとから仲がいい訳ではなかったが、私が家族から虐《しいた》げられているのを知ってからは、彼も同じように私を見下し邪険《じゃけん》に扱うようになった。

この男が私と結婚を望んでいただなんて、聞くだけで吐き気がする。

「……どうして貴方《あなた》がここにいるのですか？　コートニーは？」

「どうしてってお前に会いに来たに決まっているじゃないか。もう一度婚約するんだし」

ナダルが私を、上から下まで舐《な》め回すように見てくるのが不愉快でたまらない。コートニーが勝手に言っているだけかと思っていたけど、どうやらナダルも同じ考えのようだ。

「お前、昔に比べたら見られるようになったな。まあまあ綺麗になったじゃないか。婚約中に逃げた事は許してやるよ。こうやって帰ってきた訳だし」

「私は貴方と婚約していた覚えはありませんが。それに貴方は今、コートニーと婚約しているのでしょう？」

昔と変わらない上からの態度に話すのも嫌になる。やはりこの男の中では、私と婚約していた事になっているのだ。どいつもこいつも、どうして本人不在で婚約が勝手に成り立つと思っているのだろう。

「コートニーはお前が行方不明だから代わりに婚約しただけだ。まあまあ可愛いし、あっちの相性も良かったからいいかと思ったけど……金遣いが荒くて家事も出来ないし結婚するには不向きだ。その点お前は地味で金が掛からなさそうだし、家事も出来るし結婚するには丁度いいと思ったんでお前と結婚してやるよ」

――突っ込み所が多すぎる。

何あのどや顔。しかもあっちの相性って……もうやる事やってんじゃない！　仮にもこれから結婚しようかと勝手に思ってる相手に普通言う!?　そもそも、結婚してやるよって、何故そんなに上から目線なの。あり得ないんですけど！

というか、言うこと全部気持ち悪くて無理！

「いえ結構です。結婚してくださらなくて大丈夫です」

「なっ!? おっ、お前ごときとこの俺が結婚してやるって言ってるのに――」

「だから結婚してくださらなくて大丈夫だと言っています。というか貴方と結婚なんて、絶対に嫌です」

「な、なっ……」

私に拒否されるとは思ってもいなかったのか、ナダルは顔を真っ赤にしてわなわなと震え出した。昔、散々苛めた相手がどうして自分との結婚を望むなんて思えるのだろう。思考回路がさっぱり理解出来ない。

「お前ごときが俺を拒《こば》んでいいと思ってるのか！ 俺はこの町一番の商家の一人息子で跡を継ぐんだ！ ゆくゆくはこの町の流通は俺が取り仕切るようになるんだぞ！ アイリソン家がこの町で生きていけなくなってもいいのか!!」

びっくりするくらい痛手にならない脅し文句だわ。

小さなこの町の流通の事などどうでもいいし、アイリソン家がどうなろうとも私には関係ない。

「ええ。私は今日限りでこの家と縁《えん》を切る為に帰ってきたんです。だから、この家がこの先どうなってもいいです」

淡々と答える私が気に障《さわ》ったのかナダルがますます怒り出す。

「じゃあ金だ！ 金を返せ!! お前と婚約中この家の生活費を俺が援助してやったんだ！ 俺と結婚しないなら全額！ 今すぐ耳を揃《そろ》えて返せ!!」

真っ赤になって喚《わめ》き散らす男を冷静に見る。

――義母もそうだけど、どうして私はこの男に苛められっぱなしだったんだろう。

魔法が解けたかのように、今となっては昔の自分が理解出来ない。

「そもそも私は婚約など了承していません。サインをした覚えもありませんし、この家の生活費を出してくれと頼んだ覚えもありません。お金を返せと要求するのは私にではなく義母とコートニーにしてください」

「何だと!?　お前が了承しようがしまいが俺達は婚約していたんだ！　その責任をお前が取るのは当たり前だろう！」

言っている事が無茶苦茶だわ。了承なしで婚約が成り立つ訳ないでしょ！

「今、婚約中のコートニーとその母親の面倒を見た事になるのですから、結果的に良かったじゃないですか。このままコートニーと結婚すれば丸く収まるのでは？　もういいですか？　私は関係ないのでもう戻ります」

この手の人間は説得しようと試《こころ》みても無駄だ。

早くこの部屋を後にしようとドアに向かうもドアノブが回らない。

そうだった、コートニーが向こうから鍵を掛けたんだったわ。

「ふははっ！　無理だ、俺がいいと言うまでコートニーは鍵を開けない」

先ほどまでとは打って変わってナダルが勝ち誇った顔になる。

「……では、開けさせてください」

「無理だね。朝までこの部屋から出すつもりはない」

そう言って、ナダルは欲を孕《はら》んだおぞましい目付きで私を見てくる。

コートニーが外から鍵を掛け、中にナダルが居ると分かった時から予感はしていた。やっぱり最初からこういうつもりだったのね。

◇◇◇

「これでよしっと！」

お義姉様が部屋に入るのを見届けてから鍵を掛けた。あとはナダルが上手くやってくれるよね。

お義姉様ったら久しぶりに会ったらあんなにいいドレス着ちゃって、宝石だってあんなにキラキラして高級そうで、凄く嫌な気持ちになったわ。ルディ様からの贈り物なら、最高級品に違いないわ。

だというのに、相変わらず不吉な紫の髪色に真っ白い肌のお義姉様は酷い外見だったわ。お母様が昔から言っているようにあの髪色は汚いし、肌も青白くて死人みたい。

その点、私はキラキラしたブロンドだし、健康的な肌色で唇もピンク。パッチリした目に小さなお鼻で、とっても可愛いって町中の男の子に言われちゃうのよね。

だからあのドレスも私が着た方が絶対似合うのに！

なのに、あんなにお願いしたのにくれないなんて酷い！

ルディ様もお義姉様みたいな意地悪な人のどこがいいのかしら……。『番』って奴だから仕方ないのかもしれないけど、ルディ様可哀想。

でも、せっかく私がお義姉様と代わって結婚してあげるって言ってるのに、あんなに怒るなんて酷くない？　ルディ様は超格好いいしお金持ちだけど、ちょっと怖いかも……。

その点、一緒に来たベンガルって人は優しそうだったな。ニコニコして私の事ずっと見てたし。結構タイプだから、ルディ様と結婚したら恋人にしてあげてもいいかも。キーライって人も真面目そうだけど、外見はいいからアリよね。二人ともルディ様の側近みたいだし、私が次期公爵夫人になったら私の側近に変えてあげようっと。

本当はナダルがお義姉様と結婚したいって婚約を申し込んできた時、納得できなかったのよね。ナダルはお金持ちだし外見も悪くないから結婚してあげてもいいかなって思ってたのに、お義姉様を選ぶなんて理解出来なかった。

まあ、お義姉様との婚約中にナダルを誘惑して、私の魅力に気付いたナダルが私を選んだのは当然だけれど。

でも、ナダルはちょっとケチだし偉そうだし、このまま結婚してもいいのかしらって思っていた時にルディ様が現れて、運命に違いないって思ったの。お義姉様がルディ様を連れて来てくれたんだわ。たまには役に立つわね。

これでお義姉様が私の代わりにナダルと結婚すれば全員が幸せになれるのに！

なのに、分かってくれなかったから仕方ないわ。本当にお義姉様ったら頭が悪いんだから。

もしもの時に備《そな》えて作戦を練っていて正解だったわね！　さすがお母様。

ナダルがお義姉様に気持ちを伝えちゃえば、お義姉様は素直になると思うし、その現場をルディ様にお見せすればルディ様もお義姉様の本性に気付いて私の方がいいと分かってくださると思うわ。

次期公爵夫人になったら何を買ってもらおうかしら。考えただけでわくわくしてくる。

宝石はお義姉様が付けていたブルーサファイアより、もっと大きくて高いのをお願いしよう。婚約指輪と結婚指輪も買ってもらわなくちゃ！

結婚式の準備もしなきゃいけないけど、とりあえずは婚約期間を設《もう》けてもらって、社交パーティーに出なきゃいけないし、そうなると沢山のドレスを作らないといけないわ。

やらなくちゃいけない事が盛りだくさんで大変！　これから色々と忙しくなりそうだわ。

――あれ？　そういえば、お義母様遅いわね。そろそろナダルもお義姉様を襲っている頃だと思うし、ルディ様を連れて来てもらっていいのに……。

そう思った時、お義姉様の部屋からドォン!!　と屋敷が揺れるほどの大きな衝撃音が響いた。

「えっ何？　何の音？」

戸惑っていると誰かが階段を駆け上がって来る音がして、ルディ様と側近の方達の姿が見えた。

丁度いいタイミングかも！

「今の音は何だ！　セイナはどこに居る！」

颯爽《さっそう》と駆け付けるルディ様、やっぱりめちゃくちゃ格好いいわ！　素敵！

「お義姉様はこの部屋に閉じ籠《こも》ってしまわれて……その、取り込み中だから開けるなって言われてるんですぅ」

うふふ。これで私が鍵を開けて中の痴態《ちたい》を見せて差し上げたらルディ様、どんな顔をするかしら。

「お義姉様の言い付けに背《そむ》くのは怖いですけど、ルディ様の為なら鍵を開けて差し上げま――」

言い終わる前にルディ様が部屋のドアを蹴り破った。軽く蹴ったように見えたけどドアはいとも簡単に吹き飛んだ。

「セイナ！」

ルディ様が部屋に入る。……ちょっとびっくりしたけど、まあ結果オーライ？

わくわくしながらルディ様達の後に続くと――そこには予想とは違う光景が広がっていた。

壁にもたれかかりガックリと項垂《うなだ》れて気を失っているナダル。

離れた場所で立っているお義姉様……二人とも服は着ている。

何？　これはどういう状況なの？

◇　◇　◇

「セイナ大丈夫か？　この男は何だ？」

ドアを蹴破り入ってきたルディ・オーソンが、訝《いぶか》しげに伸びているナダルを見下ろす。

ナダルが襲ってきた為、仕方なく風魔法を放った所、勢いよく吹き飛ばされ壁に体を打ち付けて気を失ったのだ。

本来魔法は人に対して攻撃する為に使うのは良くないんだけど、この場合は仕方ないよね。まあ、護身術でもどうにか出来たけど触れるのも嫌だったから仕方ない。うん。

ルディ・オーソンにはどう説明したらいいのかと迷う。

「この方はナダル・フェルマーです」

「ナダル？」

ルディ・オーソンの眉が、名前にピクリと反応した。

「……そういう事か。君はこの部屋へ誘導され、入るとこの男が居た。そして外から鍵を掛けられてこの男と閉じ込められた」

一瞬で状況を呑み込むなんて、さすが天才！　説明する手間が省《はぶ》けたわ！

「まあ、そんな所です」

「ち、違います！　誘導されたんじゃなくてお義姉様が自分でこの部屋に入ったのです！　鍵も私に掛けてくれって言って――」

「黙れ！」

コートニーの説明をルディ・オーソンが一蹴《いっしゅう》する。苛立《いらだ》っているようだ。

コートニーが「ひっ」と小さく叫び、怯えて押し黙る。

「君がこの男を攻撃したのは、そういう事か？」

「えっ？　――あー、まあ、そう……です」

ルディ・オーソンの様子からあまりはっきり言うと彼がキレる予感がして口ごもってしまった。

この藍色の獣人が本気でキレたら誰も止められない気がする。

私なんて足元にも及ばないし、ベンガル様やキーライ様だって止めるには相当苦労すると思う。

「……なるほど。俺の『番』を襲おうとしただと？」

空気がピリピリと張り詰め、ルディ・オーソンから殺気が漂《ただよ》い始めた。

「いや、でもご覧の通り全く何も無かったですし。大丈夫なので――」

と言っている最中に「うーん」とナダルが意識を取り戻した。

何てタイミングの悪い！　貴方今起きたら絶対殺されるから！

ルディ・オーソンが瞬時にナダルへと歩み寄る。

「ち、ちょっと！」

彼を止めようと右腕を掴《つか》むも、腰に手を回され、ぐいっと抱き寄せられる。

「――むぐっ！」

顔がルディ・オーソンの胸元に押し付けられ変な声が出た。体も右腕でがっちり抱かれて足が宙に浮く。

バタバタと足を動かし抵抗するもびくともしない。

私を右腕に抱えたまま、ずんずんとナダルに近づくとその勢いのまま止まる事なく、座っているナダルの顔の横ギリギリの壁に足を振り下ろした。

ガンッ！　とまあまあの音がし、壁に足がめり込んでいる。

「ひぃっ！」

何が起こったのか分からないナダルが悲鳴を上げてブルブル震える。

そりゃそうなるよね。気を失って目覚めたら目の前に殺人鬼が居るんだから。

「なっ、何なんだよ！　いきなり何だよ！　お前誰だよ！」

「お前、俺の『番』を襲おうとしたな」

「は？『番』？」

「セイナは俺の『番』だ」

ルディ・オーソンに抱き寄せられる私を見て状況を把握《はあく》したのか、ナダルが私を睨み付ける。

「セイナ誰だこいつは！　早く退けさせろ！　お前は俺の婚約者なんだぞ！」

「はぁ？　お前誰に向かってものを言っている！　セイナはお前と婚約している事実はない！」

ルディ・オーソンがナダルを睨むとその目に怖じ気づいたのか、ナダルが怯《ひる》む。

「してるも同然なんだよ！　そっ、それにさっきだってこいつが誘ってきたんだ！　アンタは騙《だま》されてるんだよ！」

ルディ・オーソンの殺気が強まる。

駄目だ、このままじゃ本当にナダルを殺しかねない。どうにかルディ・オーソンの腕を剥がそうとするもびくともしない。

「オーソン様。私を離してください。そして駄目ですよ、殺しては」

「――何故？　君を侮辱《ぶじょく》した。襲おうとした。十分死に値《あたい》する罪だ」

目がマジだ！　本当の殺人鬼になってしまう！

「駄目です。殺したらさすがにまずいです」

「大丈夫だ。公爵家の力で何とでもなる。俺の全ての権力を使って、こいつが存在した形跡ごと消してやる。何なら共犯者も消して全て無かった事にしたらいい」

ルディ・オーソンの発言にコートニーと遅れて駆け付けていたらしい義母が青ざめる。そうね、立派な共犯者だものね。

「こっ、公爵家？　何を言ってるんだよ！　殺すって何だよっ！　セイナ何とかしろよっ！」

腰が抜けたのか身動きが取れないナダルがガタガタと震えて助けを求める。

どうにかしなければと、ベンガル様とキーライ様に視線を送り助けを求めるも、キーライ様は困った顔で苦笑いしているだけ。ベンガル様にいたっては、笑ってガッツポーズをしてくる。

何なの！　この人達ルディ・オーソンの側近じゃないの？　止めるのが仕事でしょう!?

そうこうしているうちにルディ・オーソンが魔力を手に集め始める気配がした。パリパリと周囲に静電気が漂う。

彼の魔法の威力は半端《はんぱ》ない。普通の人が助かるはずもない。

まずいまずい！　このままじゃ本当にまずい！　どうにかして止めないと!!

――ええい！　どうにでもなれっ!!

腕をルディ・オーソンの首に回し、ぐいっと引き寄せ、思いっきり首を伸ばして自分の唇を彼の唇に押し当てた。

――……あ、止まった。

ルディ・オーソンが動きを止めたので唇を離すと、彼は固まっていた。青白い光も消え、魔力も分散されたみたいで危機は去ったようだ。

ふう、危なかった。

いくら嫌いな人達でも、殺してもいいって事にはならない。私のせいでルディ・オーソンが人を殺《あや》めるのも嫌だ。

「落ち着いて、とにかく話をしましょう」

そうルディ・オーソンと周りに話し掛ける。

何だか周りも固まっているけど……何で？

第一声はベンガル様だった。

「さすがセイナちゃん！　どうするかと思ったけどキスでルディを止めるとはね！」

「いや、さっきのはキスっていうか――」

言いかけて、ベンガル様の笑顔にカチンと来た。

「そもそも！　ベンガル様やキーライ様がこの獣人を止めるべきでしょう！　人を殺してもいいのですか!?」

「えー、だって僕もこのろくでもない人間達にはムカついてたし、殺してもルディが後始末するって言うから別にいいかなって」

ベンガル様、軽い！

人当たり良くて忘れてたけど、やっぱり『獣人』だわ。『人間』に対して凄く冷たい！

「いや、私はセイナさんが止めてくれると思っていましたよ。キレたルディはさすがに私達でも止めるのは至難の技ですから」

キーライ様は諦めるのが早くない!?

「私に任されても困ります！　私がルディ・オーソンに敵う訳ないでしょう!?」

そう言うとベンガル様とキーライ様は笑った。

「いやいや、セイナちゃん、ルディを見てよ。まだ効果続いてるから」

そう言われて彼の方を向くと、まだカチンと固まっていた。

え？　そんなにびっくりしたのかしら？

「言い方を変えると、ルディを止められるのはセイナさんだけです。助かります」

「まあまあ、皆とりあえず一旦下の応接室に戻ろうか。ルディも落ち着いただろうし。なあルディ」

「……ああ、そうだな」

やっとルディ・オーソンが動き出す。

ベンガル様の提案通り、皆で応接室に戻り、ソファーに座る。

今度はコートニーは向かい側の席だ。義母、コートニー、ナダルが並んでソファーにみちみちに座る。

戻る途中、ルディ・オーソンにさっきの事を謝罪した。咄嗟《とっさ》の事とはいえ、いきなりキスなんて失礼な事をしてしまったから。

「いや、全く問題ない。むしろ謝る必要などない」

「そうですか？　それならいいのですが……」

少し機嫌が良さそうに見える。とにかく、魔王が去って良かった。

「さて、こいつらをどうするか……セイナはどうしたい？」

ルディ・オーソンが私に意見を求める。

私はもう何だか色々スッキリしたし、二度と会わなくていいならこのまま帰りたいと思った。

「サインを頂いて、これっきり縁が切れるならそれでいいです」

「――この男は？　君を襲おうとした」

ルディ・オーソンがナダルを睨むと再びガタガタと震え出す。

「この人にもかなり落ち度はありますが、騙された被害者かもしれません。私は一発お見舞いしたのでもういいです。ただし、婚約の件は正式に訂正をお願いします」

ナダルがブンブンと首を縦に振る。彼はある意味、義母とコートニーにいいように利用された気の毒な人なのかもしれない。それに、この後の事を考えたら彼には同情してしまう。

ルディ・オーソンは不満そうだが「分かった」と言った。

「では当初の目的通り、養子縁組の承諾書にサインを。それによりセイナは正式にこの家とは縁を切らせてもらう」

キーライ様が書類とペンを差し出しテーブルに置いた。

義母が震える手でペンを持つ。一気に老けた気がする。私の反撃が相当怖かったのかしら……。

「あの……サインの前に、お金は……お金はいくらくらい頂けるのでしょうか」

言い方は悪いが、この養子縁組は平民が貴族に子供を売るという契約だ。

勿論《もちろん》それなりの金額が支払われるが、今この雰囲気でその事を口に出すのはさすが義母だ。

「金額は書類のこちらに記載してあります」

キーライ様が義母に指し示す。

「――えっ、た、たったこれだけですか？」

書類に目を通した義母がわなわなと青ざめ始めた。

「これは妥当《だとう》な金額です。むしろいい条件だと思いますが」

「だ、だって、セイナは次期公爵夫人になるのでしょう!?　これじゃあ養子になんて出さずに援助してもらう方がずっといい――」

「勘違いしてもらっては困ります。これは養子縁組に対する金額になります。そもそもセイナ様は養子縁組をして貴族籍を手に入れなければ、次期公爵夫人になる事は出来ません。次期公爵夫人になるのはこの家と縁が切れてからの話になりますので貴女には関係ないかと」

キーライ様が淡々と説明をする。

「そ、そんな！　それは困ります。これっぽっちのお金じゃこの家具の支払いにも足りません！　この先どうやって生活していけばいいのですか、あんまりです！　この書類にサインする訳にはいきません！」

「……やはり、この新調された家具はオーソン様のお金を当てにしての事でしたか」

薄々は感付いていた。この家にはあまりにも相応しくない高級家財が、このタイミングで新調された理由は一つしかない。

「だ、だってコートニーがオーソン様の婚約者になるはずだったから……」

呆《あき》れてものも言えない。

「では、書類にサインをして頂かなくても結構だ」

黙って見守っていたルディ・オーソンが口を開く。

「え？」

「ここまで正式な手続きを踏んでやっているのは情けだ。サインなど無くても何とでもなる」

「そんな！」

義母の理屈の通らぬ抗議にルディ・オーソンが苛立っているのが分かる。

「セイナ、貴女は私達を見捨てないわよね？　小さい頃から貴女を育ててあげたのは私なのよ？　その恩を仇《あだ》で返すなんて酷い事しないわよね？」

義母が私を見つめ、すがるように訴え始めた。

いきなり矛先《ほこさき》がこちらに向いて戸惑う。

「今までの事は謝るわ。本当にごめんなさい。誤解もあったと思うの。これから本当の親子として一緒に仲良く暮らしていきましょう？　ね？」

義母の思わぬ言葉に胸が苦しくなる。

散々な事をされてきたのに、その言葉が嬉しいと感じる自分に戸惑う。

しかし、隣でルディ・オーソンが私の手をそっと握る。

――ええ、そうね。そうだったわ。

少し胸がドキドキするが、落ち着く為に一度深呼吸をする。

「……お義母様、私はずっと、そう言って欲しかったんだと思います」

私の言葉で義母がパアッと明るくなる。

「セイナ！　じゃあ……」

「貴女に虐げられ続けた幼い頃の私は、ずっと貴女のその言葉を切望していました……。本当の親子みたいに貴女とコートニーと仲良く暮らしたいと願っていました」

「セイナ……」

「お義姉様……」

二人がやたらと演技がかった声を出す。

「でもそれは過去の話です。今はそんな事、微塵《みじん》も望んでいません。貴女達に使用人か奴隷のように扱われてきたのは覚えていますが育ててもらった覚えはありません。なので恩もありません」

ルディ・オーソンの言った通りだ。

一瞬、ほんの一瞬、義母の言葉が嬉しく感じたのは昔の小さな私が望んだ言葉だったからだ。自分の感情に戸惑ったけれど、彼の言葉が助けてくれた。

「なっ……」

義母が真っ赤になり言葉を詰まらす。予想外の言葉に言い返せないのが悔しいのだろう。

「お義姉様、私はお義姉様に酷い事はしてませんよね？　そもそも、さっきの事だって私は何も悪い事してないんですよ？　ナダルが鍵を閉めろって言うから仕方なくしただけで、私は反対したんです」

コートニーが私の元に駆け寄る。

「私はずっとお義姉様の妹でいたいんです。だから私も一緒に養子縁組してもらえませんか？　そして私と一緒に公爵様のお家で暮らしましょう？　オーソン様はお義姉様にお譲りします。だからいいでしょう？」

ソファーの足下に膝をつき、私の膝に手を置いて上目遣いで見てくる。コートニー、同性に上目遣いは通用しないと思うの。

態度を翻《ひるがえ》したコートニーに周囲も唖然《あぜん》とする。

「コートニー、それは無理な話だわ」

コートニーの手をそっと拒む。

「どうしてですか？　何でそんな事言うのですか？　お姉様酷いです。私はお姉様と一緒に居たいだけなのに！」

大袈裟に嘆《なげ》くコートニーにため息が出る。やはりこの子には話が通じない。

「コートニー、貴女は確かに私を苛めていないけど、私のものを全て奪っていったわ。私が大切にしていた鏡や髪飾り、数少ないドレス、そして母が唯一私に遺してくれた形見のネックレスも貴女が欲しいと言って奪い去って行った。貴女はすでに沢山のものを持っていたのにどうして？」

「え？　だってお義姉様だし……欲しかったから……」

きょとんとするコートニーは、何が悪いのか全く分からない様子だ。

「私だから？　私の気持ちは考えず、自分が欲しかったら何をしてもいいの？　オーソン様も私の婚約者になるお方なのに、どうして貴女が代わりになれると思ったの？」

「だって、お義姉様より私の方が相応しいと思ったから……」

「それは貴女の気持ちよね？　私やオーソン様の気持ちは？　考えた事ある？」

「え？　お義姉様やオーソン様の気持ち……？」

本当に分からないといった顔で私を見てくる。

義母が甘やかして育てたにしろ、こんなにも人の気持ちが分からないものだろうか。

「私はね、貴女に大切なものを当たり前のように奪われて悲しかった。私の気持ちを考えてくれない貴女が嫌いだったわ。そして貴女は今もそのままで全く変わっていない――」

「酷い、お義姉様！　嫌いだなんてっ……」

やっぱり駄目だ。言葉の揚《あ》げ足《あし》を取るだけで人の言葉を理解しようとしない。

この子には自分に都合のいい言葉しか聞こえないんだわ。

「うん。そうね。酷いかもしれない。――でも仕方ないの。私は貴女が嫌いなの。だから貴女のお義姉様はもう辞めるわ。二度と会わない。ごめんね」

私の言葉を聞くとコートニーは思い通りにならない事が許せなかったのか泣き喚き、小さな子供のように駄々をこねた。

「酷い酷い！　お姉様なんてブスで馬鹿のくせに！　何でお義姉様が次期公爵夫人になれるのよ！　私の方が可愛いのに！　こんなのおかしい！　お母様、ナダル！　何とかしてよっ！」

わんわんと泣くコートニーに義母もナダルも頭を抱える。

「――これ以上の話し合いは無駄だな。帰ろう」

大きくため息をつき、ルディ・オーソンが私の肩を抱く。

「お、お待ちください！　サインをしますから！」

義母が慌てて引き留めるがもう後の祭りだ。

「無用だ。金も払わん」

「そ、そんな……」

青ざめる義母に項垂《うなだ》れるナダル、泣き喚くコートニー……もはやカオスだ。

「言い忘れたが、父親がセイナの為に遺した遺産は彼女が受け取る権利がある。勝手に使い込むのは許される事ではない。法に則《のっと》り然《しか》るべき手段できっちり取り返させてもらう」

ルディ・オーソンの言葉に驚く。父の遺産なんて諦めていた。

「そ、そんな！　それだけは！　そんな事されては本当に私達は生きていけなくなります！」

「黙れ！　セイナには、びた一文与えず奴隷のように扱い、果てはどこかの年寄り貴族の愛人として売ろうとしていたらしいな！」

「どうしてその事を……」

義母と同意見だ。

どうして彼がその事を知っているのだろう……。遺産の件といい、この人私の事何でも知りすぎじゃない？

「セイナが許しても俺はお前達を許す気はない。どんな事をしてでもその金は返してもらう」

「……そんな……」

ガックリ肩を落とす義母。この姿が彼女を見る最後だろう。

ルディ・オーソンに肩を抱かれ部屋を出る。

生まれ育ったこの家には二度と来る事はないのだと思い、ふと周りを見渡す。

「悲しいか？」

「いえ、全く。本当の母の記憶ももう薄れていますし、この家には何の思い入れもありません」

「それは良かった」

ルディ・オーソンがニヤリと笑う。

——これで終わったんだ。

私の中で決着がついた。

長年のトラウマから解放され、清々しい気持ちになる。

彼女達はこれから借金を返すのに大変な思いをするだろう。

だけど正直、全く可哀想とは思わない。

新調した家具を売って、この屋敷も売れば借金はいくらか返済出来るだろうし、生活を改め、自分達で働けば普通に暮らしていけるようになるのに時間はかからないはずだ。

可哀想なのはナダルだ。あの二人は全力でナダルに寄りかかるだろう。

実際、コートニーと婚約中なのだからそれも仕方ない事だけど。自業自得とはいえ、あの二人から逃げるのは至難の業《わざ》だろう。
私はルディ・オーソンと同じ馬車に乗り込み、二度と戻らない実家を後にした。

第七章　自分の気持ち

「疲れたか？」

帰りの馬車に揺られながら、目の前に座るルディ・オーソンが心配そうに私を気遣う。

「そうですね……少し。正直あそこまで話が通じないとは思っていなかったので……」

「確かに」

二人で先ほどまでの出来事を思い出してげんなりする。

「あそこまでの人間に出会ったのは初めてかもしれない。君は運が悪かったな」

ルディ・オーソンが呆《あき》れたように笑う。

——運が悪かった？

本当だ。本当にその通りだ。私は単に運が悪かっただけ。

そう、思うとおかしくて笑ってしまった。

「……あの、ありがとうございました。オーソン様のお陰で過去を吹っ切る事が出来ました」

本当に感謝している。

彼のお陰で実家に帰る勇気も持てたし、過去の自分に囚《とら》われずあの二人と決別する事が出来た。

「俺を過去から解き放ってくれたのは君だ。君がしてくれたように、俺も君を助けたかった。君の役に立てたなら良かった」

優しく微笑《ほほえ》む顔に胸が熱くなる。

どうしてか、彼を見るのが恥ずかしくて下を向いてしまった。

「まあ、まだ正式に縁《えん》が切れた訳ではないから、これから急いで手続きをする。君の養子縁組先はキーライのウィンソン子爵《ししやく》家《け》に頼もうと思っているのだが……」

「えっ！　キーライ様のお家ですか!?」

「そうだ。最初はベンガルが名乗りを上げたのだが……」

ルディ・オーソンが苦い顔をする。

「あいつが君の兄になるのはどうにも許せなくてな……それにゆくゆくは俺の義兄《あに》になるかもしれないと思うと寒気《さむけ》が……」

「ゆくゆくは知りませんが、確かに私もベンガル様がお兄様になるのは……ちょっと抵抗があります」

あのチャラさはどうにも兄という感じではない。ベンガル様は友人でいて欲しい。

「……お兄様か……くそ、キーライめ」

「ん？　何か？」

「いや、同意見で何よりだ。すでにキーライとウィンソン子爵には了解を得ている。話を進めてもいいだろうか？」

キーライ様が了承してくれていると聞いて嬉《うれ》しくなった。ついさっき家族を捨てたばかりの私にあんなに素敵なお兄様が出来ていいのだろうか。身に余る話に戸惑ってしまう。

「何から何まで本当にありがとうございます。宜しくお願い致します」

「君の養子縁組は俺の下心あってのものだ。礼には及ばない」

「下心……」

そうだった。忘れていた訳ではないけれど、私は義母達と縁を切る為。彼は私を貴族籍にして結婚が出来るようにする為に動いていたのだった。

改めてルディ・オーソンがこちらを見据《みす》える。

「俺は君に『番《つがい》』になって欲しい。君と結婚したい」

「――っ」

ルディ・オーソンの言葉に声を詰まらす。

ついこの間まで「『番』にはなりません」とはっきり言えたのに。

金色の瞳を見るのが怖くて視線を合わさないよう顔を背《そむ》けてしまう。

「――しまった、俺はまた……」

ルディ・オーソンが何か小さな声で呟《つぶや》いたと思ったら、おもむろに席を立ち、私の前にひざまずいた。

「えっ？」

彼が真剣な瞳で私を見つめる。

「セイナ・アイリソン。俺は君の事が好きだ。君を愛している。――どうか俺と一生を共にして欲しい」

突然の言葉に頭が真っ白になる。

――私の事が好き？

――愛している？

「え!?」

思いっきり驚いてしまった。

「何故そんなに驚く？　『番』になって欲しいと伝えていたじゃないか」

「いや、だって……その……」

『番』になって欲しいとは確かに言われたけれど……。

ルディ・オーソンが私の事を好き？　本当に？

「……すまない。こちらの言葉不足だった。『番』がどんなに大切で愛おしいかなんて獣人にしか理解出来ないのに……」

確かに私は『番』が何なのかあまり理解出来ていないのかもしれない。

「あの……質問していいですか？」

「何なりと」

「『番』だから私の事が好き……なのですか？」

私の質問にルディ・オーソンが困ったように考え込む。

「正直、それは…俺には分からない」

――まあ、そうだよね。『獣人』にとって『番』は絶対で……私が『番』じゃなかったらルディ・オーソンは私の事なんてきっと覚えてもいなかったかもしれない。

何だか自分でも説明のつかないモヤモヤが頭の中をぐるぐるして、彼の言葉にショックを受けている自分がいる。

「――ただ……君は覚えていないかもしれないが、学院の入学式で初めて君を見た時、君の美しさに目を奪われた。ほんの一瞬だったけど、初めて『人間』を美しいと思ったんだ」

入学式の事は私も覚えている。

私も美しい藍色の『獣人』に目を奪われた。

あの時、目が合ったのは気のせいじゃなかったんだ。

「それから君とペアになり、儚《はかな》げな見た目とは違ってその……元気というか、生意気というか、負けず嫌いというか、俺に対等に突っ掛かってくる君が気になって仕方なかった」

生意気とは？　褒めているのかしら……。

「君に『絶対に好きにはならない』と宣言された時は思いのほかショックを受けた」

そういや確かに、あの時微妙な顔してたな、と思い出す。

「あれは、その、貴方《あなた》を安心させようと」

「分かっている。あれは俺の自業自得だ」

悔しそうに言う彼に苦笑するが――つまり、あの頃からもう私を気にかけていたって事？

「……でも貴方が『私はあり得ない』と言っていたと聞いた事があります」

レニーナに得意気に言われたあの言葉は、地味に傷ついたのを覚えている。

あの言葉で『私も彼なんてあり得ない』と意地になった。

「俺が？　君の事を？」

驚いて考え込む辺り、レニーナの嘘《うそ》だったのかしら？

「ああ、もしかしたらあの事か」

「やっぱり……」

思い当たった彼の様子に、真実だったのだと内心落胆する。しかし彼は平然と言う。

「あれは意味が違う。確か……ネイサンとかいう身の程知らずのクズが君と付き合いたいと相談してきたから『もし俺がお前のようなクズなら、恐れ多くて君の事を誘うなんて出来ない。あり得ない』という意味で言ってやっただけだ」

公爵子息《こうしやくしそく》とは思えない単語が飛び出し、目を丸くする。く、口が悪い……！

「何でそんな……」

「正直に言ったまでだ。あいつは意味を履き違えていたがな。あとは……君の男避《よ》けだ」

「男避け？」

「あの言葉で、公爵家の俺が君を拒否したとすぐ噂《うわさ》になる。そうなれば学院の男どもは君には手を出そうと思わなくなるだろ」

確かに、あのルディ・オーソンが『あり得ない』と言った女性なんて誰が誘いたいと思うだろうか。彼の言葉は絶大な影響力があるのだ。

私の女としての価値はあの時終わっていたのね。それはまあ、別にいいんだけど。裏でそんなに巧妙に周りを操っていたとは驚きだわ。

「……性格悪い……」

「何だ、今さら。俺はずっと性格最悪だっただろ？」

開き直ったような自信満々の顔がムカつく。

「その通りですが、でもそんな無駄に私の評判を落とさなくても、誰も私の事なんて見てないですよ」

自慢じゃないが、異性に誘われた事なんてない。その件が無くてもそれは同じだったと思う。

「君は本当に自分を分かっていないな」

おかしそうにルディ・オーソンが笑う。

「失礼な！　分かってます。何さ、自分がモテたからって」

毎日女の子に囲まれて誘われていた彼は私とは対照的だ。

「あれは単にこの顔と公爵家の肩書きに釣られただけだろ」

さらりと、顔がいいって自慢してるよね。

「とにかく、俺は出会った時からずっと君が気になって……自分でも気付かないうちに惹《ひ》かれていたんだ。それが君が『番』だからかどうかなんて俺には分からない」

ルディ・オーソンは真剣な顔になり、私の髪に手を伸ばす。

「このアメジストの髪も白い肌も、顔も美しいと思う」

髪にキスをし、次は私の手を取り甲にキスをする。

少しビクッとしてしまった。

「そして君の真面目で気が強い所、負けず嫌いで情に脆《もろ》い所……俺は君の全てが好きだ」

――彼は『番』かどうか分かる前から、私の事を見ていてくれた。

私の全部が好きだと言ってくれた。

それは私の中のモヤモヤを打ち消すのに十分な言葉だった。

「――俺の気持ちは伝わっただろうか？」

私の手を握りながら、少し不安そうにルディ・オーソンが聞いてくる。

「そ、そうですね。何となく……」

もう、思いっきり伝わりましたが、彼が本当に私の事を好きだと自覚すると恥ずかしくて、どうしていいか分からない。

とにかく密室だし、ルディ・オーソンはずっと見つめてくるし、私の心臓はうるさい。

「何となくとは？」

ルディ・オーソンが不満そうに詰め寄る。

「いえ、分かりました。分かりましたから――」

「――から？」

言う度に詰め寄ってくるので距離がますます近くなる。恥ずかしさのあまり、視線を合わす事ができない。

もう限界かもしれない。とにかく一旦離れてもらいたい！

「少し離れてください。近すぎます」

顔を下に向け、両手でルディ・オーソンを押す……が、やはりびくともしない。

くぅ、何度目だ。この細マッチョを押し退《の》けられないのは。

ルディ・オーソンが私の顎を摑《つか》み、クイッと上げた。

唇が触れるかと思う距離に彼の顔がある。

「どうして目を合わさない？」

――ひぃぃぃぃ！　近い！

「ち、ちょっと恥ずかしくなっただけです！」

「そうか、それなら良かった。何か気に障《さわ》ったのかと思った」

ホッとしたように笑った。

――よく、笑うようになったなぁと、ふと思う。

学院時代には考えられない表情を見て改めて不思議《ふしぎ》に思う。

そもそも、彼を真正面から見た事なんて数えるくらいしかなかった。

「よく笑うようになりましたね」

気がつけば声に出していた。

「君にだけだ」

「え？」

「俺がこんな風に笑うのは君にだけだ」

ふわりと微笑み、極上の殺し文句を言われた。

――何それ破壊力が凄い。

「君はこの顔が好きだろう？　その顔が笑うのを見られるのは君だけだ。ずっと側に居たら見放題なんだが、どうだろう？」

何と魅力的な誘い文句！

「そういう言い方はちょっとずるいのでは……」

「ずるくても何でも、君が釣れるなら」

ルディ・オーソンが悪い顔になる。

私は魚ではありませんが、正直釣られてしまいそうです。

「セイナ、何度でも言う。俺は君が好きだ。どうか俺の『番』になって欲しい」

「────っ」

「君は俺の事がまだ嫌いか？」

先程までとは違って真剣な表情に、どう答えたらいいのか戸惑う。

──嫌い？

私がルディ・オーソンの事を？

確かに嫌いだった。でもそれは──。

私が口を開きかけた時、ガタンと馬車が止まった。馭者《ぎょしゃ》が窓越しにノックをする。

何だろう。まだナルルの村への到着にはかなり早いけれど……。

「ちっ、いい所だったのに」

「え？」

「いや、実は君にサプライズがあるんだ」

「サプライズ？」

「そう。頑張《がんば》った君にご褒美だ」

そう言うと私の手を取り馬車の外に導く。

外に出ると大きな果樹園の前だった。

果樹園の横には昔ながらのレンガ造りの大きな家があり、さらにその横にはこぢんまりとしたログハウスの可愛《かわい》いお店が建っていた。

——あれはカフェかしら？

「ここは……まさか」

ルディ・オーソンを見るといたずらっぽくニヤリと笑う。

「セイナー！」

果樹園から一人の女性が駆け寄って来るのが見えた。長いフワフワの赤毛を揺らし、ブンブンと両手を大きく振る元気な女性。

「マリー！」

私がずっと行きたかった場所。ここはマリーの果樹園だ！

マリーに会いたかったけれど、私の実家がある町と近いのでずっと行くのを躊躇《ためら》っていた場所だ。

「セイナいらっしゃい！　待ってたのよ。来てくれて嬉しいわ！」

マリーが抱きついて歓迎してくれた。

「マリー、私もやっと来る事ができて嬉しい！　でも待ってたって、どういう事？」

「事前に教えてもらってたからよ。ルディ様からベンガル様経由で、この町に立ち寄るって連絡を頂いたの」

最高のサプライズだわ。私は振り返ってルディ・オーソンに笑いかける。

「オーソン様、ありがとうございます！」

「喜んでもらえて何よりだ。こちらには皆で一晩世話になる。宜しく頼む」

「ええ、ルディ様。セイナを連れて来てくださったんですもの。喜んでおもてなしさせて頂きます」

「マリーちゃん、僕達も宜しくねー」

もう一台の馬車からベンガル様とキーライ様とリズさんも降りてきた。

こんなに大勢で迷惑ではないかしらと心配になったけど、マリーもマリーのご両親も「勿論《もちろん》です！」と大歓迎してくれた。


ひとまず休憩という事になり、私とマリーとリズさん、そして何故かベンガル様という四人でお茶をする事になった。

ルディ・オーソンとキーライ様は急ぎの用があるらしく、席を外している。

「さあ、どうぞ。うちの果樹園で採れた果物を使ったスウィーツなの！　アップルパイにラズベリーパイ。こっちがマーマレードジャムだから、スコーンに付けてね。あとフルーツタルトにクッキーに――」

どれもこれも美味しそうで迷ってしまう。とりあえず全種類制覇しなきゃ！

「マリーちゃん凄いね。これ全部ここで作ってるの？」

「そうです。果樹園に隣接しているカフェで出してます。お持ち帰りも出来るんですよ」

マリーったら凄いわ！　お持ち帰りも出来るなんて！　天才！

「ほんと！　美味しいです！　このアップルパイのレシピ教えて頂きたいです」

リズさんも絶賛だ。絶対買って帰ろうっと。ランさんとシオンさんへのお土産《みやげ》にもいいわね。

「ベンガル様はここで私達とお茶をしてて大丈夫なんですか？」

マリーが皆に紅茶を配りながら聞く。

「んー？　あの二人は書類関係の事で忙しいみたいだけど、僕は何もないから大丈夫」

クッキーを頬《ほお》張りながら喋るベンガル様は何だか可愛い。イケメンがクッキー頬張ると可愛い。

マリーも同じように思ったのか、私を見てコクンと頷《うなず》いた。やっぱりマリーとは気が合うわ。

「そういやセイナちゃん、養子縁組先の件ルディから聞いた？　ウィンソン子爵家にお願いするみたいだけど」

ベンガル様が何やら不満そうな口振りだ。

「ええ、先ほど伺《うかが》いました」

「えっ！　ウィンソン子爵家ってキーライ様の!?　という事はキーライ様がセイナのお兄様になるって事？」

マリーのテンションとは裏腹にベンガル様が不機嫌になる。

「僕がセイナちゃんの『お兄様』になりたかったのにさぁー。ルディが絶対駄目だって反対したんだよ！　酷くない？」

「…………」

「…………」

誰もベンガル様の意見に賛同できない。その雰囲気に気付いて、ベンガル様が不満げな声を出す。

「何さ二人ともその顔は」

「うーん、ベンガル様は『お兄様』って感じじゃないわよね」

マリーが言いにくい事をさらりと言ってくれた。やっぱりマリーとは気が合うわ。

「えー!?　セイナちゃんもそう思ってる？」

「そうですね。私もベンガル様が『お兄様』になるのはちょっと……」

「まじかぁ！　ショック！」

ベンガル様がしょんぼりするのを見て、何だか申し訳なくなる。

「すみません。正直に言ってしまって……ベンガル様は良き友人って感じです」

「あ、分かる。私もそう思うわ！　お兄様は違うけどお友達としては最高に楽しい存在よね！」

二人でフォローするもベンガル様はいじけてしまった。

「セイナちゃんに『お兄様』って呼ばれたかったなー。セイナちゃんが冷たい顔で『お兄様いい加減にしてください！』とか叱ってくれたら最高だよね」

ベンガル様の性癖を垣間《かいま》見た気がするけど、気にしないでおこう。キーライ様には感謝だわ。

「それよりセイナ、実家の事は無事片《かた》がついたのよね？　おめでとう……でいいのかしら？」

マリーにはずっと心配をかけたと思う。

学院生活の頃から、私の状況を一番理解して助けてくれたのはマリーだ。

「うん、ありがとう。マリーにはずっと心配かけてごめんね。もう、大丈夫。言いたい事言って、やり返して絶縁してきたから！」

「本当に？　セイナがやり返すの見たかったなー」

「マリーには学院からの連絡の窓口になってもらっていたけど……ほんとは、この一年、私の家族が迷惑をかけてきたんじゃない？」

あの義母が私を野放しにしていたとは考えにくい。『卒業したら帰って来るように』という手紙を無視して行方《ゆくえ》を眩《くら》ました私を、ずっと探していたに違いない。それはもしかしたらマリーに被害がいっていたのではないだろうか。

「それがね、私もセイナの実家から連絡があるかもって身構えていたんだけど、一回も無かったの！　不思議よね？　セイナに関して学院から問い合わせがあったのは、ベンガル様の時だけだったわ」

「本当に？」

意外な答えに驚く。

マリーが気を遣って嘘をついている訳でも無さそう。あの人達が私を放置していたとは思えないのだけれど……。

考えあぐねていると、アップルパイを口一杯に頬張ったベンガル様が「あ、それね」と口を開いた。

「その件だけど、セイナちゃんの実家からの執拗《しつよう》な問い合わせはあったみたいなんだけど、学院の方で答えられないって突っぱねてくれてたみたいだよ」

「学院がですか!?」

確かに学院には一度、私の卒業後の居場所を誰にも伝えないようお願いした事があるけど、それは出来ないと却下されてしまった。

国の管理する最高峰の学院を卒業した優秀な魔力持ちは、卒業後も学院の管理下に置かれる。最低限、居場所が分かる連絡先は登録しなければならないし、問い合わせがあったなら開示しなければならないと言われたので、交渉して、マリーを通してもらう事で何とか了承を得たのだ。

マリーも初耳らしく、首をかしげている。

「ルディがね、裏から手を回してセイナちゃんの実家からの問い合わせだけは突っぱねるようにって、学院に言い付けていたみたい」

「えっ!!」

予想もしなかった名前が出てきて驚いた。

「びっくりだよねー。僕もセイナちゃんを探した時に知ったんだけどさ。公爵家の獣人様に言われたら学院も了承せざるを得なかったみたいだよ。まあ、学院もセイナちゃんの境遇は薄々気付いていたみたいだし、公爵家が責任を負《お》うならって特例を認めたんだろうね」

絶句する私をよそにベンガル様はスコーンに手を出し、たっぷりのマーマレードを乗せ始めた。

「僕も全然気付かなかったけどさ、あいつ結構前からセイナちゃんのストーカーだよね」

あははっと笑いスコーンを頬張る。リズさんはうんうんと頷いている。

「ベンガル様、ストーカーだなんて言い方が悪いです！　ルディ様はそんなに以前から陰ながらセイナを護っていたって事ですわ！」

マリーがベンガル様を諫《いさ》めながら、お代わりの紅茶を注《そそ》いであげている。

マリーの言葉にハッとさせられた。

ルディ・オーソンは私を護ってくれていた……。

考えてみれば、頭突き事件の時も私を助けてくれたし、卒業パーティーの件も私がドレスを買えない事を知って贈ってくれたのかもしれない。実家の件だって彼は私を支えてくれた。

——それに彼が頑《かたく》なに私を『番』だと認めず、隠し通そうとしたのだって、私を護る為だった。

冷たい態度に惑《まど》わされて、本当の彼が見えていなかったけれど、ずっとずっと私はあの美しい藍色の獣人に大切にされてきていたんだ……。

そう分かった途端、涙が込み上げポロポロと頬を伝《つた》った。

自分でも止める事の出来ない涙が次々とこぼれ落ち、マリーが慌ててハンカチを差し出してくれた。

「僕の胸を貸してあげようか」と近づくベンガル様を「空気読んでください」とマリーが冷たくあしらってくれたのもありがたかった。


夕食を皆でとった後、ルディ・オーソンとキーライ様は急ぎの書類を仕上げる為、また別室に向かった。

聞けば、その急ぎの書類とは私の養子縁組手続きに必要な書類らしい。

そんなに急がなくてもいいと伝えるも「一刻も早くあの二人とは縁を切った方がいい」と言うだけだった。ルディ・オーソンは私を甘やかしすぎではないだろうか。

マリーに話を聞いて欲しいと言うと、「待ってたわ！」と嬉しそうに手を引いてマリーの部屋に連れて行かれた。

マリーの部屋は温かなクリーム色をベースにしたとても可愛い部屋だった。

花柄のクッションに、パッチワークで作られたベッドカバー。アンティーク調の机と椅子。どれもこれもマリーらしいと思った。

「それで？」とマリーがベッドに腰掛け、横をポンポンと叩き私にも座るよう促《うなが》す。

隣に座ると「セイナはルディ様の事をどう思っているの？」と核心を突いてきた。

「それが……この短期間であまりにも色々な事があって、色々な事を知って、自分の気持ちがうまく整理出来てないというか……ちょっと戸惑っていて……さっきの話を聞いた時も驚きか嬉しさか分からないけど涙が止まらなくなっちゃって……」

「そっか、そうよね。ルディ様と再会したのってほんの一ヵ月くらい前の出来事だもんね」

マリーの言葉にコクンと頷く。

ずっと嫌われていると思っていた相手から、実は『番』だから好きでしたって結婚を迫られるという怒涛《どとう》の展開すぎて私の気持ちが追い付かない。

「……セイナはもうルディ様の事を許しているの？」

マリーが言ってるのは、彼が《ヒート》状態の時に私を襲った事だろうか？　それとも『やり逃げ』の事？

勿論どちらもその時は傷ついた。

でもそこに至るまでの状況はもう理解している。

「それは許しているわ」

「じゃあ、ルディ様の事は怖くない？」

言われて、一瞬言葉に詰まる。

再会した夜の、獣のような彼は怖かった。

その後もしばらくは怖かったけれど、正常に戻った彼はルディ・オーソンであって、あの時の獣とは別人だと思えるようになった。

「怖くないわ」

「じゃあ、セイナはオーソン様のお顔は――」

「それは好き」

食い気味に答える。

「そこはミートゥーよ。あのお顔が嫌いな人なんてこの世に居ないわ」

うん。ですよね。

「ならあとはルディ様のお人柄かしら？」

「――人柄……？」

「本当のルディ様はセイナにしか分からないと思うの。学院時代は氷のように冷たかったけれど、あれはわざとでしょう？　セイナの事を好きなルディ様はどんな人？　セイナに優しくしてくれる？」

過去を吹っ切ってからのルディ・オーソンは人が変わったように気さくで優しくなった。

あれが本当の彼だと思うし、あれは私にしか見せない姿だと思う。

あの笑顔を見られるのも私だけ……。

「ルディ・オーソンは私にしか見せない顔を見せてくれるの。それはとても嬉しく思うわ」

「じゃあ、その顔をルディ様が他の女性に向けたら、セイナはどう思う？」

あの笑顔を他の女性に……他の女性に優しくするルディ・オーソン……。

考えるだけで気持ちがモヤモヤする。

「それは嫌だわ。どうしようマリー、考えるだけで嫌な気分になる」

だってルディ・オーソンは『君だけだ』って言ってくれたもの。

「ふふっ」

マリーが優しく笑い、私の手を取る。

「セイナ、それが答えだと思うわ。それは嫉妬《しっと》よ。セイナはルディ様の事が好きなのね」

「――――好き……」

マリーが一つ一つ私の気持ちの整理を手伝ってくれたお陰で、その言葉がストンと私の心に落ちた。

「マリー、その通りだわ。私はルディ・オーソンが好きみたい」

口に出すと現実味が増して恥ずかしくなってきた。

自慢じゃないが、これが私の初恋だ。

「うんうん。ルディ様はストーカー……いやいや、陰ながらずっとセイナの事を護ってきてくれてたみたいだし、これからもセイナを大切にしてくれると思うわ」

今さりげなく、ストーカーって言ったよね？　ちょっと笑ってしまったが頷く。

「その事も感謝しているの。彼はやり方を間違っていた時もあるけどずっと私を大切にしてくれていたんだって……でも……」

「でも？」

「マリー、私、次期公爵夫人なんて無理だわ」

今まで考えた事がなかったけれど、彼との結婚を初めて意識した今、現実問題として浮かび上がったものがいくつかある。

その筆頭が次期公爵夫人という身分だ。

公爵家の次期当主であるルディ・オーソンと結婚したらゆくゆくは公爵夫人になることになる。

貴族階級の中でも最上位貴族である公爵家の夫人ともなれば、社交パーティーやらお茶会やらお付き合いが色々あるのではないだろうか。

「私には貴族の夫人の役割とか無理そうだし、今の仕事だって続けたいし、そうなると離れて暮らす事になるし……やっぱり無理かも」

好きだと分かった途端に失恋した気分になる。

冷静に考えたらルディ・オーソンとの結婚は難しい。私にも譲れないものがある。

「まあまあセイナ、今はそんなこと深く考えなくていいから」

「だって、マリー……」

「それはセイナとルディ様が二人で考える事であって、今セイナが一人で結論を出して結婚は無理だって諦《あきら》めるのは違うと思うわよ」

「…………」

「ルディ様はセイナの事を第一に考えてくださると思うわ。決して、セイナの思いを蔑《ないがし》ろにしたりしない」

マリーが言うと説得力がある。

「そうかな」

「そうよ！　まずはセイナの気持ちを伝えないと。セイナはルディ様の『番』で唯一無二の存在なのよ？　ルディ様の魂が渇望《かつぼう》してる存在なの。ルディ様が愛せるのはセイナしかいないんだからね」

ぐぅ、確かにそうだ。

自分の事ばかり考えていたけれど『獣人』は『番』しか愛せない。私が怖《お》じ気《け》づいて逃げてしまっては、彼は一生孤独なままなのだ。

恋心を自覚した今、私だって彼の事は愛《いと》しい。彼を幸せにしてあげたい。

「そうだね。マリーの言う通りだわ」

マリーの部屋で今後について相談していると、ノックの音がしてキーライ様がやって来た。

「セイナさん、ちょっといいですか？」

「はい、大丈夫です」

キーライ様がお兄様になってくれると聞いてから初めて改まって会うので、何だか緊張してしまう。

何てお呼びしたらいいのかしら……。まだお兄様と呼ぶのは早いわよね。

「すでに聞いていると思いますが、セイナさんは我がウィンソン子爵家の養子になることで話を進めています。ルディが大急ぎで手続きをしているから、近々君はセイナ・ウィンソンとして子爵家の一員になります」

「は、はい。身に余るお話で恐縮ですが、宜しくお願い致します」

深々とお辞儀《じぎ》をする。

「こちらこそ宜しく。君のような聡明《そうめい》で素敵な美女が妹になってくれて、とても嬉しいです」

キーライ様が優しい笑顔で右手を差し出してくる。

「私こそキーライ様のような爽《さわ》やかイケメンがお兄様になってくださるなんて夢のようです。ありがとうございます」

キーライ様の右手を両手でしっかりと握り返す。

「はは、お兄様か！　いい響きだね。ルディとベンガルが悔しそうな顔をしてる意味が分かったよ」

ベンガル様は分かるけど、ルディ・オーソンまで？

「これから困った事があったらこの兄に何でも相談してください。あの冷徹王子の事も相談してくれていいからね」

冷徹王子とは、多分ルディ・オーソンのことかな。

「君が私の妹になる事と、あいつと結婚する事はまた別の話だから遠慮しないように。何ならあんな自分勝手な男とは結婚しなくてもいい」

キーライ様は普段は丁寧《ていねい》な言葉遣いだけど、意外と口が悪いのかも。

キーライ様もベンガル様もルディ・オーソンには手を焼いてきたんだろうなぁ。

「まあ、あの暴君が言うことを聞くのは君だけだから、結婚してあいつの手綱《たづな》を握って欲しいのが本音だけれどね」

少しいたずらっぽく笑う仕草《しぐさ》に安心する。

「私は今から一足先に帰路について書類を提出しに行ってくるよ。これが受理されて戸籍が発行されれば、晴れて私に妹ができる」

そう言うとキーライ様は部屋を出て行った。

キーライ様と話した後、今日の色々な出来事のせいか疲れていたので早めにベッドに入った。

なのに何だかなかなか寝付けなくて、寝返りも面倒になった私は、気分転換に散歩に出ることにした。

外に出ると気持ちのいい風が吹いていて、漆黒《しっこく》の夜空には月と無数の星々が輝いていた。

マリーの家には母屋《おもや》とお店を繋ぐ中庭があり、手入れされた色とりどりの花々が咲き誇っている。

夜風に揺られてカサカサと音を立てる木々の囁《ささや》きが心地いい。

外灯に照らされた中庭にあるベンチに近づくと、薄暗い中に誰かが座っているのに気付き、思わず「うわっ！」と声を出してしまった。

――おばけ!?　おばけなの!?　見えてはいけない何かを見てしまったの!?

「セイナ？」

「え？」

おばけに名前を呼ばれて戸惑うも、目を凝《こ》らして良く見てみると、そこにはおばけではなくルディ・オーソンが居た。

「わああっ！」

おばけより驚いてしまった。

だって今までとは違って緊張が半端《はんぱ》ない。自分の気持ちに気付いたばかりの私にはまだ生のルディ・オーソンは心臓に悪い。

マリーとも――ちゃんと自分の想いを伝える事を約束した。

本当はもう少し時間が欲しいのだけれど、相手の切なさも考えないと駄目だと諭《さと》された。

ルディ・オーソンはずっと私を想って大切に護ってきてくれたのだからと。

「すまない。驚かせてしまったな」

「い、いえ、大きな声を出してしまってごめんなさい」

「こんな夜更けにどうしたんだ？」

「ちょっと眠れなくて、気分転換に散歩してたんです。そちらは？」

「俺も一緒だ。書類作りの気分転換に夜風に当たっていた」

外灯と月明かりに照らされたルディ・オーソンはシャツ一枚の砕けた格好で、いつもとは違った雰囲気を醸《かも》し出している。

白いシャツと藍色の髪の毛がとても鮮《あざ》やかに栄える。ぶっちゃけ何でも似合う。細マッチョで手足も長いし顔も小さくて、どんな服も着こなしてしまう。

恐ろしいほど美しく整った顔をまじまじと見て、私はこの藍色の獣人が好きなんだなぁと不思議になる。

『絶対に貴方を好きになりません』

その言葉を言ったのは彼に安心してもらう為だったのは勿論あったけれど、自分にも言い聞かせていたのかもしれない。

まともに喋ってくれない。目も合わせてくれない。全く心を開いてくれない藍色の獣人に惹かれるのが怖かったんだと思う。

感慨深くルディ・オーソンの顔を眺《なが》めていると、彼と目が合った。

ドキッとして咄嗟《とっさ》に目を逸《そ》らしてしまった。

「……」

「……」

妙な沈黙と不穏な空気が流れ、これはしまったと気付き、恐る恐るルディ・オーソンに視線を戻す。

するると彼はいつの間にか立ち上がり、身を屈《かが》め覗《のぞ》き込むように、私の近くに来ていた。

「ひえっ！」

思わず声が出た。やっぱり近いっ！

「何故、目を逸らす？」

不満そうに私の髪に触れる。

——獣とは目を逸らしちゃいけなかったのに！　何度目よ、私の馬鹿!!

自分の失敗に激しく後悔する。

昨日までとは違って自分の気持ちに気付いたばかりの私にとってこの近距離は辛い。

心臓がバクバクして思考が止まりそう！

「そ、逸らしてないです。気のせいです！」

「いーや、思いっきり逸らした。何だ？」

うう、この男は『獣』の本能なのか、弱味を見せたら徹底的に仕留めようとしてくる……。

やっぱりドSだわ。こんな口調だけど、心なしか嬉しそうだもの。

「あの、ちゃんとお話ししますので、ひとまず少し離れてもらえませんか？」

触れられていては落ち着いて話ができない。

意を決して、私の髪に触れるルディ・オーソンの手を握り、金色の瞳を見つめた。

すると何故か彼は「——ぐっ……」と照れたように顔を背ける。

「どうかしましたか？」

「――不意打ち……いや、何でもない」

少し大人しくなって、ルディ・オーソンが姿勢を正す。

ふーっと深呼吸して自分の心臓が落ち着くのを待つも、一向にドキドキが止まらない。

自分の気持ちを伝えるのってこんなに緊張するものなんだ。

「話とは？」

人の気も知らないで急《せ》かさないで欲しいと思うがこれは私の問題だから仕方ない。

「話ですが……、私、貴方が好きです」

「――…………ん？」

「ん？」

あれ？　反応が薄くない？　聞こえなかったかしら。

「だから、私は貴方が好きです！」

「え？　君が？」

コクンと頷く。

「俺の事を？」

うんうんと頷く。

「それは俺と同じ意味で？」

「そうです」

「…………」

ルディ・オーソンが呆然《ぼうぜん》としている。

この反応は……私はどうしたらいいのかしら……。

「……だ」

「え？」

「うそだ」

「なっ嘘って！　酷くないですか？　人が勇気を振り絞って告白したの……に……え――？」

ルディ・オーソンの金色の瞳から一筋の涙が頰を伝った。

泣いてるの？　どうして？

いつも冷淡な彼が泣くなんて思ってもみなかった。思わず呆気《あっけ》にとられる。

「俺は……君に酷い事をしてしまって、到底許される事ではないと……」

「許した訳ではないですが、あの事はもういいんです。何ですか今さら」

「この顔でも金でも権力でも、君が側に居てくれるなら何でも餌にしようと思っていた」

「勿論、その顔は好きです」

「君の気持ちまで望んだら天罰が下ると……」

「私は神ですか！　下りません！」

戸惑うルディ・オーソンに私も戸惑ってしまう。

てっきり喜んでくれると思ったのに……。

「じゃあ、私の気持ちは不要だという事ですか？」

「――っ！　そんな事はない！」

ルディ・オーソンが私を見る。

私も負けじとちょっと拗《す》ねた感じで見つめ返す。

「――……本当に？」

恐る恐る聞くルディ・オーソンにしっかりと頷き返す。

「本当に好きです」

泣いた後の目が少し赤くなっている。

「君が俺を好きになってくれるなんて夢のようだ」

そう言うと嬉しそうに笑った。

私も嬉しかった。気持ちを伝えて良かった。

「では、俺と結婚して『番』になって一生一緒に居てくれるのか？」

その問いかけにドキッとする。

「………えーと、その件については要相談というか、話し合いというか……」

いい雰囲気ぶち壊しだけど、ここで流される訳にはいかない。大事な事だもの。しっかり話し合わないと。

「話し合いとは？」

少し冷静になったのか、いつもの彼に戻っている。

「えっと……私、貴方と結婚したとして、公爵夫人の役割を果たすのは無理だと思うんです。平民ですし、社交界とかお茶会とか何も分かりませんし……何より今の仕事を辞めたくありません」

公爵家に相応《ふさわ》しい妻を彼が望むなら私は応える事が出来ない。

それをしっかり伝えないと、結婚してもうまくいく訳がない。

「確かに。君には貴族社会は合わないだろう。社交界もお茶会も上辺だけの言葉を並べて褒め合い、裏では誰かの醜聞を聞き出すのに必死で、何の意味もない会合だ。俺は最低限行くが君は行く必要なんてない。行かなくても問題ない」

滔々《とうとう》とルディ・オーソンが語る貴族事情にドン引きする。

なんか貴族社会って怖い……。

社交界もお茶会も華やかなイメージだったけど、ドロドロなのね。

「本当にそれでいいのですか？　公爵夫人と言えば社交界でも重要な地位にあるのでは……」

「全く問題ない。俺の祖父の『番』も平民だったそうだが、祖母は社交界に出なくて良かったらしい。ちなみに、その時に『番』であれば貴族と平民の結婚を認める法律を作ったそうだ」

何というオーソン家の権力！　『番』を手に入れる為なら何でもする所は血筋なのだろうか。

「それに、俺も着飾った美しい君をわざわざ他の男になんて見せたくない。何なら屋敷から一歩も外に出なくていい」

なんか結局、監禁匂わせてない？

じとりと見つめると、ルディ・オーソンはコホン、と咳払いをする。

「仕事を続けることも問題ない」

「え？　いいのですか？　ナルル村と公爵邸ではかなり距離があるので、私が公爵邸に住むのは不可能ですが……」

ルディ・オーソンは近衛騎士だから城にすぐ駆け付けられる距離に住む必要がある。私の住むナルル村からは到底無理だ。

「ああ、大丈夫だ。実は近々『移動魔法』が完成する」

「えっ『移動魔法』ですか？」

どんなに離れた場所でも一瞬で移動することができる『移動魔法』って長年、魔力持ちがこぞって研究してきた、未だ実現されていない大魔法よ!?

「ああ。今まで俺には興味のない魔法だったが、いつでも君に会いに行けるように完成させた。様々な魔力持ちが研究開発してきたお陰で、基本的な土台が出来上がっていたからそれほど難しい事ではなかったな。今は試作の段階で移動距離を徐々に延ばしている段階だからもうすぐ完成する。そうすれば屋敷から君の職場までを繋いで、通えばいい」

軽々しく言うけれど、誰もが成しえなかった事なのに、私に会いに来る為にちょっとやる気になれば完成させちゃうことが出来るって事!? 何そのポテンシャル！

やっぱりルディ・オーソンは凄い。私なんて足元にも及ばないくらいの天才だ。

ずるいなぁ。私も一緒に研究したかった。ますますこの人にいつか勝ちたいと思う。

「まあ、そもそも俺は君と結婚できるなら、近衛騎士なんて辞めてもいいんだが。そうなると上がうるさいだろうから仕方ない。とにかく、これで結婚への障害はなくなったか？」

ルディ・オーソンがニヤリと笑う。

この様子ではどんな障害があっても解決してしまうだろう。

何だか逃げられないようじわじわと周りから追い詰められていっている気がする……。

「……そうですね。結婚するのに問題はなくなりましたが、約束して欲しい事があります」

「約束？」

「ええ。私のお願いって言った方が正しいかもしれません。聞いてくださいますか？」

私の出来る限り、精一杯可愛くおねだりをする。

「——ぐっ、かわ……いや、分かった。何でも聞こう」

——言質《げんち》取った!!

心の中でガッツポーズをとる。

「その、まだ私、あの夜の貴方が少し怖くて……だから、結婚するまで……キスより先は待って欲しいんです」

「——！　結婚するまで……？」

言葉の意味を理解したルディ・オーソンの顔が外灯の灯りでも分かるくらい真っ青になる。

「ええ。結婚するまで」

「婚約まで……には——」

「結婚するまでお願いします」

往生際《おうじょうぎわ》悪く食い下がろうとした彼に、ぴしゃりと伝える。

婚約までにしてしまったら、明日にでも婚約が成立しそうな気がする。

何年も嫌われていると思ってろくに話もしてこなかったのだから、もう少しゆっくりお互いを知る時間が欲しい。

勿論、怖いという気持ちも本当だ。言質を取っておかないとあっという間に食べられてしまうと思う。

ルディ・オーソンが苦悩の表情を浮かべ、何かと闘っている。

「わ、分かった。君を怖がらせた、俺の自業自得だ……。約束しよう……――くっ」

――何故そんなに苦しそう？

「ありがとうございます」

私がホッとしていると、何やらルディ・オーソンは少し不機嫌な顔になっていた。

「もう、全部不安な事は出したか？」

「はい。言いたい事は言えたと思います」

「では、俺からもいいだろうか？」

「勿論です。どうぞ」

私だけ要望を聞いてもらうのはフェアじゃないものね。

私だって出来る限り彼の意向には沿いたい。

ルディ・オーソンは胸に手を当てて軽く頭を下げると、

「セイナ・アイリソン。どうか私と踊って頂けませんか？」

そう言って手を差し出した。

「――え？」

思いもよらないセリフに戸惑う。

「俺はずっと、卒業パーティーで君とダンスを踊れなかった事が心残りだった。自分勝手なお願いだとは重々承知しているが、どうかあの時のやり直しをさせてくれないだろうか」

卒業パーティーは私もずっとチクチクする思い出だった。

彼の事情が分かってからは、その棘《とげ》も少し柔らかくなったけれど……。

簡単に許すのは悔しい思いがあったのに、彼の捨てられた子犬のような懇願《こんがん》する目が可愛くてそんな事はどうでも良くなってしまった。

「喜んで」

そう笑って彼の手を取った。

石畳のある辺りへ移動し、月明かりの下、最初のポーズをとる。

ルディ・オーソンが嬉しそうに微笑み、私の腰に手を回す。

「でもあの、私実はダンスがあまり得意ではなくて……」

不意に思い出した残念な事実を伝える。

だって、平民の私にはダンスなんて必要なかったんだもの。

卒業パーティーの時は必死で練習したけれど、そんなの付け焼き刃ですっかり忘れてしまった。

「君にも苦手なものがあったんだな」

「やけに嬉しそうですね」

自称ライバルの私としては弱みを知られて悔しい。

「そりゃ嬉しいよ。手取り足取り俺がリードできるからな」

そう言うと腰に回した手をぐいっと引き寄せ、私の体を後ろに反《そ》らせた。

「わわっ！」

「力を抜いて、俺が合わせるから」

「足、踏《ふ》みますよ」

「踏む気で動いたらいい」

言われるがままにステップを踏むと驚くほどスムーズに体が動いた。

ルディ・オーソンのリードが、めちゃくちゃ上手なんだろう。

この人には苦手な事はないのだろうか。

最初は緊張していたけれど、くるくるとダンスを踊るうちに楽しくなってきた。

私を見つめる金色の瞳が、月明かりを反射してきらきらと輝いている。

「ふふっ、私ってば物凄くダンスが上手くなった気になっちゃいました。とても楽しいです」

「俺も楽しいよ。やっとあの時の願いが叶った」

ルディ・オーソンが切なそうに笑う。

「私もです」

そう言って微笑み返すと、ダンスを踊るのをやめ、じっと私を見つめた。

「？　どうかしましたか？」

「……もう一つお願いがあるんだが……」

「何ですか？」

「『番』の刻印が見たい」

その言葉に息を呑む。

彼が私の首元に刻んだ刻印は、彼の目に触れないよう服を着込んできた。けれど、両想いになった今、もうその必要はない。

「わ、分かりました」

じっと見つめるルディ・オーソンの熱い視線が恥ずかしい。心が折れそうになりながら、ナイトウェアのボタンを外し、左の首元を晒《さら》す。

「見えますか？」

「……」

「――？　あの……？」

「ああ、すまない。見惚《みと》れていた。こんな事を言っていいか分からないが、君の美しく白い肌にまるで赤い薔薇《ばら》が咲いているようで言葉を失うほど綺麗だ」

ルディ・オーソンが手を伸ばし、そっと刻印に触れる。

「ひゃ!?　ちょっと!!」

「――キスしてもいいだろうか？」

「きっ……」

私の意思を聞いてくれるのは嬉しいけど、キスまで許可を取られるのは恥ずかしいなぁと勝手な事を思ってしまう。

「――はい。キスは大丈夫で――んむっ!?」

私が返事をし終わる前にルディ・オーソンが私の後頭部に手を回し引き寄せ、唇を塞《ふさ》いだ。

あの夜とは全く違う優しいキスなのだけれど、やっぱり獣のようにどこか荒々しく、私を食べようとしている気がする。

たっぷりと時間をかけて私を味わい、ようやくルディ・オーソンが唇を離した。

力が入らなくなり、ルディ・オーソンの胸に突っ伏す。

「――っ、も、もう少し軽めからお願いしたかったです」

恥ずかしくて胸にしがみつきながらクレームを言う。

ルディ・オーソンは私を抱きしめ、私の頭にキスを降らせている。

「キスはいいと了解を得た。それはいつ、どこでも、どんなキスでも、という事だ」

「そんな無茶苦茶なっ！」

バッと顔を上げると、ニヤリと笑う妖艶《ようえん》な悪魔が私を狙っていた。

再び唇を塞がれる。頭が痺《しび》れ考えが纏まらない意識の中で、少し早まったかもと思った。

この獣は私の手に負えるのかしら……。

エピローグ

藍色の獣と菫色の乙女

それから一週間後、オーソン公爵《こうしやく》家《け》の美しき藍色の獣人が突然婚約を発表し、国中を驚かせた。婚約から婚姻まで通常は二年、早くても一年はかかる所、藍色の獣人は異例の半年という爆速で婚姻にこぎつけた。

藍色の獣人を諦めきれない令嬢達が彼の結婚式に押しかけたが、あまりに美しい花嫁と、藍色の獣人の溺愛《できあい》ぶりに、ぐうの音も出なかったという。

また多くの貴族が美しい次期公爵夫人と懇意《こんい》になりたいと望んだが、彼女の夫が溺愛のあまり、妻を人目に晒《さら》すことを嫌ったので、彼女はめったに表には出てこない、幻《まぼろし》の夫人となった。

一方で、王都から離れた小さな村に腕のいいアメジスト色の髪をした美しい薬師《くすし》がいると評判になったが、誰もその二人が同一人物だと気付くことはなかったという。

彼女が夫からの深い愛を一身に受け、小さな藍色の獣人を授《さず》かるのは、もう少し先のお話。

番外編

名前を呼んで

「お兄様！　ベンガル様！　ちょっとお話があるのですが！」

お茶を飲む手を膝に置き、意気込《いきご》んで二人に物申す。

ここはウィンソン子爵家《ししゃくけ》の応接室。私を養女として迎え入れてくれたお家だ。

けれど、私はここには住まずに以前と変わらずナルル村で暮らしており、家族に会う為、定期的に訪れている。

「びっくりした！　お兄様ってキーライの事か！　慣れないなぁー」

「そうか？　私はもうすっかり馴染《なじ》んだが」

ニヤリと話すお兄様の横顔をベンガル様がじっとりと睨《にら》む。

「僕がセイナちゃんにお兄様って呼ばれたかったのに……」

「お前はしつこい！」

キーライ様が一蹴《いっしゅう》する。

ベンガル様は養子縁組先に選ばれなかった事を、未だに根に持っているみたいで少し申し訳なく思う。

「そ、それより、お話があるのですが。お二人共、何度も言いますが私の職場へ無闇《むやみ》に来ないでください！」

「え〜無闇に行ってないよ。暇《ひま》だし会いたいから行っただけだ」

「私は兄として妹を見守りに行っただけだし」

何が悪いのかと、きょとんとする二人にため息が出る。

「そのお気持ちは嬉《うれ》しいですが、見守って頂かなくても大丈夫ですし、暇だからって来ないでください」

「セイナちゃん冷たいなあ」

ぷくっと頬《ほお》を膨《ふく》らませるベンガル様はあざといです。

「理由もお話ししましたよね？　あんな小さな村にお二人みたいなイケメンが来たら村中パニックになるんです！　女の子が押しかけて仕事にならないし、お二人を紹介して欲しいってひっきりなしに言われて困っているんです！」

「紹介？　いいねぇ！　僕、来る者拒《こば》まずだから何人でも紹介受けちゃっていいよ！」

「…………」

ベンガル様は相変《あいか》わらずのクズです。

「あはは！　セイナちゃんがごみを見るような目で僕を見てる！」

何故嬉しそうなのかは未だに分からないわ。

「とにかく、休みの日にはこちらへ会いに来るようにしますので、ベンガル様もお兄様もナルル村には来ないでください」

「分かったよ。迷惑かけてすまなかった」

お兄様が申し訳なさそうに謝る。

ベンガル様がアレなせいか、お兄様の良識ある態度にホッとする。

「いえ、会いに来てくださったのは本当は嬉しかったんです。分かってくださってありがとうございます」

二人が悪い訳ではないけれど、イケメンすぎるのがいけないのだ。

「でもルディは？　あいつ最近忙しいみたいで会えていないけど、ルディはセイナちゃんに会いに来てないの？」

「……来ました。一週間ほど前ですけど。それこそ村中が大騒ぎになって大変な事になったので、お願いして帰ってもらいました」

私はあの村では平穏に過ごしたいから、ルディ・オーソンの『番《つがい》』だとは絶対にバレたくない。

「へぇ、あのルディが素直に言う事聞くなんて意外！　あいつの事だからセイナちゃんの事情なんておかまいなしに毎日でも会いに来そうなのに」

ベンガル様がケラケラと笑う。

「ルディは今忙しいんだよ。一日でも早くセイナと結婚する為に色々な手続きに忙殺されてる。それプラス騎士団の仕事があるからね。今日も仕事が終わり次第ここへ来る事になってるけど……なかなか終わらないみたいだね」

お兄様がルディ・オーソンの事情を説明していると、部屋の外が賑《にぎ》やかになり誰かがドスドスとこちらへやって来る音がした。

「お、噂《うわさ》をすれば――」

その言葉と同時くらいに勢いよく部屋の扉が開き、ハァハァと息を荒くしたルディ・オーソンが入ってきた。

仕事終わりだから、今日も麗しい軍服姿だ。

「セイナ！」

そう言うと真《ま》っ直《す》ぐ私の方へ近寄ってきて「会いたかった」と抱きしめた。

「わっ！　うっぷ！」

突然硬い胸板に顔が埋まり、息が止まりそうになる。

そしてキスをしようと顔が近づいてきたので、慌てて相手の口を手で塞《ふさ》いだ。

「……この手は何だ？」

ルディ・オーソンが不服そうに睨む。

「何だ？　じゃないです。お兄様もベンガル様も居るのにいきなりやめてください！」

「お兄様？」

「キーライの事だよ。ルディも違和感あるよねえ？」

ベンガル様が嬉しそうにしゃしゃり出る。

「そうか……そうだったな。キーライと兄妹になったんだったな……お兄様か……」

ルディ・オーソンが何やら不満そうに考え込む。

そして真面目な顔で提案してきた。

「二人は同学年だし、お兄様じゃなくて『キーライ』でいいんじゃないか？」

「は？　呼び方はセイナに任せています。ルディが言う事じゃないと思いますが？」

お兄様が珍しくピリつく。

「セイナを呼び捨てにするのも気に食わない」

「兄にまで嫉妬《しっと》するとはみっともないと思いますが？」

睨み合う二人に挟まれ、あわあわする。

「や、やめてください！　お兄様！　オーソン様！」

「あはは！　『やめてください！　お兄様！』って何かエロいよね」

ベンガル様空気読んで!!

「お前はちょっと黙っていろ」

すると殺意の籠った眼差《まなざ》しでルディ・オーソンがベンガル様を見下ろす。

うん。ルディ・オーソンと同意見。

だが再びキーライ様を睨もうとする彼を、私はたしなめた。

「オーソン様！　来て早々くだらない理由で言い争いしないでください！」

すると私がお兄様の肩を持ったように感じたのか、ルディ・オーソンがムッとしてこちらに向き直る。

「くだらない理由とは何だ。そもそも君はいつまで俺の事をラストネームで呼ぶんだ？」

「え？」

呼び方？　まさか、『お兄様』につっかかったのはそのせい？

「俺は君の婚約者なのだから、もう少し親愛を籠めて呼んで欲しい」

心の中では常に『ルディ・オーソン』呼びなのだけれど、流石にそれはバレたらまずいわよね。

いくら恋愛下手な私でもそれくらいは分かる。

「わ、わかりました。じゃあ……ルディ様？」

気に食わないらしく、拗《す》ねた顔をしている。いや、可愛《かわい》いな！

「……ル、ルディ？」

改まってファーストネームで呼ぶと何だかとても恥ずかしい。

するとルディは満足したのか、両手を大きく広げると私を抱きしめた。

「わっ！　うっぷ！」

また硬い胸板に顔がめり込む。

「初々《ういうい》しくていいよねぇ。じゃあセイナちゃん、僕の事も『ベンガル』で！」

「「お前はもう帰れ」」

やはり空気を読まないベンガル様に、ルディとお兄様が同時に言う。うん。仕方ないよね。

「俺は必死に仕事を終わらせてセイナに会いに来たんだ。お前らと戯《たわむ》れている暇はない」

そう言ってルディが私をふわりと持ち上げ横抱きにすると、応接室を出て中庭に向かった。

ベンチに座らせてくれるのかと思いきや、横抱きのままルディが座り、膝の上に座る形になってしまった。

「セイナ、会いたかった」

私にしか向けない優しい眼差しにドキッとする。

「私も……私も会いたかったです」

ナルル村に来ないよう言ったけれど、状況が許せば私だって毎日でも会いたい。

私だって、ルディの事が大好きなのだ。

ルディの指が私の頬に優しく触れ、金色の瞳が近づいてくるのを感じそっと目を閉じた。

唇が重なると、その柔らかさを確かめるように何度も角度を変えられる。

「――ち、ちょっとタイムっ」

段々と熱を帯びてくるキスに耐えられなくなる。

ルディは人間嫌いの女性不信だったのに、こういう事はどこで学んだのだろう。

「まだ、足りない」

そう言うと再度唇を塞がれる。

エンジンがかかったこの獣はなかなか離してくれない事を、私は身をもって知っている。

クラクラするキスを受けながら、ルディが完成させた移動魔法でオーソン家とナルル村の私の家を繋ぐのは結婚するまで止めておこう、と考える。

「セイナ、愛している」

蕩《とろ》けるようなルディの笑みを見ながら、毎日この獣の寵愛《ちようあい》を受けるのは、まだ刺激が強すぎる、と心底思った。

あとがき

初めまして。那由多芹《なゆたせり》と申します。

この度は『あんなに冷たくされたのに今さら番《つがい》だとか意味が分かりません』を手に取ってくださり、誠にありがとうございます。


このお話は某小説投稿サイトに投稿していたのを担当者様が目に留めてくださり書籍化の運びとなりました。

どういう形で出版させていただくか迷いましたが、素人《しろうと》の私が本を出版出来るなんて一生に一度の奇跡だと思い、幅広い年齢層の方に見ていただける可能性のある全年齢対象用に原作をまろやかに書き直しました。

原作を知っている方は、また違ったピュアな世界観を楽しんでいただけたら嬉しいです。こちらを見て原作に興味を持っていただいた方はサイトに年齢制限がありますのでご注意くださいね。

私が異世界ファンタジーの物語に興味を持ったのは数年前。日常からかけ離れた異世界ファンタジーの物語は日々の生活に疲れた自分をいっとき忘れさせてくれ、素敵な物語と出会った後は幸せな余韻が私を癒してくれました。

この本を手に取ってくださった方が、少しでも私と同じように感じてくださったら本当に幸せです。

初めてm／g様からのイラストラフを拝見した時、キャラクター達の想像を超えたあまりの可愛さと美しさに悶絶しました。今まで私の頭にしか居なかったセイナやルディ達が一気に色鮮やかに生命を持ったようで、感動で感慨に浸りまくってしまいました。

素敵なイラストをありがとうございました。

そして、初めての事で右も左も分からない私を一から指導してくださった担当者様。私のアナログさに苦笑するしかなかったことだと思います。ただただ、優しくそして忍耐強く導いてくださり本当にありがとうございました。

他にも、私の拙《つたな》い文章を修正してくださった校正の担当者様など、沢山の方々のお力添えがあって本日があります。心より感謝を申し上げます。

最後になりましたが、応援してくださった皆様にお礼申し上げます。

またお会いできますよう、願いを込めて……。

eロマンス ロイヤル

本書は「ムーンライトノベルズ」(https://mnlt.syosetu.com/top/top/)に
掲載していたものを加筆・改稿したものです。
この作品はフィクションです。実在の人物・団体・事件などにはいっさい関係ありません。

●ファンレターの宛先
〒102-8177 東京都千代田区富士見 2-13-3 eロマンスロイヤル編集部

あんなに冷《つめ》たくされたのに今《いま》さら番《つがい》だとか意《い》味《み》が分《わ》かりません

著／那《な》由《ゆ》多《た》 芹《せり》

イラスト／m/g

2024年1月31日 初刷発行

発行者 山下直久
発行 株式会社KADOKAWA
〒102-8177 東京都千代田区富士見2-13-3
(ナビダイヤル) 0570-002-301
デザイン 小石川ふに (deconeco)
印刷・製本 TOPPAN株式会社

ISBN978-4-04-737826-1 C0093 ©Seri Nayuta 2024 Printed in Japan
定価はカバーに表示してあります。